グッドバイ

朝井まかて

朝日文庫

本書は二〇一九年十一月、小社より刊行されたものです

目次

グッドバイ

第一章　祝砲

一

海が青くさざめいている。

波頭は陽射しを受けて銀色に光り、小鰯の群れが尾を跳ねさせて踊っているかのようだ。

山々は万緑を吹き、中麓には茶畑や蜜柑畑が段々に広がっている。今年も茶の葉が照り返り、蜜柑は青い実を粒々と結び始めていることだろう。山の色のさまざまは空の青に溶けて滴って、やがて海へと流れてゆく。

ゆえにいつ眺めても緑の腕に抱かれているような、ささやかに美しい湾だ。そして御公儀が外の海に向けて開き、異国と交易を行なう唯一の港でもある。

遥かかなたの海から、紅毛人が船に蘭物を山と積み込んで運んでくる。

生糸や羅紗、更紗、びろうど、ぎやまんや蘇木、薬種や砂糖を。異国の風聞を。

お希以は女だてらに腕を組み、脚を少しばかり広げて足許の土を踏みしめた。着物の袂や裾が海風をはらんで膨らむが、なあに、よかと、さらに胸を張る。

嘉永六年六月末の今日、待ちに待った阿蘭陀の商船が訪れる。毎年、その入津を出島近くの大波止で見物がてら出迎える町人は多い。今日も朝から大変な人出で、祭のごとき賑わいだ。酒徳利と猪口を持って坐り込み、一杯、二杯、すでに赤い顔をして酔いどれている者らもいる。

「今日も暑かねえ」

長崎の晩夏はまだ陽射しがきついと決まっているのに、そんな当たり前のことを言うのもどこか晴れがましい。

「順風満帆、よか日和たい」

誰も彼もが頬を上気させ、船を待ち構えている。子供連れの女房姿もそこかしこにあって、洗濯を済ませて干して、さあ、港だと、長屋じゅうで駈けつけたらしき風情だ。子供の芥子坊主を団扇であおぎながら、盛んに笑い声を立てている。

お希以も幼い頃から、この日が待ち遠しかった。祖父に手を引かれ、海を見る。すると胸の中でさわさわと音がする。それは雛鳥がまだ柔らかい翼を羽ばたかせんとする音にも似て、地面から足が一寸ばかり浮く。その勢いで祖父から離れ、一人で走り出すのだ。

波打ち際に向かって設えられた荷揚げ用の石段をとっと下り、身を乗り出して首を伸ばす。けれど港の入口は遥か先の西方で、船の姿は見えない。

お希以。そうも前のめりになったら、海に落っちゃけるぞ。よか。落ちたら蘭船まで泳いで、助けてもらうけん。

祖父は周囲の者らに向かって眉を下げ、「気の盛んな子たい」と苦笑したのだったか、「こげん向こう見ずは、誰に似た」と真顔で呆れたのだったか。

「女将しゃん、眩しかですねえ」

隣で溜息がしたので目をやれば、手代の友助が短い眉を八の字にしている。齢十七のはずだが、この場にそぐわぬ仏頂面だ。

「先に帰りんしゃい。だいたい、供は要らんと言うたとに、お前が勝手に随いてきたとやろ」

油屋町の店之間から出る時、「一人でよか」と掌を立てたのだ。にもかかわらず追いかけてきて、しかし三つの橋を渡り、出島前の江戸町に着いた時には息を切らしていた。

「油樽ば易々と動かすとに、足は遅かね」

「女将しゃんがお速かとです。まるで女飛脚のごたる」

お希以は油屋町で菜種油を商う、大浦屋の女主である。

おなごが商家の主の座に就くとは尋常な筋目ではないがさまざまな事情が込み入って、

すでに嫁いでいた姉のお多恵や伯母が決心して親戚の総意をまとめた。町年寄の同意を取りつけて跡目を継いだのは七年前の弘化三年、十九の年だった。

友助は剽軽に目玉を動かし、奇妙な笑いを泛べた。

「女将しゃんを一人で出歩かせたら、鉄砲玉の遣いになりますけん」

「私を、出たら帰って来ん奴と呼ばわるか」

「いえ、わしやのうて、番頭しゃんの頭痛の種ですばい」

なるほど、番頭の弥右衛門に顎で命じられて追いかけてきた、本意ではない供をしているのだと言いたいらしい。

背後がざわついて、友助が後ろを振り向いた。お希以もつられて腕組みをほどく。町人の数人が連れ立って歩いてきて、すでに相当呑んでか声が大きい。

「黒船騒ぎは、えらかことじゃったばい」

「ああ、そうらしかね。まだ、浦賀におらすとか」

「去ったとは聞いとらんから、まだおらすとやろ」

「江戸者は異国船に慣れとらんけん、さぞ肝を潰したやろうな」

「それもそのはず、黒船は江戸の湾内に入りよった時、大砲を数十発もぶっ放したと。わしらはそれを空砲や、入津する際の祝砲やと承知しとるばってん、初めての者はそりゃあ魂消るばい」

江戸者を下に見るような物言いで、黒船騒ぎも格好の肴になっているようだ。

六月三日、亜米利加のペルリという提督が黒船四隻を引き連れ、相模の浦賀沖に姿を現した。

その噂は長崎の地にたちまち届き、お希以が耳にしたのは六月もまだ半ばになっていない時分だ。そして今や珍しくもない、思案橋をうろつく猫どもでも知っている話である。

「空砲と知れてからは皆、胸を撫で下ろして、浦賀は見物人が鈴生りになっとるげな」

「なら、わしらと同じたい」

「違いなか」

また大声で笑い、そして誰か見知りの者を見つけたのか、盛んに声をかけ合いながら場を移って行った。

黒船騒ぎについては、もう少し先の次第までお希以は耳にしていて、江戸ではその後、浦賀まで出向いて小舟を借り、沖まで漕ぎ出して黒船を間近で見物する者が後を絶たぬらしい。それは少しばかり羨ましかった。我が身がもしその地にあれば、同じことをするだろうと思うからだ。木端のごとき舟に揺られてでも近づいて、波に揉まれながら亜米利加の船をしかと見上げてみたい。叶うことならばもっと近づいて、船の腹にちょっとでも触れてみたい。いや、船に上がって、その上からかなたを見渡してみたい。

海はこの世界のどこにでもつながっとるばい。

大波止に立った祖父は、よくそんなことを口にした。光る海に向かって胸を張り、我が事のように誇らしげな顔つきをしていた。

真にそうなのか。あの空と海の間を、どこまでも進んで行けるとやろうか。

ただ、御公儀は市中の浮かれ騒ぎとは裏腹に警戒の念をつのらせ、御老中らは連日、寄合を重ねているという。

「泰平の眠りを覚ます上喜撰、たった四杯で夜も眠れず、なんちゅう狂歌まで出回っとるらしか。御公儀も大変なことぞ」

お希以は独り言めいて口にしたのだが、かたわらの友助が「じょうきせん」と尻上がりに訊き返した。

「黒船は白帆を膨らませた帆船じゃのうて、ぶすぶすと煙を吐いて海を走り回る蒸気の船らしかと。その蒸気船に、上喜撰というお茶の銘を掛けとるとよ。上物の濃いお茶を四杯も飲んだら、夜、寝られんごとなるとやろ」

「わかりまっしぇん。そげん贅沢なもん、わしらには無縁ですけんね。白湯か、何べんも煮出した茶しか口にしませんけん、毎晩、それはよう寝られます」

真面目くさって、さも気のない返事をする。奉公人はろくなものを飲んでおらぬと言挙げしているに等しいのだが、当人に皮肉のつもりがないらしいことはわかる。

「お前の主に伝えておこう。たまには手代や丁稚にも、よかお茶ば飲ませてやりんしゃい、とな」

「無理な約束はせんでください。昔の大浦屋ならともかく、奉公人が緑色のお茶をいただくほどのお店やなかですけんね。手前なんぞでもよう心得ておりますたい」

地道に倹約を心掛け、しきたりを守り、危ない橋は叩き割る手間も惜しむという弥右衛門の信条が手代にも行き渡っているらしい。それが何とも味気なく、お希以は唇を尖らせた。


お希以は大浦屋の惣領娘として育てられた身だ。

母も同様で、父の太平次は入り婿であった。けれどお希以が四歳の時に母が亡くなって、その翌年、父は後添えを迎えた。お希以は嬉しかった。物心ついてからずっと病床にあった母しか知らぬので、若く美しいおなごが奥に入っただけで家じゅうが明るくなったような気がした。

父はといえば昔から何とはなしに影の薄い人で、大浦屋を継ぐ者として祖父から随分と仕込まれていた最中であったから、祖父や番頭の気息を窺ってひっそりとしていたのかもしれない。「祖父しゃま子」だったお希以に対しても隔てを置き、話しかけてくることもほとんどなかった。義母が男の子を産んでからはなおさらで、夜は奥の座敷で三人だけで過ごす。

その頃からだろうか、祖父は家のことやご先祖のこと、商いについてお希以に伝えるようになった。真意を確かめたことはない。天保十年に祖父が身罷ったからだ。通夜と葬儀には御奉行からも悔やみの遣いが来て、焼香客は八百人を超えた。今でも油商の寄合に出ると、年寄りらは祖父がいかに出来物であったかを讃える。

実際、父の代になっても大浦屋が持ちこたえていたのは、祖父が油屋町の顔役として人望を集めていたからであり、暖簾を支えるだけの財が蔵の中にあったからだ。

だが祖父が亡くなった四年後の冬、隣町の出来鍛冶屋町で火が出た。それが油屋町に移り、今でも語り草になっているほどの大火事になった。油商が軒を連ねている界隈なのだ。炎は油を嘗めて勢いをつけ、町をたちまち火の海にした。山上の諏訪神社や港を挟んで北西にある稲佐山の山道からも、空を焦がす焔が見て取れたという。

大浦屋の屋敷も焼け落ち、土蔵が一つ残っただけだ。祖父が庭師に丹精させていた庭も黒々として、土蔵脇の茶ノ木のみが火を免れた。椿に似た白い花や深緑の葉は見る影もなく、幹だけがかろうじて立っていた。

あの日、お希以は蔵の壁に凭れてへたり込み、しばらく動けなかった。生まれ育った家の燃え殻とくすぶり続ける煙を眺めながら、腰から下は泥にまみれていた。天水桶の水で、どこもかしこもひどい泥濘になっていたのだ。先祖の位牌だけを胸に抱いて、放心していたことを憶えている。

位牌だけは守り抜いた、もうそれだけで気が抜けていた。

父の太平次はみっともないほど動転して、女房と子を連れてイの一番に外へ飛び出した。取り残されたお希以は、まだ十六だったのだ。己が可哀想だと言うのではない。父が大浦屋から真っ先に逃げ出した、その背中を少し不思議に思うのである。

お父しゃまは、私を信じとったとやろかね。

お希以は己で何とかしよる、この家も位牌も何とかしてくれる。

そんな料簡だったとしか思えないのだ。でなければ、あんなふうに鼠のごとく去れるわけがない。お希以も我が娘であるのに一顧だにせず、脇目も振らず。

焼跡の熱の中で、胸の裡は冷たかった。

お多恵の嫁ぎ先、本石灰町の竹谷家に身を寄せて厄介になりながら、弥右衛門と共に家屋敷を建て直した。家財のほとんどを火で失っていたので、町はずれに持っていた家作の何軒かと田畑を売り払って銀子を作った。ともかく商いを再開せねば、奉公人を食べさせていくことができないのだ。

父の一家は火事の夜から戻ってきていない。若宮稲荷の近くの百姓家で三人の姿を見たという話を弥右衛門が聞いてきたことがあったが、そのままにした。自ら去った者を捜して引き戻したとて、それが何になろう。もはや責める気にもなれぬし、詫びられても詮ないことだ。ただ、腹違いとはいえ弟がいる。その先行きを考え、人別帳からは抜かぬままにしてある。

それよりも問題なのは、大浦屋の当主の不在であった。姉や親戚が案じて談合を重ねるうち、町内の顔役の肝煎りで縁談がもたらされた。

お希以は婿を迎えた。火事の翌年である。やけに愛想が良く返事が早く、粋な金唐革の煙草入れを持っている男だった。そして祝言を挙げてまもないある日、蔵の中に入って品定めをした。火の災難に耐え、ただ一つ残った蔵だ。

「こげな茶碗、大したもんじゃなか。ああ、これも、贋物を摑まされとる」

目利き自慢のつもりか、桐箱を開けては難癖をつけ、蔵から出てきた時には手の埃を払いながら薄笑いを泛べた。

「大浦屋の蔵も、大したことなかねえ。期待外れたい」

その言葉を耳にして、肚を決めた。男として好かんなどという理由ではない。

こげん性根のぐずついた男は、お父しゃま一人で充分ばい。養いきれん。

すぐさま本石灰町を訪ね、姉のお多恵夫婦に告げた。竹谷家は「河仁」の屋号で通る老舗で大浦屋と同じ油商であったが、財の充実した先代が暖簾を仕舞い、市中の方々に持つ土地や長屋を貸して悠々緩々の暮らしを続けている。

「あの婿さんば、お帰ししたかです」

義兄の六代仁兵衛は「何を馬鹿な」と、両眉を上げた。

「いけん、いけん」

ふだん至って柔和な性質の仁兵衛には珍しく、頭ごなしだ。

「何がいけんとですか。離縁なんぞ、お武家様でも珍しかことじゃなかでしょう」

「祝言を挙げて七日も経たぬうちに帰したとあっては、外聞が悪すぎるばい。大浦屋のお希以は気性の剛かおなごじゃ、気儘者ぞと噂が立とう」

「その通りですけん、かまいません」

「次に婿に入ろうという者も怖気づいて、縁遠くなるとよ」

「覚悟の前」

仁兵衛は苦り切って、「なあ、考え直さんか」と宥めにかかる。

「介添仲人役を引き受けてくれた町の顔役にも、申し訳が立たんばい」

隣に坐る女房に眼差しを投げたがお多恵は顔色の一筋も変えておらず、いつもながら落ち着いた声で「お希以」と呼んだ。

「別れたか理由は」

断りもなく蔵の中を検めた無礼と傲岸な言い草を打ち明けそうになったが、「そんなことで」といいなさるような気がする。少しだけ考えて、姉を見返した。

「あの婿さんは、大浦屋には合いません」

「合わぬ、と」

仁兵衛の声が裏返った。

「はい。私にはわかりますばい。勘が働くまで、日数がかかり過ぎたほどで」

「勘なんぞで、合わぬ、離縁すると言うか」

「商人にとって、勘働きほど大事なものはなかでしょう」

そう、祖父しゃまはよく口にしていた。

商いには、いかほど理屈を積み重ねたとて、どうにもならぬ流れがある。お希以、勘を磨け。勘を磨かねば、運もついてこぬぞ。

実のところ、今はまだ勘なるものの修練の仕方がよくわからない。ただ、火事場から逃げ出した父の後ろ姿と、蔵の中から出てきた婿の薄笑いが奇妙に重なって見えた。あれは甲斐性無しの臭いだと、頭の中でぴかりと来た。

それからも仁兵衛はあれこれと言葉を尽くして説いたが、考えを変える気はまるで起きない。お多恵が「お前しゃま」と亭主の袖に指を置き、頭を振った。

「いったんこうと言い出したら曲げん子ぉですけんね、無理に堪忍させたところでどのみち添い遂げられんでしょう。なら、早う破鏡した方が先様のお為にもなりますたい」

「さすが、姉しゃま。ようわかってなさる」

小膝を打つと、お多恵は膝前の畳を払うように叩いた。

「笑うて感心しとる場合じゃなか。ちっとは神妙にせんね」

一喝された。

当人はもとより婿の生家は激昂し、仲人にも随分と叱られ呆れられもしたが、離縁銀を上積みすることで承服してもらった。

離縁して二年後の弘化三年、お希以は大浦屋の跡目を継いだ。仁兵衛が案じた通り、その後はろくな縁談も来ぬままだ。しかしあの離縁は、今も微塵も悔いていない。おさらばするなら、さっさと決めた方が綺麗やけん。心置きのう、前を向ける。

ふいに音が轟いた。見物衆がわッと歓声を上げて、お希以も爪先立つ。空の向こうでドン、ドンと鳴っている。花火でも雷鳴でもない、途方もなく重く深く、そして慕わしい音だ。

渋々と面倒そうに立っていた友助でさえ目を輝かせ、「ひょう」とはしゃぎ始めた。

「女将しゃん、船が来ました」

「わかっとる。そいば待っとったんやけん」

「いやあ、凄かもんですねえ」

友助は「凄か」を闇雲に繰り返している。

「あんた、長崎者のくせに初めて見ると」

「市中の生まれじゃありませんけん。ひょう、間近で見たらこげん大きかもんですか」

眼差しを海に戻せば、白帆を巻き上げた蘭船がついに湾内に入ってきていた。帆柱の上では赤と白と青の横縞の旗が翻り、赤く長い吹き流しが風でうねっている。蘭船は毎年二隻と決まっており、一隻はゆるゆると豪壮な姿を見せ、盛大に空砲を撃っているのはまだ港口にいる一隻だ。また数発、続けて鳴った。

祝砲なのだ。海路で難破することなく無事にこの地に辿り着いたという祝い、そして「今年の取引もよろしく」との挨拶でもある。

才覚さえあれば。

ふいに、耳朶のそばを祖父の声が通り過ぎた。はっとして振り返る。むろん、そこに姿があるはずもなく、見物衆が小躍りをして口々に歓声を上げている。

ばってん、今、たしかに聴こえた。

お希以は目をしばたたく。

そうだ、あの日も祖父と連れ立って大波止に出てきて、入津を待っていた。子供とはいえ十歳を過ぎていたので手を引かれてはいない。むしろ杖を持つ祖父の腰や肘を支え、団扇で風を送りながら立っていた。やがて祝砲が轟いて、すると祖父が空を仰ぐようにして何かを呟いた。音と人声に紛れてよく聞こえず、「え」と祖父の口許に耳を近づけた。

「その昔は、大浦屋も船ば持って交易しとったとよ」

お希以が大声で「船」と尻上がりに訊き返すと、祖父は「ん」と首肯した。もとは温厚な丸顔だったがあの頃はもう七十半ばで、目の下と頬が弛(たる)んでいた。躰(からだ)も二回りほど縮み、小さな髷(まげ)も真白だ。

「ご先祖様は二百年ほど前、上方の河内(かわち)という土地から移ってきた」

それはお希以も知っている。長崎の地は江戸に幕府が開かれてまもなく町割りされ、その際に京や大坂、堺や博多などの商人が移ってきて今の繁華を築いた。姉の嫁ぎ先である河仁も、河内の出である。

祖父がまた何かを言ったので、さらに耳を寄せた。

「大浦屋は船持ちの油商やった。油商いのかたわら唐人や葡萄牙人(ポルトガル)相手の交易もして、商いの屋台骨を太(ふと)うした」

「そがんこととして、お仕置きば受けんかったと」

「昔は自在に交易できたばい。才覚さえあれば、異人とでも好いたように渡り合えた」

お希以は驚いて、「祖父しゃま、それ、本当ね」と大声で訊き返した。

誰もが蘭船を迎えて騒いでいる大波止で、祖父と孫娘の二人だけは互いに頬を寄せ合うようにして、二百年前のことを話していた。

私は何でずっと、あの日のことを忘れとったとやろう。

おそらく、祖父が最後に見せた顔が少し淋しげに映ったからだ。いつもの、剛毅(ごうき)で陽気な祖父とは違っていた。

よか時代があった。ばってん、古か話たい。

最後に、自嘲めいた笑みを泛べていた。それで私は記憶をしかと留めることをせず、流してしまっていたのだろうか。けれど今なら、大浦屋の主である今の己なら、わかるような気がする。

異人と交易した船持ち商人であったにもかかわらず、その後、御公儀の禁制によって油商いのみに専心せざるを得なかったのだ。代々、途方もない機会を逸し続けてきた。その矜(ほこ)りと無念が、何代もの当主の間で細く長く流れてきたのではないだろうか。

この胸の中にも、流れる音がする。

昔は、異人とでも好いたように渡り合えた。

才覚さえあれば。

海に眼差しを戻した。水面(みなも)に白い漣(さざなみ)が立ち、艀(はしけ)が沖へ向かって次々と出てゆく。

二

中庭に面した自室で、朝膳の前に坐(ざ)している。箸を使いながらも、つい、ふわあと欠伸(あくび)が出る。

「ああ、ああ。咽喉（のど）の奥まで丸見えですばい」

女中頭のおよしが茶盆を運んできた。お希以は箸を置いて手の甲を口許にあてたが、また欠伸だ。

丸く大きな膝がにじり寄ってきた。三十半ばのおよしは肥り肉（ふとじし）の暑がりで、台所と奥との行き来だけでもう蟀谷（こめかみ）や鼻の下を汗で光らせている。そばに来るだけで、辺りがむうと暑気が濃くなるほどだ。

「女将しゃん。あまり食が進んでおられんですね。夏負けですか」

「私の取柄は躰が丈夫なことと、知っとるやろ。ゆうべ、何とのう寝つけんかっただけたい」

「そういえば、毎晩、夜更けまで起きとらすごたると女中らが言うとりましたばってん、何事か、ご懸念がござりますのか」

心配げに小鼻を膨らませている。

「べつに、何もなかよ」

本当は、毎晩、考えている。先月、蘭船を出迎えた大波止で祖父の声を聞いたような気がした。言葉を反芻（はんすう）するうち、胸に萌（きざ）した思いがある。

私も交易に乗り出したか。ご先祖のように、海の外の物を扱う商いがしてみたか。

願いは日ごと夜ごとに強くなり、日中は居てもおられず、弥右衛門の目を盗んでは油屋町を出て蘭船を眺める。

ほんに、大きかあ。

幼い頃から見慣れたはずの船影であるのに、目にするたび巨きく感じる。船の長さは十四丈余りだろうか。幅はおそらく四丈近い。帆柱は三本で、縦横の帆はすでに巻いてあるので柱から無数に延びる綱の線が露わだ。そのさまはまるで頑是ない女の子が空に向かって両の手を掲げ、綾取りを見せているかのようだ。

海を眺めた後、お希以は江戸町へと入る。

江戸町は一本の橋で出島とつながっている唯一の町だ。出島と同じく海に向かって丸い弧を描いた土地で、通りの左右には交易にかかわる地役人の会所や詰所がずらりと並ぶ。船から荷を揚げる半裸の人夫や羽織袴の地役人が盛んに行き交い、薄荷や胡椒や銅の金臭い匂いで沸き返っている。

通りを歩きつつ、油障子を開け放した詰所の戸口に近づいて中を覗き見る。地役人が筆を持って帳面を開き、ここも旺盛に言葉を交わしている。

「棹銅の積み込みは、もう段取りできとっとか」

「ああ。明日から積める」

棹銅は、阿蘭陀船に積み込む移出品の皮切りだ。それはもう長崎の町人なら皆、承知していることで、船の荷をすべて陸揚げしてしまえば船が軽くなり、強風が吹けばたちまち傾いてしまう。それでまず棹銅を積み込んで錘とするのである。

お希以は中の役人と目が合えば声をかけてみようと、戸口の中にさらに頭を入れる。

「おい、こげなとこで何しとる。退けい」

背後からどやしつけられて、見れば向かいの詰所から帳面片手に駈け込んできた役人だ。仕方なく通りに歩を戻せば、人夫らが担いだ荷で腕や背中をこづかれる。

「おなごが暢気に、そぞろ歩きばする通りじゃなかぞ」

「そぞろ歩きなんぞじゃなか」

けれど、その後に継ぐ言葉を持ち合わせていないのだ。それが口惜しい。唇が思わず、にゅうと尖る。何のきっかけも摑めぬまま、通りの端を歩く。

やがて右手の建屋が途切れ、にわかに明るくなる。出島に向かって開かれた広場で、石造りの橋の向こうが出島の表門だ。

「ほいッ」「はッ」

「それッ、イ之蔵に運べい」

「いや、その荷はロ之蔵ぞ」

人夫同士が声をかけ合い、荷揚げをしているのだろう。海風に乗って、出島の中の賑わいも運ばれてくる。けれどお希以は、目の前にあるその橋を渡ることができない。橋の袂に、二枚の札が立てられている。おなごは傾城のみ、つまり遊女以外は入ることを禁じると記してある。その札をじいと睨んで、歯噛みするしかない。蘭船の前では総身が奮い立つのに、手も足も出ないのだ。

大浦屋が交易に打って出るにはどうしたらよいのか。

いや、本業の油商いも何とかせねば、先細りするばかりだ。

油屋町の油商はいずこも、御公儀から油を専売する許しを頂戴して家業を営んできた。大浦屋は灯り用の菜種油を上方から仕入れて売るのが商いで、しかしお希以が跡を継いで数年後、地回りの菜種油が出回るようになった。大坂から船で運ぶ費えがかからぬぶん、地回りは安価だ。煌々と灯をともして客をもてなす揚屋や妓楼、料理屋など大口の得意先は昔ながらの交誼を通してくれているものの、小口の客は年ごとに減っている。油は使えば失せて無くなる、いわば消え物だ。少しでも廉価な物があればそれを購うのは人情だろう。

お希以は何年も前から、扱う油の種類を増やしてみてはどうか、いっそ蠟燭も商うてはどうかと思案を出してきた。だが、弥右衛門は「女将しゃん、お控えくだされ」とにべもない。

鬢付け油にも商い仲間がありますばってん、今から参入を申し入れても首を縦に振るとは思えませんばい。ああ、鰯油。あれは大層、臭うございますな。あげん臭か油をこの大浦屋が扱うとなりましたら、亡くなった大旦那しゃんに申し訳が立ちまっせん。それこそ、大浦屋はいよいよ溺れかかって藁をも摑むと噂が立ち申したら、仕入れにも難儀を来しましょう。は、蠟燭はどうかですと。高価な品はお買い求めくださるお客も少なかでしょう。儲けが厚うても売れる嵩が少のうては、捗が行きませぬな。

弥右衛門は祖父の代から仕えてきた古手で、お希以が思案を出せども、そのつど古いしきたりやら決まりやらを持ち出して受けつけない。

どうしたら弥右衛門を説き伏せることができるのか。

交易できるのか。

二つのことを寝床に入っても考え続けているので、目がらんらんと冴えてくる。それで起き出して灯をともし、文机の前に坐る。けれど頰杖をついてぼんやりするだけで、ろくな案が湧いてこない。

商家では、商いの采配を振るのは番頭なのだ。主は番頭に信を置いて任せ、時折、帳面を見て銀子の出入りを確認する、何か事が出来したらば相談を受ける。それが役割だ。そして弥右衛門は、若い主が何か新しいことをしたがったら、ろくなことにはならぬと用心しているのだろう。商いの何たるか、その厳しさを潜り抜けておらぬ主が料簡違いを起こせば、暖簾にかかわる事態にもなりかねない。そんなことまで暗に匂わせて説教をする。

たまには、私のしたかごとさせてみんか。

腹立ち紛れに毒づくこともあるけれど、なにしろ頑固者が「慎重大事」と看板を上げているような爺さんだ。まるで太刀打ちできない。

「女将しゃん、溜息ばかり。やはり、お具合が悪かとではなかですか」

「いや、まこと、どうもなかよ」

箸を持ち直し、瓜の糠漬けを齧る。ポリポリと口の中で小気味のよい音が立つ。最後は飯に湯をかけて平らげた。

「今日は、丸山の月花楼で寄合にござりましたな」

「そうたい。ご馳走しゃんでした」

「のんびりなさっとらんで。お召し替えばお手伝いしますけん」

促されるまま、隣室の六畳に移った。

およしは薄緑地に尾花や萩の模様が色糸で刺繍された麻縮を選び、「地味ですばってん、商いの寄合にござりますけんね」と、独り言を零す。「せめて」と、明るい色の帯を長持から引っ張り出した。これは目に沁みるような露草色で、秋虫が海老茶色の糸で遊ばせてある。

「そろそろ、新しか小袖をお仕立てになってはいかがです。どれもこれも、本石灰町の奥しゃまのお下がりばかり」

姉のお多恵は時々、自分には派手になった色柄を譲ってくれる。

「私は何でもよか」

「いいえ、ふさわしか身形を整えられんと大浦屋の暖簾にかかわります。ああ、しゃんとお立ちになって。帯が結べませんけん」

背中をどんと叩かれて、前につんのめった。

弥右衛門といい、このおよしといい、古い奉公人は何かにつけて「暖簾」を口にする。

着替えを済ませて店之間に入り、神棚を拝んでから床の間の前に移った。衣桁に掛けてある法被を手に取って羽織る。奉公人の仕着せは藍木綿だが、お希以は跡目を継いだ時に姉夫婦から祝いとして、海松色の絹地に大浦屋の花菱紋を白く染め抜いたものを贈られた。身につける物には頓着しない性分だが、この法被だけは気に入っている。肚が据わるような気がする。

板間に下りると、奉公人が一斉に辞儀をした。

「女将しゃん、おはようございます」

「おはよう。今日もよろしゅう気張ってな」

いつもの言葉を返し、するといつものごとく帳場格子の中から番頭の弥右衛門が出てきた。

燻したような塩辛い声で朝の挨拶をして、辞儀もまたひときわ丁寧だ。六十はとうに過ぎているはずであるのに所作は軽々として、浅黒い細面は艶光りしている。

弥右衛門にも同様に挨拶を返し、「寄合に行ってくるけん」と告げた。

商家の主として最も大事とされるのは、店の外での働きにある。商い仲間と交誼を深め、代々の主同士が結んできた紐帯（ちゅうたい）をより強いものにしなければならない。とはいえ油商仲間の古株どもときたら、弥右衛門を数人束ねたような石頭揃（ぞろ）い、お希以などいまだに「嬢（とう）しゃん」扱いされる。ゆえに気が重い。重いが、余禄は捨てがたい。堂々と店を出て、帰りには大波止へまっしぐらだ。

「今日は、手前がお供しますばい」

弥右衛門が信玄袋を手にして腰を上げた。「急に、何ね」と、思わず早口になる。

「寄合は私一人で充分たい。いつも同じような話しか出んし、あんたにお出ましいただくほどのことはなか」

「皆々様にはしばらくご無沙汰しておりますけん、ちとご挨拶をばさせていただこうと思いましてな」

そう言うが早いか、すたっと背を見せ、店土間へと向かう。丁稚がたちまち小腰を屈め、お希以の草履と弥右衛門の雪駄（せった）を框（かまち）の下に揃えた。

弥右衛門が一緒となれば、帰り道の余禄はどうなる。

渋々と草履に足を入れると、前垂れをつけた友助と目が合った。帳面と筆を手にして荷の前に立っているが、きょろりと妙な目つきをする。

「行っておいでなさりませ」

気の毒そうな、けれどどこか面白がっているような声音に送られて暖簾の外に出た。

三

月花楼の十畳二間に集まった油商は三十人ほどで、お希以は下座に坐り、面々の話に耳を傾ける。

弥右衛門は敷居の外の畳廊下で控えているのだが、じっとこちらを見張っているような気がして、背中が何とも気色が悪い。寄合でまず伝えられたのは奉行所に立てたお伺いの返答で、それもごく些細な、「例年通り、盆前に井戸浚えをいたしとうござりますが、よろしゅうござりますか」という問い合わせに対して、「許す。念を入れて浚うように」との返答だったりする。形式の応酬だ。

次に、町内の慶弔にかかわる動きへと話柄が移る。どこそこの隠居がそろそろ危なそうであるので、通夜、葬儀となれば油商仲間から何人手伝いを出すか、香料は決まり通りでよいかを話し合う。井戸浚えの担当を割り振り、秋祭に向けての準備も例年通りの確認で、そしていよいよ商いについて談じ合う。

しかし今日の「安く出回っている油に、いかなる手を打つべきか」も、この五、六年というもの、芝居の十八番のごとく掛かっているお題だ。

「あんな値付けばしおって、無茶ばい」

「買う客も客ぞ。わしらとの昔ながらの縁なんぞ、まるで顧みん」

「昔はつきあいをそりゃあ大事にしましたけどなあ。少々高かろうが、油はここ、塩、醤油はここと、代々、出入りの店から買うたもんです」

「世知辛い世になり申した」

季節ごとに談合しているにもかかわらず、ほとんどが地回りの油を扱う小商人らへの恨み言に終始し、そして近頃は人情が冷たくなったとの繰言だ。お希以は苛々と、膝の上の手を組み直す。

こげん益体もなか話ば延々と聞かされるなら、大波止に立っとった方がよほど有益たい。

そう思って、「ん」と首を捻る。

そうや、船たい、と小膝を打った。

「よろしゅうございますか」

申し出ると、皆が一斉にこなたを見る。背後の弥右衛門が何か気配を立てるが、お希以は上座に向かって頭を下げた。顔役がずらりと並んでいる。

「大浦屋しゃん、何ね」

「値で負けてるのですけん、いっそこの仲間で仕入れたらどうです。一括で購うたら、値引きの掛け合いもかなりできるとではありませんか」

すると、一人が「一括て」と鼻から息を吐いた。

「気易う言うが、いったい誰を相手に掛け合いすると。大坂の卸商とは皆、古かつきあいを重ねてきとると。簡単に仕入れ先ば替えられるわけがなかばい」

お希以は「いいえ」と、膝を動かした。

「大坂じゃなかです。阿蘭陀から仕入れたらどがんでしょうか」

方々で「阿蘭陀」と声が上がった。油鍋にいきなり放り込んだ豆のごとくだ。

「大浦屋しゃん、ここは寄合の場たい。戯言はやめてもらいましょう」

「本気で申し上げとります。阿蘭陀の油が長崎より安かかどうかは調べてみんとわかりませんばってん、もし安う買えるんなら」

と、後ろから強く袂を引かれた。顎だけを動かすと、真後ろに弥右衛門の顔がある。

「お控えくださりませ」

小声で叱るような口ぶりだ。

「阿蘭陀から何を購うかは、御公儀がお決めになることですたい。勝手に油を仕入れようなんぞと企んでも土台が無理、その無理を通そうといたさばお咎めを受けますばい」

「何も御公儀に無断でと言うてるわけじゃなか。御奉行様に伺い書ば出して、しかるべき手順を踏んでお許しをいただいたらよかやろう」

座敷に流れたのは、失笑めいた嘆息だ。お希以の隣に坐る年寄りだけが気の毒そうに眉を下げ、けれどその目は弥右衛門に向けられている。

「あんた、ご苦労なことたい。こげん世間知らずの嬢しゃんを主に戴いて、よう暖簾を守ってなさる」

方々でまた小馬鹿にしたような笑い声が立ち、弥右衛門は顔色を失っている。

「面目もなかことにござります」

頭を下げさえするので、むっときた。

「何を詫(わ)びることがあると。ここは寄合の場たい。己の思案を出す場ぁやなかか」

上座から「なら、教えてやろう」と声がした。顔役の一人である住吉屋(すみよしや)だ。お希以が婿を取った時の介添仲人で、寄合に出るたび酸い物を口に入れたような顔つきをして、聞こえよがしの皮肉を吐く。

おなごの分際で一人前の主面(しゅうづら)しおって。生意気な。

お希以が会釈(えしゃく)をしてもそっぽうを向き、目も合わせてこない。しかし今日はやけに声を張り上げ、三本の指をずいと立てさえする。

「御公儀の御老中でも、手が出せぬものが三つある。世間ではそう言われて久しかが、それが何か、あんた、わかるか」

「存じません」

「大奥と金銀座、そして長崎ばい」

頭の中で、それぞれを思い泛べる。大奥の老女に逆ろうた御老中は首が飛ぶ、それは聞いたことがある。げに恐ろしきは、力を持つおなごだ。金銀座は貨幣を作る役所のことだが、代々世襲であるらしい。金銀の鋳造は素人(しろうと)では手出しのできぬ、難しい仕事であるからだろう。となれば長崎はと、お希以は目玉を天井に向けた。

やはり、交易じゃなかか。

答える前に、住吉屋は指を立てた手を前に突き出し、想像通りの説明を延々とした。

「で、長崎は交易ぞ」

それは百も承知と、お希以は鼻白む。

「この地は町ごとそっくり、御公儀の交易商いの店のようなもんたい。その務めを担っておるのは、誰か。そう、町年寄(まちどしより)しゃんを筆頭とする長崎の地役人ばい。かれこれ二百年は携わっとるけん、きちぃと仕組みも役割もできあがっておって、ここに手ぇば突っ込んで何か変えようと思うても素人には何(な)ぁんもわからん。ゆえに、御老中にも手が出せぬというわけばい」

地役人と呼ばれる町人の数はほぼ二千人に上り、交易の元締めたる長崎会所などに詰めて実際の取引にかかわり、さらには阿蘭陀通詞(つうじ)や唐通事(とうつうじ)として奉公する家もある。

住吉屋は滔々と、誰もがすでに知っていることを「よう聴いておけ」とばかりの顔つきで開陳する。

「阿蘭陀から何を購うかは、長崎会所と御公儀との談合で決まると。新しか品目を加えていただきたかと御奉行様に願いを上げたとて、さて何年待たねばならぬことか。その間、音物を贈り続けねばならんとぞ。まあ、千両ではきかぬかもしれぬし、そのうち御奉行様が替わったらその音物は捨てたも同然になるばい」

息を継ぐ間にお希以はすかさず、「ばってん」と挟んだ。

「お伺いを立ててみんことには、何も始まらんとじゃなかですか。ともかく長崎会所に掛け合うて、阿蘭陀の油の値ば調べてもらいましょう。御奉行様にはそれから」

住吉屋は目を剝き、首から上を紅潮させている。

「わしに向こうて、ばってんとは、あんた、わしの話ば聞いとらんかったとか。御老中にも手が出せぬと言われとる阿蘭陀交易に、わしらが手ぇ出せるわけがなかろうが」

突き出していた三本の指が握り拳になった。隣の年寄りが「ええか、大浦屋しゃん」と、肩を寄せてくる。

「仮に、阿蘭陀しゃんが長崎で油を売りたかと船で運んできたとしよう。じゃが、わしらにはそれを仕入れる術がなか」

それには心底驚いて、「なかですか」と訊き返した。

「なかよ。わしらは入札に参加できん」

「何ゆえ」

「入札には鑑札を受けた商人しか参加できんとの決まりがあると。そもそも蘭物は長崎会所がまず商館に買取り値を交渉して、もうちっと安うならんかと押し引きもして値を決める。この値組みを済ませてから会所の利を上乗せして、商人に札を入れさせる。今、諸国から続々と商人が集まっとろう」

「その鑑札、どうやったら受けられるとですか」

「新規参入は、なかなか認められん」

「何ゆえ」

「何ゆえ、何ゆえと、ほんにうちの孫にそっくりたい。知恵のつき始めか」

年寄りが呆れ顔になったので、また厭な笑いが立つ。しかしお希以はかまっていられない。膝を回し、組みつくように訊いた。

「入札商人になるとは、そげん難しかことですか」

「交易商いは旨みが大きかけんね。入札に参加したか商人は上方、江戸に限らず諸国におる。引きも切らんとよ。ばってん、その者らを気前よう認めておったら昔から交易商いしておる者らが黙っとらん。銀子に物を言わせて次から次へと安か札ば入れられたら、何も落札できん者が出てくる」

そうか。この油商仲間と同じことかと、ようやく腑に落ちる。己らの権益を守るために手を組んで新しい者を入れぬよう、御老中にさえ手出しをさせぬよう、がっちりと土塁を巡らせているのだ。

「まあ、抜荷を防ぐ目的もある」と、年寄りは咳払いをした。抜荷とは、正規の入札を通さずに品を落手することだ。発覚すればむろん、厳しい処罰を受ける。

「入札商人が増え過ぎたら、会所の目が行き届かんようになるけんな」

上座の住吉屋が煙管に火をつけ、煙を吐きながらお希以に眼差しを投げてきた。

「もしもだ。もしも、あんたの言う通り、御公儀が阿蘭陀からの仕入れ品目に油をお入れになったとしよう。で、それが市中より遥か安値であったとしよう。ばってん、わしら油商の者は入札させてはもらえん。長崎会所で利益を上乗せされ、落札した商人らもそこに利を乗せる。とどのつまり、今とさして変わらぬ値になるばい。どこをどう繕うても、あんたの思案はでたらめよ。まったく、おなごの浅知恵は聴くに堪えん」

観念せいとばかりに最後は吐き捨て、皆を見回した。

「つまらん話で時を喰うてしもうたばってん、今日の寄合はここまでばい。皆さん、よろしいな」

お希以以外の仲間連中が揃ってうなずいた。住吉屋は派手に手を打ち鳴らす。

「口直しじゃ。酒を」

障子の際に控えていた女中が、「かしこまりました」とすぐさま腰を上げた。

寄合の本目は、談合の後の昼宴にあるのだ。深刻ぶった面を脱ぎ捨て、しこたま呑んで騒ぐ。徳利を手に座敷じゅうをうろついて下世話な話に花を咲かせ、袴を酒で濡(ぬ)らしても平気だ。そのうち喉自慢が唄をやり、剽(ひょう)げ者は羽織を後ろ前に着て踊る。

さすがに日中の寄合では芸妓(げいこ)を呼ばぬので、酌をして回るのは新参者や若輩者、すなわちお希以が座敷の中を膝行(しっこう)せねばならない。そして、またいろいろと説教を受ける。

酒の注(つ)ぎ方がぞんざいたい。ちっとは愛想笑いをせぬか、顔役の引きがのうてはこの先、やっていけんばい。

生意気を申すな、逆らうな、可愛げば持て。

お希以はうんざりとする。ああ、せからしか。帰りたかあ。

何人かが扇子を使いながら雪隠(せっちん)に立ったので、お希以も腰を上げかけた。

「女将しゃん」

また袂を強く引かれて振り向くと、弥右衛門だ。雨上がりの土のような顔色をしている。

「弥右衛門、どうしたと。店が気になるなら、先に帰ったらよかよ」

商い仲間の面前で大恥をかいた、おそらくそれが理由だろうと察しはついているが、空とぼけてやった。取り返しのつかぬことをしでかしたとは思わない。

お希以は「さあて」と、威勢よく立ち上がる。

「いずこへ行かれますと」

「案ずるな。御不浄に立つだけたい。逃げはせん」

長い畳廊下を進み、角を折れると、板敷きの広縁に出る。開け放した障子の向こうは庭の築山で、よく手入れされた緑の芝草が生い、青楓の枝が涼しい影を落として揺れる。その前で足を止めて立ち止まった。さすがに、大きな溜息が出た。

油の買い入れは難しかか。よか思案やと思うたとに、結句はこのまま商いの傾いていくとば黙って見とけて言うとか。

まして畑違いの大浦屋がこれから交易に乗り出すなど、子供の寝言に等しいらしい。

我知らず、肩が落ちる。

交易するとは、そげん難しかことやったとか。ああ、歯痒か。私は何でももっと早う、己で知ろうとせんかったとやろう。

手洗いを済ませ、のろのろと広縁を引き返す。畳廊下へと足を戻し、右手に延びる板廊下へと顔を向けた。廊下の奥には、この月花楼の内所がある。幼い頃は祖父に連れられてよくここを訪れたので、女将のお政とは長年の顔馴染みだ。長年、大浦屋から油を買ってくれている上得意でもある。

足早に奥へと進んだ。内暖簾の前に膝をつき、「女将しゃま」と声をかけた。

「大浦屋にござります」

ややあって、気配が動いた。

「お希以しゃんか。入りんしゃい」

暖簾を潜ると、男がちょうど立ち上がったばかりだった。羽織袴で、腰には脇差のみだ。つまり身分は町人である。男は懐に入れていた右手を抜き、お政に「では」と一礼をした。

歳の頃はお希以とおっつかっつに見え、やけに背が高い。すれ違いざまに目が合った。長く切れ上がった目許で、よく陽に灼けている。といっても、生白い顔色を持つ男はほとんどが他の土地から訪れた者だ。

互いに小さく会釈を交わしただけで、男はたちまち暖簾の向こうに姿を消した。微かに、残り香がある。橘の芳香と清い水を混ぜたような、変わった匂いだ。

「お客しゃん、よろしゅうござりましたのか」

「お客はこっちゃけん、かまわんとよ。ちょうど商談が成立したばかりたい」

お政が夏火鉢の前を掌で示すので、お希以は遠慮なく膝を畳んだ。

「そういえば、今日は寄合じゃったね」

「さようです。よう捺られました」

「油屋だけに」と、お政も笑いながら切り返してくる。白い夏小袖に青と緑の太い縦縞を織り込んだ薄衣を重ね、頭はいつもの大丸髷だ。

「今、商談ておっしゃいましたか」

「そうたい。この時季は毎年、何やかやと見せにくるとよ」

お政は月形の眉を片方だけ上げた。昔から念入りに化粧をほどこす女で、少しお多福に似ている。歳頃はよくわからず、というのも、お希以が幼い時分からいつ会っても同じ顔をしている。不思議と老いる気配がないのだ。ただ、亭主だけはよく替わる。

亭主を替えるも、替えた亭主をしっかと養うも、おなごの甲斐性たい。

いつだったか、そう嘯いていた。しかしなぜかお政は小男を好むので、お希以の目から見ればべつだん代わり映えのしない亭主ばかりだ。

お政は膝の脇から赤漆の重箱を取り出し、蓋を外した。中を覗き込むと、小間物のたぐいが色とりどりに光を放っている。お希以は欲しいとは思わぬが、品の良し悪しはわかる。これは極上揃いだ。

「珍しか数珠ですねえ」

緋色の若々しい品が目について言うと、お政は無雑作にそれを摘まみ上げた。

「こいは首飾りたい。蘭物」

大丸髷の上から通して、胸許にじゃらりと落とす。

「うちの亭主には内緒たい。私の小遣い稼ぎ」

お政は細い目を頬に埋もれさせ、咽喉の奥をフフと鳴らした。

「女将しゃま、蘭物を扱うてなさるとですか」

「どげんしたと。目がこげんなっとるけど」

お政は両手の指で、大きな輪っかを作ってみせる。人差し指の根許で、翡翠色の石がまた鮮やかだ。

「そう。脇荷たい」

「この蘭物が脇荷ですか」

「私なんぞ、よかお客よ。お希以しゃんは買うたことなかね」

「なかです。身の回りのことは、女中頭まかせですけん」

阿蘭陀の商館員らは、己で仕入れた物を長崎に持ち込んで売ってもよいことになっている。俸禄が安いのでいつの時代からか目溢しされるようになり、ただし市中には出られぬのでコンプラ商人に品物を預けて売り捌いてもらっているはずだ。それにしても、こんな高価そうな装飾品まで脇荷になっているのかと驚いて、さらに「え」と背後の暖簾を振り向いた。

「さっきのお人、コンプラですか」

「コンプラに見えるね」

「見えません」

コンプラ商人は出島に出入りして蘭人の日用品を調達する諸色売込人のことで、市中のパン屋にパンを仕入れに出向く姿はふだん当たり前に目にする。近郊の百姓から豚や鶏を購い、大八車に積んで出島に運び込んだりもしている。お希以は直に見知りはおらず、義兄など上級町人の間では何となく下に見る風潮がある。細々と立ち回って、抜け目のない連中だと評する者もあるほどだ。

「あん人は通詞よ」

「通詞しゃんが脇荷の捌きをしとらすとですか」

「小通詞の末席たい。偉過ぎず下っ端過ぎず、こがん上物の捌きにはちょうどよからしか。当人にも、それなりの稼ぎになっとるやろう。最初はえろう堅物な男やったばってん、近頃はなかなか目端もきくとよ。芸妓や遊女衆が好みそうな物ば伝えてやったら、次の年にはちゃんとそういう品揃えで持ってくるもん」

「女将しゃま」と、夏火鉢の縁に指を掛けた。

「あの通詞しゃんば紹介してもらえませんか」

「何ね、血相変えて」と、お政は二重になった顎を引く。

「あんたも小遣い稼ぎばしたかとね。いや、大浦屋の女将ともあろう者がまさかね。それとも、あんたんとこの家業、そこまで傾いとると」

目をすがめている。

「違うとですよ。教えてもらいたかことのあるだけですたい」

祖父の代には大通詞とも懇意にしていたらしいが、火事で身上が傾き、そのうえお希以の代になってからは世間が狭くなっている。地役人に知り合いの一人も作れぬものかと江戸町に足を運んでいるのだが、詰所の中を覗くだけでも胡乱な目つきをされる。

「決して女将しゃまの邪魔はしませんし、他言もしません。ばってん、うまく行ったら必ず御礼ばしますけん」

「ようわからんこと言うねえ。品川しゃんを紹介するくらい、御礼なんぞ要らんたい。私、口入屋やなかけんね」

「品川しゃんとおっしゃるとですか」

「そう。品川藤十郎。毎日、江戸町の通詞会所と出島を行ったり来たりしとるはずやけど。そしたら、あんた、ちっと頼まれてくれんね。品川しゃんに買物ば頼まれたとよ。さして急がんけん」

「何でもお引き受けしますたい」

お政は懐から二つ折りの紙を取り出し、「ええと」と目を細めた。「こん頃、小さか字の見えにくうなってねえ」と、手の中の紙をお希以に差し出す。

それを受け取り、文字を追う。かなりの達筆で読みにくい。

「櫛と笄、花紙、絵草紙、筆に筆洗、お手玉。半襟に湯帷子、それに茶葉」

何だ、この書付はと、内心で首を傾げた。およそ脈絡のない買物だ。しかも紙の左側には、蘭字らしき横文字がうねうねと並んでいる。

紙から目を離し、お政を見返した。

「これが、あの通詞しゃんのお買物ですか」

「違う、違う。阿蘭陀しゃんからの頼まれ物。日用品はコンプラが引き受けとるばってん、郷里への土産は品川しゃんに頼む方が向こうも安心すっとやろう」

「半襟や湯帷子を、郷里への土産にするとですか」

「売るとかもしれんけどね。日本の品はなかなか、人気のあるらしかけん」

お希以は手の中の紙を折り畳み、帯の間に挟んだ。

「こん買物、お引き受けしますばい」

「えらか力の入れようねえ」

お政が少し不審げに声を変えたので、とっとと立ち上がる。

「お邪魔しました」

内所を出て廊下を引き返す最中も、頭の中で何かがぐるぐると回っていた。落ち着けと己に言い聞かせても、身の裡から湧き上がったものが総身を巡る。

通詞は蘭人の言葉の通弁や蘭書の和訳だけでなく、蘭船が入津した際の手続きや交易の文書作成などに携わっている。漠然とではあるが、そのくらいは承知していた。

しかしどうやら、商館員らと親しくつきあってもいる様子だ。手蔓をようやく摑めるかもしれぬ。

「女将しゃん」

剣呑な声がした。弥右衛門が水を搔くような手つきで駈け寄ってくる。

「どこに雲隠れしとられましたと。早う席に戻られんと、宴が終わってしまいますたい。皆しゃん、酌もせぬ気かとご立腹にござりますばい」

「酌なんぞいくらでんさせてもらう。任せときんしゃい」

口の端を上げ、ぽんと帯を叩いた。

四

女中頭のおよしが黒漆の塗籠の前に坐り込み、紙で包んだ品を一つ二つと入れてゆく。

「そいにしても、珍妙なご注文ですたいねえ。文具はともかく、身につける半襟や湯帷子まで他人任せとは。遊女屋にも奉公人はおりますやろうに」

「忙しかとよ。蘭船が長崎におらす間が稼ぎ時たい」

月花楼の女将から請け合った品々を「お政と親しい遊女の入り用」として、およしに調えさせた。むろん弥右衛門の耳に入るのを用心して、内緒の頼まれごとと伝えてある。

なにせ、先だっての寄合から帰った後、夜更けまで説教をされた。

「いったい何を考えて、交易だの阿蘭陀の油だのと仰せになったとです」

「思いついたからに決まっとろうが」

「商人たるもの、思いついたことをそのまま口に出すもんではありませんたい」

「そしたら、もう何も口のきけんごとなる」

「いかにも。向後、寄合ではじいと黙って坐っとられるとが賢明ですけん」

「なら、人形ば据えとくがよか。嗤われようが小突かれようが、木偶は刃向かわんけんね」

そっぽうを向くと、弥右衛門は「女将しゃん」とさらに大きな声になる。やがて互いに膝前の畳を叩きながらの言い争いになって、およしが奥から心配げに様子を窺いにきたほどだ。さんざん大声を出したので咽喉がからからになった。

「茶葉は、これでよかですか」

およしが茶碗を差し出した。

品々は明日、月花楼に持参し、その場で品川藤十郎という小通詞に引き合わせてもらう約束を取りつけてある。注文の書付には、茶葉も記されていた。

お希以は茶碗を持ち上げ、口に含む。いつも飲んでいるのと同じ味だ。大浦屋の奥では、肥前の嬉野で産する茶を使っている。

「どんくらい用意したと」

「いつもこの一袋を茶葉屋に持ってこさせてますけん、五十匁ですたい」

広蓋から紙包みを取り出して見せた。箱枕ほどの嵩だ。

「そん一袋で、値はいくら」

「上物ですけん、百文ほどですたい。遊女しゃんやったら、もっと上等の方がよかですか」

「いや。そいでよかよ」と答えつつ、お希以は内心で考えを巡らせた。

茶葉の注文ということ自体が、奇妙なのだ。

長崎の町では、出島の阿蘭陀商館員の暮らしぶりは市中によく知れ渡っている。地役人や通詞、そして遊女らの口を通して面白可笑しく話が広がるからで、蒲団ではなく寝台で寝起きし、蘭船が国に戻ればたいそう閑であるので、見晴台に登って遠眼鏡で山や海を見たり、広い台を囲んで玉を突き合って遊ぶらしい。

しかし茶を好んで飲むとは、耳にしたことがない。

「なあ、およし。あんた、蘭人が茶を飲むて聞いたことあるね」

「阿蘭陀しゃんが飲ますとは、黒か苦汁でしょう。あれは千振より不味かもんらしかですねえ」

およしの言う通り、蘭人の飲み物といえば葡萄の酒に牛の乳、そして豆を焙じたカッフィとかいう黒汁だ。

お希以は茶碗を畳の上に戻し、中庭に目をやった。蔵の白壁が光を受けて照り返り、芭蕉(ばしょう)の葉が揺れている。ふと、葉先に宿った光が風で閃(ひらめ)いた。

「やっぱり、上等の茶葉も用意してくれんね」

思いつくまま、さらに口にする。

「それと、こいより安か品も」

「遊女しゃんが、そげんお茶ば飲まれるとですか」

「好みのわからんけん、三種くらい揃えておいてやった方が無難やろう」

「たしかに、いかな遊女しゃんでも毎日上物というわけにはいかんでしょうね。お茶は、ほんに贅沢な物ですけん。私の里では、茶をやたらと飲むおなごを女房にしてはいけん、所帯持ちが悪いと言うくらいで」

およしは暑そうに衣紋(えもん)を抜きながら、独り合点をした。

「今日じゅうに用意できるね」

「かしこまりました。茶葉屋に申しつけとったら、喜んで持ってまいりましょう」

茶碗を再び手に取り、口に含んだ。甘苦い香りが口中に広がる。

翌朝、店之間に出て、いつものように皆の挨拶を受け、床の間の前に腰を下ろした。

ここが大浦屋の主の席で、弥右衛門が差し出す帳面を検分したり、藪入(やぶい)りをする奉公人らの挨拶を受けるのもこの小座敷だ。

帳場格子の中にいる弥右衛門を呼ぶと、相も変わらずの仏頂面だ。寄合の夜に口喧嘩(くちげんか)して以来、七月の半ばを過ぎてもまだ不機嫌極まりなく、お希以が話しかけても木で鼻を括(くく)ったような返答しかよこさない。

胸糞(むなくそ)が悪いが、あえて軽い口調で告げた。

「月花楼に出かける。友助に供ば頼みたか」

弥右衛門はじろりと睨み上げた。月花楼と耳にするだけで、またも怒りと恥がぶり返すらしい。

「何用にござりますと」

「女将しゃまに頼まれた物のあって、そいば届けるとよ。月花楼は祖父(じい)しゃまの代からの上得意たい。向後もどうぞ懇(ねんご)ろにお引き立てを願いますと、挨拶ばしてくる」

あえて祖父の名を出した。弥右衛門にとっては手代時分からの主であり、今も敬いの念が強い。おそらく内心ではまだ祖父に仕えている心持ちで、大浦屋を支えてくれているのだろう。それはわかっていても、うるさく諫(いさ)め口をきかれるとつい口ごたえをしてしまう。

およしが女中を連れて入ってきた。できるだけ小さく軽くまとめるようにと命じてあったが、それでも女の腕で一抱えはある葛籠だ。女中が花菱紋の入った風呂敷を広げ、籠を包んでいる。

およしはもう一包みを、お希以の前に置いた。かさりと乾いた音がする。

「ご苦労さん」

ねぎらうと、弥右衛門がつかのま不審げな目を向けてきた。が、何も言わず、渋面のまま板間へと下りる。手を打ち鳴らし、「友助」と呼んだ。

「友助、おらぬか。誰か、裏の油置き場ば見てこい。女将しゃんから直々にお供を仰せつかっとるばい。お直々たい」

厭な言いようをするが、このくらいの皮肉は平気の平左衛門だ。痛くも痒くもない。

表でやけに大きな声がして、暖簾が激しく動いた。駈け込んできたのは当の友助だ。

「えらかことですばい」

店土間で声を張り上げる。

「何ね、騒がしか」

弥右衛門が剣呑な声を出した。

「船の来たとですよ」

「船。船は先月から来とらすやろうが」

「蘭船と違いますたい。魯西亜の船の四隻も」

お希以は思わず立ち上がり、土間に下りていた。

「黒船の来たとか」

「黒かどうか、わかりませんばってん、港は大騒ぎになっとるそうで」

暖簾の外に出ると、通りを行く誰もが港を目指しているように見える。法被と前垂れをつけたお店者(たなもの)に天秤棒(てんびんぼう)を担いだ秋草売り、赤子を背負った子守りの娘も口々に何かを言い立てながら小走りだ。そして友助も「すわ」とばかりに裾を捲(まく)って土を蹴った。が、何軒か先の暖簾の前で足を止め、怪訝(けげん)な面持ちで引き返してくる。

「女将しゃん、どげんなさったと。港に行かれんとですか」

お希以は唸(うな)り声を洩(も)らし、両の足を踏ん張った。

そりゃ、行きたかよ。ばってん、今朝はもっと大事な用のあるったい。

「行かぬ」

友助は目を丸くして、まだ足踏みをしている。

「腹の具合でも悪かとですか。見物はいつも一番乗りが自慢やったとに」

すると背後から、「阿呆(あほう)」と声が飛んできた。弥右衛門だ。およしと女中、他の奉公人らも暖簾の外に出てきている。

「女将しゃんが変なかったとは、昨日までじゃ」

「は。昨日まで」と、友助が訊き返す。

「大浦屋の主ともあろうお方が裾ばからげて船見物に走るなんぞという不細工な真似は、金輪際なさらんばい。そうですな、女将しゃん」

またも癇に障るが、「そうとも」と声を張り上げた。

「私は、料簡を入れ直したばい」

弥右衛門は満足げにお希以を見やってから、友助に向かって腕を振り上げた。

「お前も性根ば入れ替えて、しっかと供ば務めんか」

友助はたちまち取り囲まれ、風呂敷包みを背負わされた。

待ちくたびれて、尻に根が生えそうだ。

夕七ツになっても、通詞の品川藤十郎が現れないのである。お政は内所の自室ではなく二階の客間の一つに通してくれたのだが、しばしば襖を引いて顔を出す。

「生憎ばってん、今日はもう来られんとやなかか。魯西亜の船の突然現れたけん、しょんなかね。出島も江戸町も、天地が逆さまになったごたる騒ぎらしかよ」

それは察しがつくが、どうしても引き上げる気になれない。その船の見物をこらえて月花楼を訪れ、かれこれ二刻半も待ち続けているのだ。

「すみませんが、もう少しだけ待たせてもろうてよかでしょうか」

頭を下げると、お政は「うちはかまわんけど」と言いながら座敷に腰を下ろした。

「今日は宴がいくつも取り止めになったけんね、どうせ閑古鳥の鳴いとるばい。まったく、いきなり艦隊を組んでやってくるとは、迷惑千万たい」

「魯西亜船は、何しに来たとですかねえ」

「そりゃあ、商いばさせろということじゃなかか。浦賀に現れた亜米利加も、御公儀をやんやとせっついたらしかけん」

　お政は葛籠に視線を移し、「そいにしても」と中の物を取り出しては感心する。

「よか品々ば揃えてくれて、しかも十両で釣り銭まであるとは、お希以しゃんに頼んで良かったばい」

　櫛は黒漆に青貝細工、笄は鼈甲（べっこう）だ。それが三本ずつ、それぞれ桐箱に入っている。

「私はようわかりませんけん、女中頭に目利きばさせましたとよ。これでお役に立ちましょうか」

「よか、よか」とお政は背後の襖をちらりと窺い、また顔を戻した。

「うちの女中頭に命じたら、こげん品揃えにはならんとよ。手間賃を弾んでやっとるとに、さらに間稼（あいだかせ）ぎばするけんね」

「間稼ぎって、口銭（こうせん）ばのせるとですか」

「そうたい。小間物屋とこっそり手ぇば結んで、一両の櫛を二両で購（あがの）うた体（てい）にすると。かと言うて、たった十両ほどの買物で、私がいちいち呉服屋や筆屋ば呼んで注文するとも手間のかかるしね」

今日もびっちりと念入りな化粧をほどこしているが、買物は面倒な性質であるらしい。

襖の向こうで気配がして、声がした。

「女将しゃま。品川しゃまがお越しにございます」

「そうか、来らしたか」とお政は声を弾ませた。「それが」と、女中の声がくぐもる。

「蘭人しゃんもご一緒にございます。この座敷にお通ししてよかですか」

蘭人、今、そう言うたか。

「なら、離屋がよか。この葛籠を運んでくれんね。貴重な物ゆえ、扱いに気ぃばつけて」

女中が入ってきて葛籠を風呂敷で包み直し、先に抱えて出てゆく。お政は鬢を指で撫でつけながら腰を上げた。

「お希以しゃん、粘った甲斐のあったね」

「ばってん、蘭人しゃんも一緒とは、どげんしましょう」

お希以は思わず胸許を押さえた。

「あんた、初めてね」

うなずいて返した。商館の者はいわば出島に閉じ込められた「籠の鳥」で、江戸参府と秋の諏訪神社の祭礼の折くらいしか外に出ることを許されていない。

というのは表向きの話で、今や随分と決まりが緩くなっているのが実情だ。出島から警護の侍がついた駕籠が何挺も出てくるのを、お希以は十代の頃から幾度となく見かけている。しかし出島にかかわる家業の者や遊女でない限り、おなごが蘭人と直に会うことはまずない。

　お政は事もなげな顔つきをした。

「無断で出てさるくことはできんばってん、駕籠でこっそり遊廓にまで乗りつける連中もおるとよ。うちには商館長までお忍びで来らして、芸妓を呼んでの宴ばい。あの事件のあってしばらくは出島に厳しゅうなっとったばってん、御公儀も喉許過ぎれば何とやらたいね。今じゃ、蘭人しゃんらが連れ立って茂木辺りにまで気晴らしの遊山をすることもある。警護は必ずつくが、その警護役が気脈の通じた通詞しゃんやったりするけんね」

　お政が口にした「あの事件」が何を指しているか、すぐに察しがついた。

　シーボルトという商館の医師が禁制の文物を阿蘭陀に持ち出そうとして、出国寸前に事が発覚したのだ。彼は国外追放となり、再渡航禁止の処分を受けた。

　お希以が生まれた文政十一年に起きた事件であるのだが、長崎では今も語り継がれている。ひっそりと、痛みを以て。

　シーボルト医師は医術のみならず学問に優れ、諸国から集まった好学の士と親しく交わったらしい。長崎奉行所の覚えもめでたく、シーボルトが門弟のために塾を開きたいと申し出た際もそれを許し、鳴滝村で開塾されたようだ。が、彼の犯した所業によって幕府天文方の御書物奉行が捕らえられて獄死、通詞を含むおよそ五十名が仕置を受けた。

祖父はお希以に、こう口にしたことがある。

通詞らも門弟もあれほど敬い、慕うておったとに。皆、捨てられた猫のごたる眼ぇばしとった。

お政に従って幅広の階段を下り、長い畳廊下を進む。お希以は右手に、小さな包みを抱えている。寄合で使う座敷とは逆の方向に向かっており、雪隠の前を通り過ぎ、さらに庭へ下り立つ。玄関からすでに履物が回されていて、お政は石を畳んだ小径に入った。夕間暮れの庭の足許はもはや暗く、下草の葉も薄闇に沈んでいる。燈籠にはすでに灯が入り、ちらちらと囁き合うかのように揺れる。けれど目を上げれば空にはまだ青が残り、鰯雲の白と茜雲が風に吹かれて流れてゆく。

築山の裏手に小体な、茶室らしき離屋が見え隠れする。お政はその前で歩を止め、声をかけて板戸を引いた。草履を脱がずにそのまま身を入れている。

続いて足を踏み入れた途端、お希以は目を瞠った。

天井は太い梁が剝き出しで、そこから大きなビイドロ製の燈具がぶら下がっているのだ。さらに部屋の方々にも五尺ほどの燭台が据えられている。蠟燭が十数本も立てられており、格別の蠟燭なのか、甘い金木犀のごとき香りがする。床は異国風の草花を描いている。

た藍色の陶板で、壁は白茶地に藤模様の襖紙だ。

部屋の中央には六角形の卓があり、男が二人、脚つきの椅子に腰掛けている。卓の上には葛籠が置かれていて、どうやら二人で品物の包みを開いている最中だったらしい。

二人はお政とお希以の姿を認めるや椅子を後ろに引き、立ち上がった。

お希以は息を詰めて見上げる。

阿蘭陀人を見かけたことがあるのは参府の旅に出る際の行列見物で、ともかく背丈がある。手と足を左右互い違いに動かすような妙な歩き方をするが、猩々緋の外套や金糸の房をつけた帽子はやけに陽気で華やかだった。しかも帽子からはみ出ているのは金銀の長髪で、目は青や灰色、額から鼻にかけては小刀で彫ったような造作だ。

しかし今、お希以を見下ろしている蘭人は木綿の筒袖で、質素なほどの身形の若者だ。それにしても背の高いこと、燈具に頭が届きそうだ。髪は赤茶けた巻き毛で、肌も潮風で灼けてか赤ばんでいる。

「ようこそ」

お政が手を出すと蘭人も腰を屈めて手を出し、そのうえ奇妙なことに握ったまま上下に振っている。お政が振り返り、「あんたも」と背を押した。

「挨拶しんしゃい」

「お初にお目にかかります。大浦屋のお希以と申しますたい」

頭を下げると、「違うばい」とお政が笑った。

「手ば出して。そう、照れたらいけんよ」

見ず知らずの男と、しかも蘭人とこんなふうに手を握り合うなど、生まれて初めての仕儀だ。何と大きな手なのだろう。甲の毛深さはちと気持ちが悪いが、脂手ではない。しかもこの蘭人ときたら、人懐こい笑み方をする。瞳は榛色で、目の下には雀斑が散らばっている。

「お希以しゃん、いつまで握っとっと。もうよかけん、放しておやり」

「は」と、慌てて手を引っ込める。

「こちら、通詞の品川しゃん」と、お政は右へと躰を向けた。お希以はこの通詞にも手を出すべきなのかを迷い、けれど居ずまいを正して辞儀をした。

「大浦屋にございます」

「品川です」

低い声で口早に言った。愛想笑いの一つも泛べず、切れの長い目許にはどことなく用心深さが窺える。

お政と並んで、木の椅子に腰を下ろした。

「品川しゃん、この品々、よかでしょう」

お政が自信たっぷりに言うと、品川は重々しくうなずいた。

「結構です。テキストルしゃんもえろう満足して、国に帰るとが楽しみて言うとられますたい」

「このお希以しゃんが手配りしてくれたとよ」

「さようでしたか」と言いつつ、品川はお希以に目を向けようともしない。

　ほんなこつ、不愛想な人たい。

　お政と品川がそのまま世間話を始めて、お希以は手持ち無沙汰だ。正面を見れば、阿蘭陀の若者も所在なげにしている。

「テキストルしゃんと、おっしゃるとですか」

　つい、身を乗り出して訊(たず)ねていた。

「おいくつ」

　若者は驚いたように目瞬(まばた)きをして、かたわらの品川に顔を向けた。品川はようやくお希以を見て、しかも少しばかり迷惑げな面持ちだ。しかし若者に視線を戻し、蘭語で何かを告げた。テキストルという名の若者は「ああ」と言わぬばかりに目尻を下げる。やはり、少年のあどけなさが頬に広がる。

　テキストルは何やら短く口にし、品川がそれを受けて「十五ですたい」と答えた。

「日本の数え方で言うと、十六になりましょうが」

「えらかねえ。そのお歳で長崎まで来らして、お身内に土産まで買い調えなすって」

品川は気乗りがしない様子ながらも低声で伝え、テキストルは曖昧にうなずき、そして肩をつぼめてお希以を見やる。何か言葉が返ってくるかと思ったが、黙したままだ。

「まあ、よう考えたらうちの丁稚も十二、三で奉公に入ってきますけんね。ばってん、長崎どころかほとんど油屋町の中だけで働いてますけん、海の外に働きに出るなんぞ思いも寄らんですばい」

笑いのめしたが品川は今度は素知らぬ顔をして、テキストルに伝えようともしない。

さすがに少し気まずくなって、口をつぐんだ。

背後で気配がして、磁器の触れる硬い音をさせながら女中が入ってきた。何やら焦げくさい臭いがする。卓の上に置かれたのは、把手(とって)のついた茶碗だ。

「葡萄酒の方がよかかと思いましたばってん、まずはカッフィを」

お政が勧め、品川は慣れた手つきで茶碗を持ち上げた。お希以は手を出さず、「そういえば」と言った。

「阿蘭陀のお人らも、お茶を飲まれるとですねえ」

品川が「は」と、露骨に眉根を寄せた。

「買物を記した書付に、茶葉があったでしょう。あまり聞いたことがなかけん、びっくりしました」

「そう言われれば、そうたいね」と、お政が品川に水を向けた。

「阿蘭陀しゃんは皆、カッフィだと思い込んどった」

品川もよく承知していないのか、テキストルに何やら訊いている。

「なるほど」と、品川はお政に顔を戻した。

「阿蘭陀の者は茶を好まず、カッフィばかりだそうですたい。この茶葉は、英吉利（エゲレス）で暮らしとる遠縁の者に頼まれたらしかです」

するとテキストルが、また何かを口にした。両の手を広げて上下左右に揺らし、品川に何やら説明しているようだ。品川は相槌（あいづち）を打ち、時々片眉を上げて何かを問い、うなずく。

よかなあと、お希以は少し羨ましい。

異人と自在に意を通じ合う技を持っているなんぞ、考えれば途方もないことだ。

品川はお政に向かって、口を開いた。

「その昔は、英吉利人もカッフィを好んで飲んでおったそうです。ばってん、豆の産する国ば領土にする競争に勝ったとは阿蘭陀国だったらしかです。そいで英吉利の者は茶を飲むしかのうなって、そんうち清（しん）の文物（ぶんぶつ）が王や諸侯の間でもてはやされるようになったことも手伝（てつど）うて、茶を飲む慣いが広まったそうです」

「そがん、お茶ば好いとっとですか」

お政が感心すると、品川は少し首を傾げる。

「私らがふだん飲んどる茶とは異なって、もっと紅い茶と聞いたことがありますがね。唐通事が自慢しとったことがあるとですよ。日本の緑茶を英吉利人は好まん、不味いと言うとったって」

お希以は「ばってん」と、口を挟んだ。

「英吉利に住んどるお方に、テキストルしゃんは頼まれなさった。ということは、日本のお茶を好む人々もおらすとでしょう」

品川は隣に横顔を向け、訊ねている。テキストルは両肘を上げたり、顔を左右に振ったりしている。その仕種にも、やはりどことなく少年らしさが残っている。

「頼まれただけで、英吉利のことはようわからんらしかです」

品川はカッフィの茶碗を持ち上げて啜り、「ひょっとしたら」と呟いた。

「茶葉が足らんごとなっとるとかもしれません」

お政もお希以も、黙って品川を見つめる。

「十年ほど前になりますか。英吉利が清国に手ぇば伸ばして、香港という土地をとうとう領土にしてしもうたとです」

「あの、阿片でやられたと噂になった」

お政が歯切れの悪い言いようをした。品川は茶碗を皿の上に戻し、そして言葉を継ぐ。

「そのせいで茶葉を作る百姓や職人がおらんごとになって、紅い茶が品薄になっとるとかもしれんです。英吉利人としたら紅い茶葉でのうても、緑茶でも欲しか、と」

テキストルと目が合った。和語をまったく解せぬようで、少し頬を緩めるばかりだ。

蠟燭の灯影が揺れている。

何かが気になって、天井へと眼差しを移す。あっと声が洩れた。

「何ね、お希以しゃん。いきなり大声ば出して」

お政が眉間をしわめたが、お希以は正面のテキストルを見返していた。

そうか。逆さまやったとか。

居ずまいを正し、品川へと目を移す。

「品川しゃん。交易の入札にはなかなか参加させてもらえん、えろう難儀と聞いとりますばってん、それは真ですか」

「やにわに、何ば訊くとね」お政は呆れ声だ。品川も妙な面持ちをしているが、「いかにも」とうなずいてよこした。

「そいなら、逆の、売る方はどげんなっとります」

「売る方、とは」

「入札は買う方でしょう。阿蘭陀しゃんが運んできた品物を長崎会所で買い上げなすって、で、商人らがそいば入札で落として買い取る。ばってん、阿蘭陀しゃんも船の中の倉を空のままにして帰るわけやなかでしょう」

言いつのるうち、目の中に泛ぶ風景がある。

港を去る船には、長崎で仕入れた物を山と積み込んであるのだ。棹銅だけでなく、いろんな荷が艀で運ばれ、船に運び込まれる。

「大浦屋しゃん、何をおっしゃりたかとですか」

「売る方に加わることはできんとですか」

「誰がです」

「手前がです」

阿蘭陀から「買う」こと、その一方だけを交易だと思い込んでいた。だがその逆の、「売る」も交易ではないのか。

「今、阿蘭陀しゃんに何ば売っとるとですか」

品川は渋々と、面倒そうに口を開く。

「昔は金銀が主でしたが、御公儀がその量を減らせとの方針を取られて久しかです。今は銅が主で、あとは樟脳や漆器、陶磁器、屏風といったところでしょう。商館員の裁量で鼈甲細工や貝細工、醤油もコンプラ仲間に扱わせとりますが」

「なら、茶葉も要らぬかとテキストルしゃんに訊いてみてくれませんか」

「お希以しゃん、茶葉も要るから注文しなさったとやろう」

お政が袖を引くが、「違うとですよ」と居ずまいを改めた。

「私は交易ばしたかとです。銅のごと、阿蘭陀しゃんに売りたか」

お希以は膝の上に置いてあった風呂敷包みを、卓の上に持ち上げた。立ち上がって結びを解けば、三つの紙包みがある。卓に片手をつき、テキストルの榛色の瞳に目を据えた。

「ご注文は茶葉とだけ書き付けてありましたばってん、茶葉にもいろいろありますけんね。極上物と上物、それとうちの台所で毎日煮出しとる、ごく当たり前の茶葉の三通りを揃えてみたとですよ」

紙包みの一つを開いてみせた。中には三本の細長い包みが並んでいる。律儀者のおよしらしく、紙包みは幾重も油紙でくるんで麻紐で結わえてある。

「これこの通り、包みに極上、上、中と書いてあるでしょう。品川しゃん、通弁を願います」

品川はまだ訝しげだが、テキストルに顔を向けた。蘭語で伝えている。

「葛籠の中に入れてあるとは、この上物ですたい。で、これは、あんたしゃんの故郷への土産にしてもらおうと思うて用意してきたものですたい。わかりますか。お、み、や、げ」

テキストルは品川が口を開くのを待たずして、頬をやわらげた。解してくれたような気がして、お希以も笑みを返す。

「この三種類の茶葉を包んだものが、あと二つありますばい。これを、茶葉が欲しかと言う人に売り込んでもらえませんか」

お政は「何を言い出すやら」と、声を高めた。

「あんた、そがんとんでもなかことば考えて、こげん包みを用意してきんしゃったか」

「いいえ。本当は、こげん茶葉じゃなかて言われたらいかんと思うて、それで三種類揃えてきたとですよ。こげん若かお人と想像もしてませんでしたけんね。油商仲間の年寄り連中のごと、うるさか異人しゃんかもしれませんもの。それはもう、櫛や半襟も同じことです。お気に召さんと言われたら、また買い直すしかありません。茶葉も安かもんではなかばってん、何しろ軽かですけんね。で、そうたい、お土産として差し上げようかと思うて包みも多めに持参したとです」

己が揃えた品物が船に乗って、阿蘭陀に渡る。

もうそれだけで、胸の躍る思いがしたのだ。

そこで息を吐き、「ばってん」と言葉を継いだ。

「テキストルしゃんや品川しゃんの話を聞くうち、気がつきました。これは売り物になるんじゃなかか、と」

「あんた、こげん買物遣いと交易を一緒にしたらいけんよ。日本人相手の商いでも難しかことが多かとに、異人しゃんを相手取ってどう商いばすると」

「おっしゃるごと、同じ商い仲間でも難しかことばかりです。同じ難しかことなら、私は異人しゃん相手に苦労してみたか」

我が父祖は、それをしていたのだ。

「茶葉を欲しか人がおらすなら、私がそれを用意させてもらいたかです」

両の手を重ね、テキストルに向かって頭を下げた。

「お茶、売ってくれませんか。これ、この通り、お願いします」

蠟燭の芯が、じっと音を立てる。

テキストルが品川に何か呟くのが聞こえた。品川は短く返し、またテキストルが話している。「ノー」や「ヤア」と聞こえる。

「大浦屋しゃん、頭ば上げてください」

ゆっくりと背中を立てる。

「坐って」

促されるまま腰を下ろした。なぜか、指先が小刻みに震えている。

「テキストルしゃんは、お土産は要らんそうですたい」

そうですかと口の中で応え、目を伏せた。

「それに自分は商館員やのうて、ただの船乗りやと言うとります。商いのことはわかりませんたい」

「船乗りしゃん、でしたか」

道理で若いはずだ。もはや言葉も出ない。総身の力が抜けていきそうだ。

「ただ、この茶葉を商いの見本として、知り合いの商人に渡してみることはできる。それでよかかと訊いてます」

目を上げると、テキストルは生真面目な面持ちでうなずいた。

胸が熱くなって、何かが吹き零れそうだ。「本当に」と、尻上がりに訊いていた。

「そがんこと、引き受けてくれるとですか」

「大浦屋しゃん、あんたが頼んだことでしょう」

品川はなお冷静な声で言いかぶせ、そしてテキストルに話しかけた。テキストルがうなずく。

「来年、また長崎に入津したら、事の次第は私を通じて伝えるとのことですたい」

「よかったなあ、お希以しゃん」

お政が喜んで何やら盛んに言い立てているが、耳に入ってこない。

「念の為に申し上げますが、この件については必ずお政さんを通してくださるように。よかですか。通詞会所を訪ねてきたり、遣いや文を寄越されるのも困りますけんね。何かあれば、私からお政さんに伝えますけん」

品川は念を押してくるが、些細なことはどうだっていい。

灯影が揺れる中で、酔ったように陶然としていた。

秋が深まった大波止で、お希以は立っていた。かたわらには、供の友助とおよしもいる。

今日、阿蘭陀船が出津する。例年なら見送りがてらの見物衆が群れを成しているが、今年はやけに少ない。

魯西亜の艦隊が、いまだ港に碇泊しているのだ。来航したのは折しも七月十八日で、お希以が月花楼で蘭人の船乗り、テキストルに茶葉の見本を託した日だった。市中の者はやがて落ち着きを取り戻したが、長崎警備の任にある肥前佐賀藩は海防を強めているという噂だ。長崎沖の神ノ島と四郎ケ島、伊王島に築いてある台場には自前で鋳造した大砲を据え付けたらしい。

そのうえ、佐賀を始めとする九州諸藩、筑前に平戸、島原、唐津、大村からも武士や足軽がこの地に集まってきている。その数一万七千人余と言われ、やはり気配が物々しい。徒歩のみならず船も続々と港に入り、すでに七百三十余艘に上るようだ。

しかし御公儀の応接掛は、いまだ長崎に到着せぬままだ。

「お得意の、引き延ばしじゃろう」

油商仲間の寄合では住吉屋が訳知り顔で、そんなことを言っていた。

「それはそうと、今年のくんちが先に延びるとは本決まりらしかね。渡御(とぎょ)は十一月か、十二月になるかもしれん」

魯西亜の艦隊が長崎を訪れた数日後、江戸の御公儀は将軍、徳川家慶(いえよし)公の喪を発し、十三代には家慶公の四男、家定(いえさだ)公が就くことになった。その服喪もあって、長崎者が一年で最も愉(たの)しみに、そして大切にしている諏訪神社例大祭、つまり「くんち」が例年の九月から先の冬季に延びることになったのだ。

友助とおよしも祭が何より好きであるので、残念がることこのうえなかった。

「先に延びただけじゃなかかね。そうも肩を落とすことはなかろう」

すると、友助は恨めしげに見上げたものだ。

「女将しゃんも祭好きのくせに、冷たかあ」

たしかに、己でも不思議なほど落胆しなかった。

今は寝ても覚めても、ただ一つの存念を胸に抱いている。

その後、通詞の品川藤十郎とは三度ばかり会った。テキストルと共に月花楼に招いたのだが、市中ににわかに武家が増えたので、テキストルは出島の外に出られなかった。

品川は相も変わらず淡々として、お希以とはあまり言葉を交わそうとしない。女将のお政は後で、「用心しとるとじゃなかかと」と苦笑いしていた。

「お希以しゃんは、とんでもなか無鉄砲やけんね。あまり親しゅうしたら、また何か無茶を言われかねんと思うとっとやろう」

いかに用心されようが無茶であろうが、お希以はこの運を手放すつもりはない。まだ影も形もない、霞のごとき頼りない手蔓であるけれど、しかと握り締める。

友助とおよしを左右に従えて、阿蘭陀船を見守る。いよいよ出港だ。

「日本の船より雄々しかですねえ」

友助がまた熱いような息を吐く。

「当たり前ぞ。異海を知る船たい」

お希以は海に向かい、胸中で呼びかけた。

テキストルしゃん、頼んだばい。茶葉の見本を、誰か買いたか人に渡して。

ドン、ドドンと鳴る空砲が海風を割った。

礼砲だ。

第二章　照葉（てりは）

一

奥の座敷に、番頭の弥右衛門を呼んだ。

九月に蘭船が出航するのを見送った、その十日後の夜である。

「今、何とおっしゃいました」

いきなり白眉を逆立てた。それは覚悟していたので、ゆるりと前言を繰り返す。

「茶葉を売る」

「茶葉」

一段と声が高くなる。

「そう。茶葉」

「大浦（おうら）屋を、茶葉屋に暖簾替えされるとですか」

「いや、そがん大仰な話じゃなか。油商いはむろん続けるとよ。阿蘭陀しゃんに茶葉の見本を預けたけん、来年、長崎に来らした時に注文が入るかもしれんというだけたい」

わざと軽い口調で申し開いたが、弥右衛門は「阿蘭陀」と唇を震わせる。

「見本を預けたとは、いつ、どこで」

「ふた月ほど前やったか。通詞しゃんと見知りになって、そのお方の伝手（つて）たい」

「さては月花楼ですか。お帰りがえろう遅かった、あの日」

油屋町に戻った時にはすっかり日が落ちていたので弥右衛門は気が気でなかったようで、お希以の代わりに友助を叱り飛ばした。

遅うなるならなるで、何で遣いをよこさぬか。何のためのお供じゃ。この、役立たずめが。

友助はちらりとお希以を横目で見て、「ひだるかァ」と恨めしげに腹をさすったものだ。月花楼の裏口の隅に坐って待っていたらしく、出汁（だし）や醤油の匂いをさんざん嗅いで腹が減り、随分と閉口したようだった。

「あの日やったかどうか、もう忘れたたい」

とぼけたが、弥右衛門は「情けなか」と半身を揉むようにして言いつのる。

「この大浦屋が、茶葉なんぞ軽かもんを。しかも蘭人相手とは、抜荷を働くおつもりですか」

「まだ注文を受けたわけじゃなかし、そうなるかもしれんというだけのことたい。だいいち、船乗りしゃんのほんの脇荷ばい」

宥めるつもりで、さらに事を小さく言ってみた。弥右衛門はすかさず「脇荷」と言葉尻を捕らえる。

「とんでもなかことですばい。ただでさえおなごの主というだけで下に置かれておりますとに、そがんコンプラまがいの真似ばして、大浦屋はそこまで落ちぶれたかと人の口にかかれば如何相なります。万一、油を仕入れられぬようにでもなったら、どがんなさるおつもりか」

また「情けなか」と繰り返し、お希以を見上げた。

「商いがいかに左前になろうと本業でないものに手出しばするとは、商人の道に外れます。そげんことも、おわかりにならんとですか」

眼が血走っている。

やはり、黙っておくが賢明やったか。

お希以はうんざりと悔いた。

「事ここに及んでは、この皺腹を掻っ捌いてでもお諫めいたしますたい。ええ、それが番頭たる者の務めにござりますれば」

逆上して、武家の家老のような大袈裟な口をきく。

「そげな思案を二度と口に出さぬとお誓いくださるか、それとも手前に腹ば切らせるか。

さあ、どっちになさる」

　額に青筋を立て、大音声で迫ってくる。

　障子に人影が映って、女中頭のおよしが顔を覗かせた。おそらく弥右衛門の声が廊下越しに響いたのだろう、心配げな面持ちだ。

「お茶をお持ちしましたけん、ちと休まれては」

「茶なんぞ要らん」

　弥右衛門は振り向きもせず、呶鳴り上げた。

　菰巻きにした四斗樽が荒縄で結わえられ、次々と大八車に積み上げられていく。手代の友助が祭の采振りのごとき仕種で手を挙げ、背後を見回した。

「よかか、出すぞォ」

「へえ」

　曳き手が躰を前に倒して一歩を踏み出し、丁稚らが背後から押す。ギッ、ギシと、車輪が回り始めた。

　昨今の値崩れに歯止めがきかなくなっているとはいえ油はやはり高値の品で、米の四倍ほどもする。そして重さも相当だ。得意先に届けるにもこうして数人がかりが常で、奉公する丁稚らは皆、数年も経たぬうちに人足のごとき屈強な手脚になる。

「女将しゃん、行って参じますばい」

暖簾の前に立つお希以に向かって、友助は威勢のよい声をかけてきた。

「ああ。気ぃつけてな」

友助はまたも「それ」と拍子を取り、荷車を先導する。朝四ツの陽射しはまだ白く眩しく、お希以は手庇をして荷を見送る。

踵を返し、その足で店の裏手へと回った。百坪ほどの平地は大浦屋の樽置き場だ。土蔵ではなく、皮付きの杉丸太に屋根はこけら葺きで、簾を垂らしてあるだけだ。壁も大戸も設えておらず、つまり風通しの良い大きな陰の中に油樽をびっしりと並べてある。弥右衛門が帳面と筆を手に立っていて、かたわらの手代にしかめ面で何やら言いつけている。だがお希以の姿を認めると途端に相好を崩し、小腰を屈めて迎えた。

近頃、すこぶる機嫌がよいのである。

弥右衛門に大目玉を喰らった翌日から、お希以は神妙にしている。やがて冬を迎え春が過ぎ、今年の夏も蘭船が再び長崎に入津した。しかし大波止に走りもせず、奉公人に入り交じって立ち働く毎日だ。いつもの、海松色に花菱紋を白く染め抜いた法被に前垂れまでつけて算盤を弾き、得意先への挨拶回りも欠かさない。油商仲間の寄合では決して顔役らに盾突かず、弥右衛門に対しても温順に接している。「茶葉」だの「阿蘭陀しゃん」だのという言葉は、二度と口に出していない。

土の上で陽射しがちらちらと揺れているのに気がついて、簾の端を持ち上げた。

「破れのある。そろそろ新しゅうせんといけんね」

「これはこれは、手前としたことが気づきませんで。さっそく手配いたしますばい。日向の油になっては、大浦屋の名折れになりますけんね」

油商にとって「日向の油」とは、阿漕な商いを指している。油には妙な性質があり、熱を帯びると嵩を増すのだ。そこで天秤棒を担いで家々を回る行商人の中には、仕入れた油樽をわざと日向に置いて嵩を膨らませる者がある。客には枡で量って売るので、嵩が増えたぶん丸儲けだ。これは大店でもやろうと思えばできることであって、扱う量が多いだけに出目も大きくなる。しかし日向油は質が落ちるため、大浦屋では昔からこうして陰の中に樽を置いて守っている。

ゆえにお希以が簾を気にかけただけでも、弥右衛門は「結構、結構」とばかりに目尻を下げるのだ。

ようやく、性根を据えなすったらしか。まあ、交易をしたかなどと口走っておられたとは麻疹のごたるもの、未熟な若か主にはしばしばあることたい。

お希以には直に言わぬが、およしにそう話したらしかった。

潮風の匂いが鼻先を流れて、顔を上げた。

もう、そろそろたい。まもなく注文の来る。そいまでの辛抱たい。

毎晩、床の中で思い泛べるのは月花楼の、あの離屋だ。榛色の瞳の、頬が少し赤い顔が微笑みながら、蘭語で注文を告げる。

見本を渡した商人があの茶葉をえろう気に入って、上物を欲しかと言うております。

かたわらには通詞の品川藤十郎がいて、そう通弁する。お希以はテキストルを見上げ、承りましたと応える。

しかと、ご用意いたします。

お希以しゃん、よかったな。見本ば預けた甲斐のあったばい。

お政にねぎらわれ、そしてテキストルと手を握り合う。あの日、初めて出会った時のように。

油商いに比べれば大した注文ではない。商館から目溢しをされている、ほんの脇荷だ。それでも、これが私の「交易」の始まりたい。

胸の中で呟くだけで、背中に羽が生えた心地になる。

家業に精を出しながら、その日を思い描いてひたすら待っている。しかし七月も末になって秋の声を聞いても、何の音沙汰もない。入津してからしばらくは、船乗りも何かと忙しいはずだ。そう思い、焦れながらもこらえていたのだが、先だってはとうとう辛抱が切れて月花楼のお政を訪ねた。

弥右衛門の手前、本石灰町の姉の家に大した用でもない用をわざと作り、その足で丸山町に立ち寄った。弥右衛門はお希以が「心を入れ替えた」と解して安堵しているようだが、いまだに月花楼については用心深く目を光らせ、寄合の席でもぴたりとそばに張りついて内所に立ち寄らせないほどだ。

「ご無沙汰しております」

挨拶も早々に、用件を切り出した。

「去年、見本ばお預けした茶葉んことですが、品川しゃんから何も言うてきなさらんでしょうか」

お政はいつもながら白粉を濃く塗りこめていて、夏火鉢の前で煙管に刻みを詰めている。

「ああ、品川しゃんね。えろう忙しかみたいで、うちにもさっぱり顔を見せんとよ」

「さようですか」

落胆して声が小さくなる。

「一月に亜米利加のペルリとやらが、また浦賀に来らしたやろう。それで、いろいろ大変らしかね」

お政は思わぬ理由を口にした。

「下田と箱館のことですか」

「そうたい」

お希以も寄合で、顔役らから話は聞いている。この三月、御公儀はペルリの申し出をついに受け容れ、文書を取り交わしたらしい。

日本と亜米利加は向後、互いに和して親しゅう交誼を結ぶ。

そして、下田と箱館という二つの港を開いた。

「そいにしても、えらいことになったたいね。長崎会所は大騒ぎばい」

「下田と箱館は、港を開いただけではなかとですか。交易を許したわけではのうて、それは今も長崎に限られとるて耳にしましたけど」

お政は「それは甘い見通しだ」と言わぬばかりに眼の奥を光らせた。

「海の外に向けて唯一であった窓が、三つに増えたとよ。このまま済し崩しに交易も始まるとではなかかと、案ずる人は少のうなか。そいに、阿蘭陀しゃんもこのまま黙ってはおらんやろう。長年、交易してきた立場からしたら、亜米利加に出し抜かれたも同然ばい。早晩、うちにも下田と箱館を開けと御公儀に掛け合うてくる。そげんことになったら、こん長崎はどうなる」

天領長崎は、唯一の交易港であるがゆえに繁華を極めてきた。

葡萄牙との交易で培った町ぐるみの知恵と手法を御公儀が当て込んで長崎会所を設けたのは元禄十一年だというから、かれこれ百六十年近くもの歴史がある。

交易で得る利は莫大で、しかしそれらがすべて残らず江戸の御公儀に送られるわけではなく、長崎の町人にも割り前が配られる。土地を持つ町人にはおよそ六十坪につき約百三十匁の「箇所銀」、土地を持たぬ借家人にも一戸につきおよそ三十匁の「竈銀」が下されるのだ。富裕な町年寄から裏長屋住まいの日雇い人足にまで、分け隔てなく配銀される。

つまり交易が生み出す銀子が川のように市中を巡り、ありとあらゆる商いを成り立たせている。ゆえに長崎者は祭に存分に贅を凝らすし、商家の奉公人や職人も皆、こざっぱりとして、こせついた風がない。青楼の遊女の衣裳一つとっても、江戸の吉原や京の島原とは比べものにならぬ豪奢さであるそうだ。

万一、交易が寂れれば町も傾く。お政はそう言いたいらしい。実際、不景気顔で、厚塗りの眉間に刻まれた皺はいちだんと深くなっている。

「品川しゃんもおそらく、脇荷の世話どころではなかよ。そのうち顔を見せたら茶葉の件は訊ねてやるけん、ちっと待っとりんしゃい」

お希以にすれば、待ちに待ったのだ。本当はお政に世話をかけず、江戸町の通詞会所を毎日でも訪ねたい。しかし品川からは、お政を通じてしかやりとりをせぬと釘を刺されていた。直に会いにいけば、お政の顔を潰しかねない。

ええい、かまうものか、屋敷にでも押しかけてやれと気持ちを逸らせる夜もある。が、それはさすがに人目に立つ。こういう時、つくづくおなごの身は不便だ。引き下がるしかなかった。

九月になって、御公儀はやはり阿蘭陀に対しても下田と箱館を開いた。それを帳場格子の中で聞いた。外に出ていた手代の友助が帰ってきて口にしたからで、市中での噂を仕入れてきたようだ。

「友助、そげんことはこの大浦屋には何のかかわりもなかことばい」

弥右衛門は奉公人が時世について口にするのにも、いい顔をしない。余計なことを言わず考えず、今日ただいま、するべきことに励む。それが奉公の道だと、常日頃から言い暮らしてもいる。

「明日の用意は手落りなかか」

先だって、荷納めに向かう道中で危うく荷崩れを起こしそうになったのだ。丁稚らの荷積みが悪く、荒縄が緩んだらしかった。弥右衛門は友助が不心得だと、声を嗄らすほど叱った。

友助は「へえ」と応え、暖簾の外へ出て左に爪先を向けたのが見えるので、裏の樽置き場に向かったのだろう。

「私が念を入れてこよう」

お希以は腰を上げ、土間に下り立った。友助がつかのま、視線をよこしたような気がしたからだ。裏に入ると、友助はお希以の背後を窺うように目をやってから懐に手を入れた。

「文(ふみ)を預かってきましたばい」

声を潜めて、紙結びを差し出す。「まさ」と記してあるのを見て取って、友助を再び見上げる。

「こいは、どこで」

「見覚えのある爺さんが歩いとりましたけん、顔を見たら月花楼の下男やったとですよ。声をかけて預かりました。あそこから遣いが来るなんぞ、番頭しゃんに知れたらまた大事(おおごと)ですけん」

「すまんかったね」

「女将しゃん。ひょっとして、まだあきらめておられんとじゃなかですか」

久しぶりに、面白がるような目をしている。何を指して言っているのか、すぐにわかった。

「どこまで知っとっと」

真っ直ぐに訊き返した。

「いや、番頭しゃんが阿蘭陀しゃんの脇荷の件でえろうお怒りになったことだけですたい。それは手前でのうても、丁稚らも皆、知っとります」

「ああ、そうやろうね」と、お希以は肩をすくめる。

「ばってん、女将しゃんがあきらめておられんことを承知しとるとは、手前と、およししゃんくらいじゃなかですか」

「お前、何で知っとると」

「女将しゃんは、そがんおひとですけん」

咽喉の奥を鳴らすようにして笑った。お希以も眉を下げ、そして掌の中の文を開く。目を走らせた途端、膝から力が抜けていく。

「どげんしんさったとですか」

友助が心配声になるが、顔を上げられない。

「船に乗っとらんげな」

「何がですか」

訊かれても、呆けたように突っ立っていた。

お政の走り書きには、こう記してあった。

テキストル殿、今年の蘭船には乗り組んでおらぬと、品川殿より聞き及び候。

翌安政二年も、注文どころか、品川から何の音沙汰もないまま師走を迎えた。

蘭船はとうに母国に帰って、長崎の港にはいない。もはや察しはつけていたものの、歳暮を持って月花楼を訪れた時、お政からそう告げられた。

「やっぱり、今年も船に乗っておられんかったとですね」

長い溜息を吐いた。

お政は火箸を手にして、火鉢の中の炭を埋け直す。

「もうちっと早うわかったら良かったばってん、しょんなかよ。品川しゃん、海軍伝習所の小通詞になったらしかから」

「あの、西役所の内にできたと評判になっとる伝習所ですか」

「そうたい。西洋式の海軍術を、阿蘭陀の武人に教えてもらうらしかね」

お政が言うには、長崎海軍伝習所はいわば阿蘭陀国の肝煎りで、国王から修練用にスンビン号という蒸気船が贈られ、操術の教官も本国から招かれたのだという。それで通詞として、品川も駈り出されたらしかった。

「何とか、品川しゃんにお目にかかる手立てはなかとでしょうか」

ともかく事情を知りたかった。

テキストルは何ゆえ、今年も船に乗り組んでいなかったのか。

お政は火箸の先で炭を摘み、煙管の火皿に近づける。吸いつけ、「品川しゃんも忙しかとよ」と煙を吐いた。

「蒸気で動く船は、この日ノ本で初めてやけんね。通弁する言葉がそれは難しかもんらしか。それに、阿蘭陀の武人は実習中に控えば取ることを許さんとて。皆、頭に叩き込めと伝習生に命じられるもんで、習う方も必死よ。今、何をどうせよと教示したのかと通詞に嚙みつくごとして訊いてくるけん、品川しゃんも気を張り詰めとるらしか。そりゃあ、通弁に間違いのあったら、えらかことたい。伝習生は奉行所におらすお武家と違うて、気の荒かお人も仰山おるようやけん」

と、紅の濃い唇をにやりと綻ばせる。

「うちに来らすお武家様は別よ。ことに江戸のお方らはあか抜けて、酸いも甘いも知り尽くしておられるばい」

しばらく不景気だった月花楼は、伝習所のおかげで大いに活気づいていた。それもこれも、長崎に集まった伝習生が丸山町で盛んに遊ぶからのようだ。伝習生は幕臣、諸国藩士も含めて、百七十名ほどに上ると、お政は言った。

二年と半年ほど前、魯西亜船がいきなり姿を現した際も諸藩の武士が続々とこの地に集まったが、当時の切迫した物々しさとは異なる賑わい方だ。

「ここだけの話ばってん、勝しゃまとおっしゃる御旗本がおらしてね。遊び方がとびきり粋よ。しかも蘭語が堪能で通詞要らず、唄と踊りは玄人はだし、そのうえ水も滴るごたる男前ときてるけん、芸妓らも皆、夢中たい」

興に乗ってか、話をどんどん逸らしていく。お希以は黙って相槌を打つしかない。

「女将しゃま」と、女中が内暖簾から顔を出した。

「お客様がお呼びですばい」

「どなたや」

女中が中に入ってきて、小声で何やら伝えている。「御直参の」と聞こえたので、件の伝習生なのだろう。

「そうか。そんなら、ちとご挨拶ばしとかんといけんね」

お政は襟をつくろいながら立ち上がり、いそいそと内暖簾の向こうに姿を消した。

お希以は独り、つくねんと待つしかない。三味線や鼓、月琴、そして笑い声も流れてきて響くが、頭に泛ぶのはあの面影ばかりだ。

テキストルしゃん、あんた、どげんしんさったと。

躰の具合でも悪うなって、それで船に乗れんかったとですか。息災ですか。

そう呼びかけながら、別の想像が頭を擡げる。

異国の女商人との約束など、もう忘れてしまわれたとやろうか。茶葉の見本などとうに捨てられて、海の藻屑となったか。

ほろ酔い機嫌で戻ってきたお政はお希以の姿を見て、まだおったかとばかりに顎を引いた。

二

安政三年が明け、春が過ぎ、また蘭船が長崎に入ってきた。

寄合の後の昼餉(ひるげ)でいつものように顔役らに酌をしていると、女中が近づいてきて耳打ちをした。

「帰りに、内所にお寄りください」

それだけで、心ノ臓が動いて音を立てた。弥右衛門はこのところ、寄合に随(つ)いてきていない。勿怪(もっけ)の幸いだ。顔役らの見送りを上の空で済ませ、足早に内所に赴いた。

夏火鉢の前に腰を下ろすのももどかしく、息せき切って訊ねた。

「テキストルしゃんと、いつ会えるとですか」

「違う、違う。品川しゃん、箱館詰めば命じられなすったとよ」

お政は平然と、妙なことを言った。

「箱館とは。なら、長崎におられんとですか」

「亜米利加の船が続々と箱館の港に入ってきたけん、通詞の足りんようになったとって。遠(おん)急に出立(しゅったつ)されると聞いて、昨日、取るものもとりあえず通詞会所に足ば運んだとよ。遠国(ごく)に行かれると聞いたからには餞別(せんべつ)の一つも差し上げげんとな。ばってん、蘭語と亜米利加語はまるで違うらしかからご苦労なこったいねえ。しかも箱館は、えろう寒か土地らしか」

お政は気の毒そうに言い、絹の扇子を出して胸許を扇ぎ始める。

「で、いろいろ話ばしてるうちに、ひょっくり思い出して、テキストルしゃんのことば訊いてみたと。そしたら品川しゃんもずっと伝習所に詰めておられたもんで、船のことはわからんとって。で、他の通詞しゃんに調べを頼んでくれたと」

お政の面持ちから、その先が察せられた。

「そしたら、今年も船に乗ってなからしか」

やはりそうかと、目の前が暗くなる。

「お手数ば、おかけして」

やっとの思いで礼を口にした。

「お希以しゃん、何年になる」

目を上げると、お政がもう一度言った。

「茶葉の見本ば預けて、何年になると」

「今年の秋で、三年になります」

「ここいらが潮時じゃなかとね。あんた、寄合の様子から見ても、神妙に家業に励んどるごたるし、本当はもう観念しとっとやろう。交易など無闇な夢ばい。麻疹みたいなもんたい」

弥右衛門と同じようなことを言った。

帰り道、お希以は憤然として歩いた。

これまで、ただの一日も望みを捨てたことはない。なればこそ、家業に精を出してきたのだ。弥右衛門の手前の見せかけではなく、大浦屋の主としての本分を尽くせば運も巡ってくる。そう信じていた。

私は何という、うつけであったことか。

三年の間、ただ待っていただけとは、何たる不覚。

そもそも、テキストルに見本を託せたのは、品川やお政がいてくれてこそ得られた機だ。しかし間に人を介しているがゆえのもどかしさは、如何(いかん)ともしがたかった。

柳の揺れる丸山町の坂を下り、角を折れ、銅座川(どうざがわ)に架かる橋へと足を踏み出した。半分ほど歩いて西へと顔を向けた。歩を緩め、欄干(らんかん)に両の手を置く。

本石灰町の家並みの向こうに海が見える。艀(はしけ)が盛んに行き交い、諸藩の船の白帆も光るほどだ。下田や箱館が開港されても長崎の海は変わりがなく、むしろ年々賑わいを増している。

私だけだ。私ひとりがどうにもならず、立ちすくんでいる。

奥歯を嚙みしめ、欄干に置いた手を握り締めた。

お希以。

祖父の声が響いたような気がして、辺りを見回した。

諦めをつけるには、早過ぎる。

目瞬きをして、大きく息を吸った。川を見下ろせば、荷舟の船頭が櫓を操っていた。海鳥の声に似た音が、ゆっくりと橋の下を通り過ぎる。

私も自らの手で漕がねばならない。

そうだと、目を上げた。初夏の空の青が広がっている。

また脇荷の手伝いをして、茶葉でなくても、「欲しか」という物があれば何でも揃えて、けれど今度は前とは違うやり方をする。

今度は何としてでも、相対で取引ばする。

私も、蘭語を喋れるごとならんば。それができんやったら、どのみち、交易なんぞできぬ。私にその器がなかということたい。

今年は丙辰年だ。再び辰年が巡ってくるまで、踏ん張ってみようと決めた。

八月に入って、夕風も澄むようになった。

文机の前に腰を下ろし、墨を磨る。このところ、店之間での仕事が一段落すれば自室に戻り、こうして書物を開いては読み、書き写している。

　書物は高値であるうえ刊行される冊数が少なく、入手が困難だ。ましてこんな手引書が世の中にあること自体、お希以は知らなかった。が、ひょっとしてと思い、姉のお多恵の家を訪ねてみたのである。

「蘭語を学ぶ者が使う書物。ああ、『蛮語箋（ばんごせん）』ならあるが」

　義兄の仁兵衛は若い時分から、俳諧や川柳仲間を多く持つ文人だ。

「さすがは義兄（あに）しゃま。その、蛮語何とやらを、しばらくお借りしてもよかですか」

「わしは話の種に筆写しただけやけん、よかばってん、なしてこがん物を」

　かたわらに坐したお多恵も「お希以」と、案じ顔になった。

「また何か、良からぬことば企んどるとじゃなかやろうね。弥右衛門がせっかく胸ば撫で下ろしとっとに。あんたには難儀させられたばってん、ようやく心ば入れ替えてくれなすったて」

「そげんことば、いつ」

　聞けばどうやら、祖父の法要の席でお多恵にいろいろと注進に及んだらしかった。

「姉しゃまにも愚痴ったか」

「あん人も、もう六十半ばやけん、あんまり心痛ばかけたらいかんよ。商いは、奉公人がおってこそ成り立つもんばい」

「心得ておりますたい。ばってん、異国の船のこうも頻繁に入津しとっとよ。商人も蘭語くらいは弁(わきま)えておかんと世の中の移り変わりについていけぬと、油商仲間の寄合でそげん話になったと」

適当な嘘(うそ)をまぶして誤魔化(ごまか)すと、仁兵衛が「ふうん」と腕を組んだ。

「そういや、何日か前に英吉利(エゲレス)の船の四隻も入ったろう。船員が長崎市中の遊歩を願い出て、それにお許しの出たというけんうったまげる。亜米利加も箱館に来らしたと聞くし、いや、我が国も開けたもんたい。そんうち蘭人だけやのうて、いろんな国の者が好きに市中をうろついて、ひょっとして家ば建てて住むごとなるかもしれん」

「まさか」と、お多恵は笑いながら掌を横に振った。

「御公儀がそげんこつ、お許しになるはずがなかでしょう」

「いや、わからんたい。どこの国も掛け合いが強うて、なにせ大砲をたんと積んだ船で来とるけんな。御公儀も正念場ばい」

時世の話に移ったのが幸いして、さほど説教を受けずに河仁を出ることができた。

お希以としては、英吉利や亜米利加の船はどうだってよいのだ。阿蘭陀船の、あのテキストルの来崎(らいき)だけを待っている。

自室に入って『蛮語箋』の表紙に指をかける前、手を合わせて拝んだ。ゆっくりと中を開くと細い罫線(けいせん)が引かれてあり、上下が二段で組まれている。一段の中にさらに横罫が引かれ、上に和語、その下の蘭語らしき言葉は片仮名だ。

冒頭の天文の部の最初は「天」で、蘭語は「ヘーメル」、「日」は「ゾン」とある。満月や星、雲、風や雨の蘭語にも出会い、そして「海」を見つけた時、お希以は思わず声に出していた。

「ゼーたい。海は、ゼー」

胸が高鳴って、次々と紙を繰っていく。目当てのあの言葉は載っているだろうか。

「あった」

「茶」の一文字の下には、「テイ」と記されていた。

「そうかあ、テイかあ」

そういえば品川とテキストルのやりとりで、そんな音を耳にしたような気がする。いや、そんな気がするだけかもしれない。わけのわからぬまま、おそらくさぞ間抜けな面で二人が話すさまを見上げていたことだろう。気がつけば、茶葉の包みをテキストルに見せて頭を下げていたのだ。

そのまま紙を繰っていくと、いろいろな言葉によって目の前が開かされていく。

「笑」は「ラク」、「謝」は「ベタンキ」だ。「ようこそ、長崎へおいでくださりました」は何と言うのかと探したが、それは見つからない。しかし別の言葉を見つけて、また口許が緩んだ。「売る」の下に「フル、コープ」、「買う」は「コープ」だと記されている。

気持ちが逸って、夜が更けるまで手引書に夢中になった。

そして今日もこうして墨を磨りながら、いろんな箇所に目を通している。ふと目が留まった。

和語に「遅」とあり、蘭語は「ヘットイス、ラート」だ。筆を持ち、それを紙に写した。己の手で書いた文字は不思議なことに、息をし始める。

「ほんなこつ。テキストルしゃん。ほんに、ヘットイス、ラートよ」

お希以は呟き、溜息を吐く。

ばってん、私は諦めんけんねと背筋を立て直し、筆写を続けた。『蛮語箋』には数量についても記載があり、一斤（きん）は「ヱーン、ポント」、一匁（もんめ）は「ヱーン、ダラックマァ」だ。それを口に出しながら書き写していく。

奥で何やら騒がしい声がして、足音が近づいてきた。

「女将しゃん」

手を止めて障子を開け放した広縁に顔を向けると、およしが膝をついている。「ら、ら」と、声を張り上げた。

「蘭人しゃん」

切れ切れに盛んに手招きだけをする。

「何をぼんやりなさっとっとですか。蘭人しゃんが、とうとう」

返事をする前に立ち上がっていた。

小走りで店之間に出ると、弥右衛門と友助をはじめとする奉公人が土間で棒立ちになっている。

「何が何やら、わかりませんばい。ともかく、女将しゃんに会いたかと言わすばかりで」

弥右衛門にしては珍しく狼狽して、取り縋るような言いようだ。店の外にはすでに人だかりができ、暖簾の下には大勢の足が見える。物見高い者は暖簾の間に頭を突っ込み、中の様子をきょろりと覗き見る始末だ。

弥右衛門を目で制し、ともかく板間に膝を畳んだ。奉公人らに遠巻きにされている客人を見上げる。蘭人と日本人の二人連れだ。

蘭人は店の様子が珍しいのか、方々へ首を回している。がっしりとした体軀で手脚が長く、肩には頭陀袋のような物を斜め掛けにしている。どこをどう見ても、テキストルとは別人だ。

不審に思いながらも、ともかく挨拶をした。

「大浦屋の希以にございます」

そばに付き添っている日本人がうなずいて返した。小柄で顔の造りも小粒、こましゃくれた子供のような若者だ。

「手前、通詞見習を務めとる西田圭介ですたい。こちらは、ヲルトしゃん」

蘭人はお希以に目を移し、何か言葉を口にした。まったく解せず、しかし「テキストル」と聞こえたような気がする。

「もしや、テキストルしゃんの見知りの方ですか」

何か知らせに来てくれたのだ。もしくは、文でも預かってきてくれたか。

そこに考えが巡った途端、腰を浮かせていた。

「ここでは何ですけん、お上がりください。およし、奥へお通しして」

弥右衛門が顔色を変えたのが目の端に入ったが、気づかぬふりをして「さあ」と二人に勧めた。

西田という通詞は蘭人に何かを言い、蘭人は頬を強張らせたが板間の框に尻を下ろした。渋々な素振りながらも革の履物の紐を解き始める。靴を脱いで上に上がるのが不服そうだ。そういえば蘭人は他人の前で靴を脱いで足を見せるのをひどく嫌がると、お政に聞いたことがある。

およしが緊張した声で「どうぞ」と奥へ促した。お希以も後に続こうと腰を上げ、その拍子に友助と目が合った。お希以に向かってにやりと頬を持ち上げる。「女将しゃん、しっかりな」とでも言いたげな面持ちだ。

弥右衛門はまだ突っ立ったままで、奥につながる内暖簾を睨みつけている。

中庭を巡る広縁を伝い、客間に入った。

西田と話すうち、このヲルトという異人は蘭人ではなく英吉利人であることが知れた。

「阿蘭陀しゃんと違うとですか」

「さよう。五日に入津した英吉利船で来らしたとです。ヲルトしゃんは英吉利の交易商人ですたい」

「交易商人」と鸚鵡返しにして、正面のヲルトを見やる。

中庭の陽射しが入る座敷で対面すれば、短髪は明るい栗色だ。顔と首は陽に灼けてか真赤で、頬から顎にかけても頑丈そうだ。商人というより職人の風体に近く、瞳は澄んだ碧をしている。

こんな眼の色を間近で見るのは初めてで、遠い海のかなたから来た人間なのだと、つくづくと見入ってしまう。ヲルトが物問いたげに西田へ顔を向けたので、お希以ははたと背筋を伸ばす。

「テキストルしゃんも若かったばってん、こんお人もお若かね。それで、交易をやっとられるとですか」

「十六と聞きましたゆえ、手前と同じくまだ駆け出しでしょうな。いや、それでも大したもんたい。昨日、さっそく脇荷を開いて、それも出島の乙名や町年寄しゃんらを相手に葡萄酒や薬種、リンネルをたんと売り捌いたとです」

十六であれば、テキストルよりもなお若い。テキストルは今年で十八になっているはずだ。

「それで、テキストルしゃんの身にお変わりはなかですか」

西田はかたわらに坐るヲルトに通弁した。ヲルトは正坐ができないらしく床柱を背にして足を投げ出し、片膝を立てている。それもお政いわく、どの蘭人も同様だ。

ヲルトは腕を膝の上に置き、掌を開いて上に向けたり肩をすくめたりしながら話す。筒袖の袖口にはほつれがあり、洋袴の膝や裾にも継接ぎがある。テキストルも身形は質素だった。ただ、雰囲気はまるで違う。交易商人と聞いたからか、ヲルトはむしろ老成して見える。

「ヲルトしゃんは、その蘭人とは会うたことがなかと言うとられます」

「お知り合いじゃなかとですか」

てっきりテキストルの消息が知れるものと思い込んでいたので、二の句が継げない。なら、こん人は何の用で訪ねて来んしゃった。

ヲルトは尻の後ろから頭陀袋を引っ張り出して、包みを取り出した。几帳面そうな手つきで畳の上にそれを広げ、するとさらに油紙で巻いた包みが出てくる。カサリと紙が立てる音を耳にして、お希以は身を乗り出した。

およしが入ってきて、西田とヲルトに茶碗を差し出した。と、およしも畳の上の物に気づいてか、「これは」と眉を上げた。

「私が麻紐で結わえた、あの包みじゃなかですか」

およしの言う通りで、「極上」「上」「中」とお希以が自ら墨書した文字もそのままだ。様子が違うのはその脇に横文字が添えられていることと、包みには随分と畳み皺が寄り、嵩も三分の一ほどに減っていることだ。

ヲルトはまた西田に何かを伝え、西田が黙ってそれに耳を傾けている。ヲルトが口を閉じると、今度は西田が何かを問い、またヲルトが話をする。

しばらくそれが続いて、西田がようやくお希以に顔を向けた。

「今、国許では茶葉がえろう不足しとって、入手先をヲルトしゃんも探しておったそうですたい。そしたら日本の茶葉の見本を持っている商人がおると仲間から聞いて、足を運んで会うたらしかです。で、この見本を譲ってもろうた、と。最初はすんなり譲ってくれる気配やったとに、相手もだんだん惜しか気になったらしゅうて、結句、懐中時計と引き換えにして落手したらしかです」

そうまでしてこの見本をとヲルトに目をやったが、微かな笑みすら泛べない。ずいぶんと生真面目な性質に見える。

「ちょうど日本に向かう船が出る寸前で、これを頭陀袋に入れるや乗り組んだようですね。出航に間に合うてよかったと、言うとられます」

西田はそこで息を継ぎ、再び口を開いた。

「この見本の上と中が、よかそうです。これを買いたかと言うとられます」

「今、買いたかとおっしゃいましたか」

思わず膝が動く。

「買うてくれるとですか」

「とりあえず千斤ほど」

「千斤」と、お希以とおよしが声を裏返したのは同時だった。

「西田しゃん、何かのお間違いやなかですか」

すると、西田は小さな目をすがめた。

「見習といえども、通弁には自信を持っとります」

「滅相もなか。通弁を疑うとるとやなかですよ」と言いつつ、ふと何かに思い当たる。

「西田しゃん、英吉利語も解されるとですか」

「いや、それは学んどる最中です。これからは英吉利語に亜米利加語、何でも身につけよと奉行所からも尻ば叩かれてますけんね。ばってん、ヲルトしゃんが今使うとるのは蘭語ですたい。そいけん間違いなかです。たしかに、千斤と言うておられますばい」

若い二人に感心しながら、お希以は「それでも」と念押しをした。

「千斤もの茶葉というたら、とんでもなか量です。尋常ではなかですたい」

一斤でも括り枕くらいの嵩だ。それを千となれば米俵でも十ほどになるだろう。お希以はヲルトに向かって、手を大きく広げてみせた。

「こんくらいの嵩になりますとよ。何かのお間違いではなかですか」

あんのじょう、ヲルトは肩をすくめた。「やっぱり、違うとるやなかですか」と、およしが不服げに下唇を突き出した。

西田は「いや」と言った。

「今の素振りは、単にお希以しゃんのお訊ねが解せんかっただけでしょう。本当はもっと買いたかと言うとられたとです。ばってん、大浦屋しゃんとは初めての取引ゆえ、とりあえず千斤ば注文する。そげんことですばい」

人目がなければ、己の頬を抓りたい。まことに、異国の商人が注文してくれた。「嬉しか」とは、蘭語でどう言うとやろう。あの手引書に載っとったやろうか。

気持ちの高揚のままに、お希以は笑みを広げた。

「英吉利人は紅い茶を好むと聞いたことがありますばってん、千斤も注文してくださるとは、日本の茶も好いてくださるごとなったとですか」

西田が通弁し、ヲルトが頭を振る。

「英吉利人は紅うない茶は好まんそうです。仕入れた茶葉は、亜米利加に売るつもりらしかですよ」

「亜米利加ですか」

ヲルトは尻を据え直し、手首を回す。

「向こうは、緑茶に砂糖を入れて飲むんだそうです。亜米利加だけと違うて亜剌比亜も。茶に砂糖ば入れるとは、気色悪かでしょうが」

「甘茶もありますけん、さして妙なものでもなかとでしょうが」

すると西田は咳払いを一つ落とし、「大浦屋しゃん、返事がまだですよ」と真顔になった。

「引き受けなさるとなら、ヲルトしゃんは前銀を渡すと言うとられます。十八日には長崎を出航することになっとりますゆえ、品納めはその前日までに。大浦屋しゃんが無理だと言わすなら、明日にでも他を当たらねばなりません」

「ということは、七日の間に千斤ば用意せよということですか」

「そうなりますな」

と、ヲルトが前に屈み、茶碗を手にした。高い鼻を茶碗に突っ込むかと思うほど近づけ、目を閉じる。匂いを嗅いでいるようだ。

「ズート」

喉仏が大きく動いて、一気に飲み干している。茶碗を畳の上に戻し、再び何やら言い、

「ズート」と呟いた。西田が「甘か」と通弁した。

「旨かテイじゃと言うとらす。亜米利加できっと歓ばれる、と」

「女将しゃま、嬉しかですねえ」

背後に控えていたおよしが声を潤ませている。お希以も目と鼻の奥がじわりと熱くなる。あの少しはにかむような、テキストルの顔がしきりと泛ぶからだ。

日本の女商人の託した物を忘れず、英吉利の商人に渡してくれた。ただ一度会っただけの縁だというのに、約束を果たしてくれた。

つと膝を前に進め、手を差し出した。ヲルトもこれにはすぐ察しをつけてか半身を起こし、握り返してくる。互いに、ゆっくりと腕を振る。

「お売りしますとも。テイ、フル、コープ」

すると、碧色の目許がやわらいでいく。ヲルトなりに気を詰めていたのだろうか、やっと顔つきを明るくしている。

「サクセス」

西田を見れば、「今のは、蘭語も英吉利語もたぶん同じ意味ですたい」と目の玉を天井に向ける。

「功が成ることを指しとります。佳き運を祈る、との意も」

若いヲルトにとって、この取引は交易商人としての賭けであるのかもしれない。

むろん、お希以にとってもだ。

ヲルトが大浦屋を出た後、弥右衛門がすぐさま奥の座敷に現れた。

額には早や、青筋を浮かせている。

「蘭人が何ゆえ訪ねてきたとですか」

「あんお人は蘭人やのうて、英吉利人たい。まあ、お坐り」

我ながら落ち着いていた。ヲルトが訪れた時に見せていた弥右衛門の様子からして、事の次第を打ち明けるのは今日だと臍を固めていた。順々に申し開いたが、あんのじょう嚙みつかんばかりの形相になる。

「何でそう、いつもいつも突拍子もなかことをなさるとです。これまで手前は何度お説き申したことか。女将しゃん、あんたの耳は笊耳か」

仮にも主に向かって随分な言いようだ。中っ腹だが、ここで気色ばんでは弥右衛門の思う壺に入ると奥歯を喰いしばる。

「そうね、お前の言うことも道理たい。この大浦屋の暖簾にかかわる仕儀、かもしれん」

いったんは穏やかに話を引き取る。そこで弥右衛門がまた口を開く、そのすんでのところで「ばってん」と切り返した。

「今も言うた通り、阿蘭陀のテキストルという船乗りしゃんがな、私との約束をちゃんと果たしてくれたとよ。当人には一文の得にもならん、うっちゃっとこうが捨てようが誰にも何も言われん、まして海を隔てて離れとる私とはこの先、一生顔を合わせんかもしれん縁たい。そいばってん、日本の茶葉の見本を国許の商人に渡してくれた。弥右衛門、その心ばどがん思う」

問いつつ、すかさず「そうよ」と言葉を継いだ。

「稀有（けう）なことたいね。ゆえに私はな、その信義に応えんとならん。今日、来らしたヌルトしゃんに対しても同じばい。この店の構えと奉公人を己の目で確かめて、ここなら前銀ば渡しても逃げたりせんと信を置いてくれたと。ここで私がやっぱり取引はできませんと尻尾を巻いたら、どがんなると思う」

「いいや、まだ間に合います。前銀ばいくら受け取られたか知りませんばってん、すぐさま、明日の朝にでも返しに参じましょう」

障子の向こうの広縁には、いつのまにか友助とおよしが坐している。二人は弥右衛門の頑固に辟易（へきえき）してか、友助は仰向いて、およしは横ざまに溜息を吐く。

お希以はかたわらからずっしりと重い包みを動かし、弥右衛門の膝前で開いて見せた。

「茶葉千斤の注文たい。その前銀として六貫を預かった」

「六貫も前渡しするとは、こいはもう脇荷とは言えませんばい。抜荷（ぬけに）やなかですか」

弥右衛門は途切れ途切れに、顎をわななかせている。

「安心せい。ヲルトしゃんは乙名や町年寄に交易品ば売ったとよ。それで稼いだゆえ、日本の銀貨ば持っとるとたい。それがどげんことか、お前にはわかるやろう。私は注文に応える。誰にも、とやかく言わせぬ」

見得を切ってから、己の言葉を胸の裡で反芻する。

そう、もしかしたら奉行所から咎めを受けるかもしれぬ取引だ。それでも、ここで手を引くわけにはいかない。

「ここで退いたら、大浦屋の名折れじゃなかか」

声を低め、弥右衛門の口癖を持ち出した。

「いや。この長崎の、日ノ本の商人の名折れになるたい」

弥右衛門は「むう」と口をすぼめ、酸っぱいような顔つきをした。

「この数年、神妙に商いに精ば出しとられると安堵しておったとに、ひょっとして裏を掻かれ申したか。とんだ手落り」

塩辛い声でぼやく。友助とおよしは首を伸ばしてこなたを窺っているが、その背後、広縁の向こうの庭には西陽が射している。さやさやと風が渡って、木々の梢を鳴らす。

お希以はこの夕風が好きだ。潮の匂いがして、月花楼の庭を思い出す。

「こうも手を焼く主が、他にあろうか」

聞こえよがしな独り言を続けている。お希以は身じろぎもせず、だんまりを通した。

しばらくして、弥右衛門がつくづくと長息した。頭を振り、そして目を開く。怒りを通り越して苦り切っている。ここでひるんではならじと、真正面から見据えた。

弥右衛門もお希以から目を逸らさぬまま、「友助」と呼んだ。

「そこに、控えておるとやろう」

「へい」と、友助が返事をした。

「女将しゃんのお手伝いばい、せい」

「お手伝いしてよかですか」

困惑してか、およしと顔を見合わせている。

「これ以上、糸の切れた凧（ハタ）のごたることにならんよう、しっかとお支え申せ」

すなわち、「見張れ」ということだ。

「お前もお調子者ゆえ心許なかが、他の者ではなお女将しゃんの言いなりになりかねぬ。友助、ええか、くれぐれも大浦屋の為を考えて動くとぞ。ゆめゆめ、女将しゃんと共に浮かれてはならぬぞ」

弥右衛門はくどくどしく言い渡してから立ち上がった。およしに目を留め、しかし奥の女中については番頭の埒外（らちがい）だ。

「まったく、長崎広しといえど、わしほど苦労の番頭はおらんばい」

最後にまた厭味を放って、広縁を引き返していく。剣呑な足音が遠ざかってから、およしが座敷に入ってきた。

「明日、茶葉屋を呼びますけん」

友助は広縁に坐したままで、「手伝えと言われても」と盆の窪に手をやった。

「はたで見物しとる方が、面白かったとに」

面倒そうに鼻を鳴らした。

三

翌朝、およしが出入りの茶葉屋を呼んだ。

大量の注文と前もって聞いてか、堺屋は丁重に挨拶したが、「千斤」と口にすると、しゃなりと掌を動かした。

「いきなり、何の謎かけにござりましょうや」

「謎やなか。真面目に注文しよるとよ」

「そんな、女将しゃん。茶葉の千斤といえば、途方もなか量にござりますばい」

「いいや、千斤たい。銘柄は問わぬゆえ、上物と中の茶葉をこの二、三日のうちに納めてもらいたか」

ヲルトは十八日には出航する。あと六日のうちには品物を引き渡さねばならない。堺屋は顔に笑みを張りつかせたまま、目瞬きだけを繰り返している。

「本気で言うとられますのか」

「むろん、大本気」

「手前も茶葉商いが長うございますばってん、そがん入り用は初めてですたい。何ぞ、大きか法要でも営まれるのでございますか」

「じつは」と打ち明けそうになって、しかし堺屋の面持ちは訝しげだ。咄嗟に、「いや」と軽い口調に戻す。

「江戸からお越しの客人がおらしてな。うちでお出ししたお茶ば気に入って、持って帰りたかて言わすとよ」

「千斤も」

「そう、千斤も」

「おかしかですねえ」と、堺屋は眉間をしわめる。

「江戸のお方は駿府の茶葉に慣れとりますけん、こなたの、西国の茶葉は口に合わぬというのが通り相場にござりますが」

「駿府と西国で、茶葉が違うとか」

「同じ緑茶と申せど、作り方が違いますばい。駿府や京では茶葉を摘んでから蒸しますばってん、こっちは釜で炒りますけんね。当然、味や風味、色も異なります」

茶葉の作り方に違いがあるのかと仰天したが、コホンと咳払いで紛らわせる。

「それよ、それ。ふだん飲みつけておるのと違う風味に惹かれなすって、長崎土産にしたかて言うとらすと。なあ、およし」

敷居際に水を向けたが、嘘の下手なおよしは目を白黒とさせるのみだ。

「ほんに大切な客人じゃけん。どげんかして、ご希望に沿いたかとよ」

それは真であるので声音に実がこもった。が、堺屋の半身はどんどん後ろに退いていく。

「他ならぬ大浦屋しゃんのご注文にございますゆえ何としてでもと思いますばってん、千斤もの茶葉は手前どもの蔵にもなかです。無い袖は振れませんばい」

「おうちほどの名代の店が、備えておらんというか」

「さようです」と、堺屋の声はなお神妙になる。

「大浦屋しゃんが扱われとる油と違うて、茶葉は大量に仕入れて備えるということをせぬ商いですたい。茶葉は暑さや湿り気にことのほか弱うて、日数が経てば経つほど風味が落ちますし黴も怖うございます。ゆえに一番摘み、二番摘み、三番摘みと、季節の収穫が済むごとに問屋が仕入れて、手前どもはそれをまた仕入れるのが尋常ですたい」

「そんなら、余分の備えはなかか」

堺屋はきっぱりと首を縦に振った。

「むしろ大量に抱えておる茶葉屋の品は、古うて臭か代物とお思いになった方がよろしゅうございます。手前どもはお得意様の好みやお使いになる量を長年、帳面に記しておりますばい。何の銘柄をいつ、いかほど仕入れ、余分な備えをいかに抑えるか、そこが茶葉商いの妙にございますれば、かように案配いたしてこそ、常に新しか、つまりしみじみと旨かお茶をお楽しみいただけるのでございます」

頭を抱えそうになった。大浦屋が扱う油でも、陽が当たらぬように大事に守って保存する。でなければ質が落ちてしまうからだ。しかし茶葉の日保ちは油よりはるかに短く、繊細な扱いを要するらしい。

「であれば、おうちが売れる分だけでかまわんけん買わせてもらおう。どのくらい用意できる」

「そうですなあ」と膝の上に置いた手の指を組み、思案を始めた。用心深い、もったいぶった顔つきだ。

「いつもご贔屓に与っておりますゆえ上物を五斤、中を三十斤ほどご用意させていただきましょう」

およしが「そんな」と、声を尖らせた。

「たったそれだけ」

「精一杯にございます」

「なら、他の茶葉屋を呼ぶ。それでも、よかね」

「およししゃん。他でもおそらく、おっかっつの量しかご用意できぬはずですたい。何なら手前が、茶葉屋仲間に声をかけてもようございます」

商人として己の仕方に自信を持っているのだ。これ以上粘っては疑いを招きそうだ。堺屋が懐から出した小算盤で仕入値を決め、「そいで、よか」と首肯した。ヲルトから前銀を預かったものの値組みをせぬままで、今は儲けにこだわりようもない。まずは注文の量を揃えねばならない。

「よろしゅう頼む」

「かしこまりました」と、堺屋もようやく相好を崩した。

二日後、山と積み上げた荷車が四台も連なって訪れた。上物と中を合わせて四百斤を調達してくれたという。米俵四俵に相当する重さだが、その嵩ときたら途方もない。綿の一袋が二斤入りで、大きさは女の腕で一抱えほどもある。それが二百袋だ。

十畳二間続きの座敷が茶葉の匂いで噎せ返るほどになった。およしはそこに女中らを集め、十人がかりで油紙を巻いて麻紐をかけてゆく。船の長旅を考えれば、包み方にも用心が要る。

荷車の品を下ろした際、堺屋はこう言い添えた。

「手前どもでは茶壺に入れて大切に守るのをしきたりとしとりますが、江戸に送ると仰せでございましたけん、すべて綿袋に移し替えてお持ちしました。よろしゅうございますか。何なら、壺も運ばせますが」

「いや、こいで充分たい」

送る先は江戸ではなく亜米利加なのだ。壺なんぞに入れたら、船底で割れる恐れがある。

お希以も荷造りを手伝いながら、あとの六百斤をどう仕入れるべきかを思案した。茶葉の問屋を訪ねてみようか。いや、そんなことをすれば必ず噂になる。せっかく四百斤を用意してくれた堺屋の顔を潰すことになろう。市中で調達するなら堺屋を通すべきだ。

となれば、どうする。

問屋の先、そうだ、茶葉を作っている家に直に当たってみてはどうか。

茶葉を産する土地で最も近いのはと頭を巡らせ、佐賀嬉野かと思いついた。ふだんからその産の茶を飲みつけ、テキストルに渡した見本も同じだ。

そういえば、およしの里はその近くであったような気がする。顔を上げ、およしの姿を探した。

「そげん包み方では甘かよ」

茶葉包みの山の中で、女中に指図する声だけが聞こえてくる。

「茶葉は暑さと湿り気に弱かけんね。風味の落ちんごと丁寧に包まんば、先様に恥ずかしか」

女中らはその「先様」が異国の衆だとは知らないのだが、およしは張り切っている。

己の吐く息が熱い。

脚絆をつけた足許は土埃にまみれ、汗が顎から滴り落ちるほどだ。

長崎街道は覚悟していた以上の険しさで、残暑の厳しい秋でもある。それでもひたすら歩く。気が急いているのだ。ヲルトの出航まであと三日しかない。

お希以は旅支度をして長崎を出てきた。目指すは茶葉を産する地、佐賀藩の嬉野である。

振り返ると、供のおよしは五、六間ほども後方だ。その背後で、友助がこなたを見上げている。

「およし、大丈夫か」

「こがん峠、なんちゃなかですよ」

強がって返すが、息を切らせている。家の中で動いていても暑がりであるので、顔から胸許まで水を浴びたような濡れようだ。

お希以もそろそろ、腹に巻いた重みがこたえて腰が痛い。

長崎市中の商人は銀遣いだが、裏店暮らしの職人や百姓がふだん遣うのは銭だ。茶葉の代を銀で支払っては両替の手間がかかって嫌がられるだろうと、一文銭を紐に千枚通した、すなわち一貫文を胴に巻いている。これが赤子ほどの重さで、友助はそれを十本もまとめて包んで背中に負っている。そのうえ、水の入った竹筒や旅籠で拵えてもらった握り飯の包みも肩に振り分けにしているのだが、よほど頑強であるのか、すいすいと涼しい顔をして足捌きも軽いままだ。

お希以はしばし立ち止まって、二人が登ってくるのを待つ。

「やれ、よっこらしょ」

およしは竹杖をつき、草鞋の足を大儀そうに、引っ張り上げるように前へと運ぶ。

「若か時分は、こん山道ば駈けるごとして越えたもんですたい」

後ろの友助が、呆れたように眉を上げた。

「何十年前の話ばしよっと。もう長らく、藪入りもしとらんとやろう」

「そりゃ、親は二人とも亡うなっとるし、弟の嫁に気ぃば遣いながら過ごしても羽なんぞちいとも伸ばせんけんね」

およしはこの俵坂峠の近在に生まれ、十歳で大浦屋に奉公に入った女である。三十八の今となっては、大浦屋で暮らした歳月の方がはるかに長い。にもかかわらず、お希以が嬉野を訪ねると決意した時、先導役を買って出た。

あの辺りなら、おまかせくださりませ。

勇ましげに胸を叩いたが、そのわりには道中、何度も首をひねっていた。道の周囲の景色が変わった、昔はこがん様子じゃなかったと、何とも頼りない。

ヲルトの注文を受けた時、ただもうそれだけでお希以は嬉しかった。まさか仕入れにこれほど難儀するとは想像だにしていなかった。そして昨日の早朝、およしと友助の三人で長崎を出立したのである。

「行ってくるけん」

帳場格子の中に向かって告げたが、弥右衛門は返事もせずに墨を磨っていた。しかし通りに出てからふと振り向くと、暖簾の前に立っている。筆を手にしたまま心配げに見送っていた。

諏訪神社の足許を抜け、石を畳んだ一ノ瀬橋を渡れば長崎街道の始まりだ。三人で日見宿（ひみしゅく）から矢上宿（やがみ）、永昌宿（えいしょう）と歩き通し、大村湾に面した大村宿で一泊した。

今日は払暁（ふつぎょう）のうちに旅籠を出て、またもひた歩いている。鏡面のごとく静かに光る大村湾を見下ろしながら歩くうちはまだ足取りも軽く、およしも「やっぱり、美しか海ですねえ」と目を細めていたが、俵坂の峠越えで足取りが重くなった。

「女将しゃま、あともうちっとの辛抱ですけんね。もう少ししたら峠ば越えて、あとは下りになりますけん。ばってん、下りの方が気をつけんと膝に来ますたい」

三人の中で最も息が上がっているのにまだ指南口をきくので、お希以は友助と顔を見合わせたものだ。

「あんたこそ、気ぃばつけて歩きんしゃい」

声をかけてから身を返し、お希以も竹の杖を使って登り始める。

まもなく傾斜が厳しくなった。しかも鬱蒼（うっそう）として木下闇（このしたやみ）が続く。松や杉、椎や犬樫（いぬがし）が思い思いに枝を伸ばしているのだ。そこに藤や木通（あけび）が巻きついて葉を垂らし、時折、かなたの梢で鳥が鳴く。足許には隈笹（くまざさ）や羊歯（しだ）のたぐいが繁茂して、落ち葉に埋もれた木の根に足を取られぬように歩かねばならない。

出島の阿蘭陀商館員らはこんな道を通って江戸参府していたのかと思うと、ぺかぺかと絹尽くめで着飾っていた姿がまた違って見えてくるから不思議なものだ。

何も知らぬまま決めつけるとは、危なかことたい。怖かことたい。

歩きながら、お希以はそんなことを考えた。

やがて峠も下りになれば林の枝葉が疎（まば）らになり、目の前がだんだんと開けてくる。秋の木漏れ陽の中を歩き続けると、道がなお明るくなった。周囲には田畑が広がり、その向こうの山々の稜線はのんびりと穏やかだ。小川が道脇を流れ、どこかでゴト、ゴトリと水車の回る音がする。口留番所（くちどめばんしょ）で通行手形を改められて無事に通り抜け、佐賀藩に入った。

道は東に向かってまた登り坂になっており、しかし幾分かはなだらかだ。三人で歩き続ける。

「あともう少しですけん。この山を棚状に拓いた傾斜地で、茶を作っとる百姓が多かとです」

　およしは東手に広がる山を指さした。

　しかしようやく辿り着いた嬉野の村には、茶畑らしきものが見当たらない。黄金に色づき始めた棚田の畦道では彼岸花が緋色を揺らし、蔬菜らしき作物が植えられた段々畑の合間では柿の木が大きく枝を伸ばしている。実はまだ青い。

　かなたを見晴るかせば大村湾が今日も光っていて、澄んだ空では秋雲が泳いでいる。

　しかし、茶畑らしきものはない。

「およししゃん、これは、どうなっとっと」と、畦道を登りながら友助が訊いた。

「さあ、私も狐に抓まれたごたる心地。いや、こん辺りの家が茶ば作っとると、昔、たしかに聞いたとけどなあ。茶葉屋もそがん言うとった、が」

　声が尻すぼみになった。

「頼りにならんなあ。ほんに、ここが嬉野か」

　足腰の強い友助もさすがに銭の重さがこたえてきたか、責めるような言葉つきだ。

「そのはず、たい」

「道案内できんとやったら、留守番しとったらよかったとに」
「何ね、その言い方。誰に向こうて言うとっと。丁稚の時分はしじゅう小便ばしかぶって、その蒲団ば洗うてやったのは私じゃなかか。この恩知らずが」
口争いになった。どっと疲れが増して仲裁する気力も出ない。お希以は畦道に坐り込んだ。

参った。

嬉野でも茶葉を調達できんやったら、どげんしたらよかか。

空を仰ぎ、犬のように口で息を吐く。

「こがんとこで母子喧嘩か。あんたたち、どこん者か」
振り向けば、肩に鍬を担いだ男が立っている。手拭いを頬被りにしていて、渋皮色に灼けた額の下でキョロリと丸い目玉が動いた。
「じつは、茶畑ば探して長崎から来たとです」

男は呆れたようにまた目を丸くする。

「茶畑ば探しに長崎からわざわざ。何の酔興ね。そいばってん、あんた、その茶畑の目の前におうよ」
「え」と立ち上がれば、およしと友助も小走りに寄ってきて肩を並べる。

よくよく見下ろせば、畦道の際に茶ノ木らしきものが延々と連なっている。しかし憶えのある照葉は一枚もついておらず、枝の混み合ったさまが丸見えの裸木だ。

「葉っぱは」と、訊ねる声が掠れた。

「そんなもん、とうに収穫し終えたばい。三番摘みの後は、細枝も一緒に刈り取ってしまうけん」

総身から力が抜けていく。

八月も中旬だというのに、茶葉の旬に考えが及んでいなかったのだ。嬉野に行きさえすれば茶畑が広がっていると思い込んでいた。「ああ」と、かたわらのおよしも情けない声を出す。

男は段々畑を見下ろして、さらに言った。

「そいに、茶畑ていうもんでんなか。ここん辺の者は誰でん、畑の隅に茶ノ木ば数列植えて、畑仕事の合間に茶摘みばすっとばい。そいでん長崎の茶葉問屋がよか値で引き取ってくるっけん、生計の足しにないよっと」

「その茶葉、残っとらんですか。ちっとでもよかけん、分けてもらえませんか」

頼み込んだのは友助だった。


大村湾から荷舟に乗り込んだ。

俵ほどの麻袋を六つも積み込んで、三人はその嵩に押されて身を寄せ合うようにして坐している。「友助しゃん、お手柄たい」とおよしが持ち上げれば、友助も「まあ、な」と、まんざらでもない。

「二人とも、ようやってくれた。助かった」

「いや、それは茂作さんがよか人やったからですたい」

茂作と名乗った男は、斜面の下の納屋に案内してくれた。そこに袋が山と積んであったのだ。

「江戸に住んどう親戚に毎年送いよったばってん、代替わりして。江戸生まれは口も江戸風のごたっけん、在所の茶葉をあんまい喜ばん。そいけん、今年はどがんすっか迷いよった。好きなだけ持っていってよかばい」

堺屋との押し引きで、その江戸者への土産にすると出まかせを吐いた。瓢箪から駒が出た思いだ。まあ、一服していきんしゃいと勧められて、茂作は家の中に上げてもくれた。

「およししゃん、あの書物の山を見たね。佐賀のお百姓には、えらか文人がおるとねえ」

「考えたら、諸国のお武家や文人が街道を往来しとらすもんねえ。自ずと頭が養われるとやろう」

意を果たしてやれやれとばかりに、友助とおよしも口数が増えている。

茂作の家の母屋は立派な構えで、しかも座敷には書物棚がいくつも並んでいた。

「異国の言葉ば会得しゅうて思いよった」

茂作が言うので、思わず身を乗り出した。

「私も。私もですよ」

茂作は目を輝かせた。そして近所の家々を一緒に回り、茶葉を分けてやれと頼んでくれたのである。

油屋町に帰り着いた時は夕暮れになっていたが、すぐさま友助に文を持たせた。

「こいば西田しゃんの許へ届けて、返答ば頂戴してきて」

友助は疲れも見せず、「へい」とすぐさま立ち上がった。およしは女中らに命じて、嬉野で調達した茶葉の大袋を庭から広縁へと上げさせている。堺屋のものと同様の綿袋に詰め替えるつもりらしく、広縁に茣蓙を敷いている。お希以も手伝おうと袋の口を開けて中を覗いた途端、目を疑った。手を入れ、掌の中のものを見る。

「女将しゃま、こいは」

およしも同じことに気づいたか、ぺしゃりと正坐を崩した。

袋の中には、細い折れ枝や茎、葉の屑が大量に交じっている。そもそも売り物ではなく、江戸に住む親戚に送るための、いわば自家用だ。しかも茂作は市中の茶葉屋の五分の一しか、代を受け取らなかった。

引き取ってくいて、こっちも助かったばい。

そしてこう言ったのだ。

ぐっど、ぐっど。

そんな佐賀弁があったかと思いつつ、お希以は有難くて頭を下げた。座敷で茶をよばれ、蘭語や英吉利の言葉について茂作が語る話に耳を傾けた。

あの時、袋の中を検めさせてもらわんやったとは、私のしくじりたい。

疲れと安堵で気がほどけ切っていた。

それよりも、今はこの茶葉だと蟀谷を押さえる。堺屋から仕入れた品が四百斤、そして嬉野で買い取った俵ほどの袋は六つだ。目算では千斤を超える用意ができたはずだった。

「およし、ともかく茶葉以外のものを取り除かんといかん。このままでは、混ぜ物をして目方を増やしたごたる」

「かしこまりました」

奥女中総出で、取り分けにかかった。二刻ほども根を詰めると女中らは泣き言を口走り、それを叱咤していたおよしもまもなく腕が上がらなくなった。目の粗い篩にかける方法を思いついてからはようやく捗ったものの、荷詰めを終えたのは八ツ半頃だ。皆を女中部屋に引き取らせ、それからおよしに手伝わせて秤に掛けた。目方が五百斤に減っていた。

すなわち、全部合わせて九百斤しか用意できなかったことになる。

「百斤足りん」

西田への文にはこう書いた。

お待たせして申し訳ございませんでした。ご注文の茶葉を千斤揃えましたゆえ、明日、品納めをさせていただきたく存じます。どこにお持ちしたら、よろしいでしょうか。

西田は文に目を走らせるなり、「これは重畳（ちょうじょう）」と呟いたらしい。

「では明日、八月十七日の明け六ツ頃、大川の河口にてお待ち申しますばい」

ヲルトとはすでに話がついていたようで、すぐさま指定したようだ。

「寺の境内か空地かと想像しておりましたばってん、川で荷舟ごと受け取るとのお指図です」

友助は報告しつつ、座敷の中のありさまを見て「何ばしよっと」とおよしに訊ねている。お希以は「何でもなか」とおよしの返答を遮り、友助に「今日はもうお下がり」と命じた。さすがに足を引き摺（ず）りながら廊下を引き返した。

「今になって納める品が足りんとは、何たるあんぽんたん」

地団駄を踏む。

「女将しゃま、今、何と仰せに」

疲れ切ってか、およしは煮崩れたような声を出す。瞼（まぶた）もほとんど塞がり、右眼だけを薄く開いている。

「いや、もう横にならんねと言うた」

お希以は疲れも眠気も吹き飛んでいた。

川縁の柳が秋風を受けて枝を揺らし、雀が盛んに鳴いている。

払暁を待って、お希以はまたも荷舟に乗り込んだ。およしはすぐ後ろの舟に乗り、友助は殿軍だ。後ろを振り返れば、朝陽の中を五杯の荷舟がゆるゆると連なって従いてくる。茶葉の荷の山は船頭の頭よりも丈が高く、そのいずれにも大浦屋の花菱紋を染め抜いた柿色の油単を掛け回してある。

「こがん目立つ荷造りばして、御奉行所や会所に見咎められたら事じゃなかですか」

およしは不安そうであったが、軽くいなした。

「こいだけの荷を運ぶとよ。こそこそと人目を憚れば、かえって怪しまれる」

「ばってん、京で染めさせた油単やと聞いとりますのに」と、今度は惜しそうな上目遣いだ。

十二年ほど前になろうか、お希以は婿を取ったことがある。その機に長持や簞笥を新たに揃え、それらに掛ける油単も当時の女中頭が誂えさせたのだ。晴れがましい色であるのでふだんは使っておらず、「ちょうど、よか」と抽斗から引っ張り出した。

「箪笥の肥やしにしとっても、油単に気の毒たい」

舟の両腹が作る漣は川面に白い細帯を流したかのごとく続いて、船頭らもやけに誇らしげだ。荷の中身は知らぬので、何か祝い事のための荷だと思ったらしい。やがて年老いた一人が祝唄を口ずさみ始め、声が高くなり、いつのまにやら後ろの五人も声を合わせている。川に向かって築かれた石段に坐って何かを洗っていた小女がつと顔を上げ、目を瞠ったかと思うと、めでたそうに頬を緩めた。

およしもその様子に気づいてか、「女将しゃま」と後ろで声を弾ませる。再び振り返れば、昨日から朝にかけてほとんど横になる暇もなかったというのに、晴々とした笑みを広げている。お希以も笑んで返し、ゆっくりと躰を前へと戻した。

朝風の中を進むうち川は大きく左へと曲がり、土橋の下を通る。舟はまたも西へと舳先を向けた。

右手に薩摩藩蔵屋敷の銀甍を望み、左手は土蔵がずらりと居並ぶ四角い築島で、出島と同じく海を埋め立てて造られた土地、新地蔵所だ。清国からの移入品はこの蔵地に陸揚げされるため、唐人屋敷前の波止場と板橋で結ばれている。

そういえば、清国は英吉利に手酷く痛めつけられたらしいという噂を、月花楼で聞いたことがある。そのために茶葉作りにかかわる者らが減ったのだろうと、通詞の品川が推していた。

怖かこったい。英吉利という国の底知れなさに、我知らず身構えた。これから再び会うはずのヲルトにも初めて恐ろしさを感じて、胴震いする。

約束違えのものなど受け取れんと激怒され、舟ごと沈まされる己の姿が泛ぶ。

お希以、今さら何ねと、顔を上げた。

ヲルトしゃんはこの私を信じて、銀六貫も前銀を渡してくれたお人たい。

石橋の下を潜り、水門の前も通り過ぎ、目当ての河口へと差しかかった。大川が注いでいるのは長崎湾の東で、右手には商館のある出島、そして阿蘭陀国旗の翻るかなたには緑の山々がやすらいでいる。薄い雲が空を泳ぎ、白い海鳥が飛び交う。

目当ての舟はすぐに目星がついた。

湾内に碇を下ろした英吉利船や諸藩の白帆船よりはるかに見劣りのする、粗末な荷漕舟だ。誰かが立ち上がったと思えば、小柄な羽織袴姿の西田が手招きをするように扇子を振っている。お希以は船頭に命じて静かに近寄った。

もはやここは、河口というよりも海だ。

舳先に舳先を合わせる寸前にまで舟を寄せさせ、足を踏ん張るようにして立ち上がった。吹く潮風に袂が膨らんでは音を立てる。

「お待たせしました」

それを拍子のようにして、西田がすいと身を動かした。ヲルトが現れた。長い脚を曲げて莫蓙の上に坐しており、膝の上に肘を置いている。

「グッモーン」

がっしりとした顎には黄粉をまぶしたような無精髭だ。

「おはようございますとの、挨拶ですたい」

空の下ではヲルトの髪は金色を帯び、双眸は碧よりもなお青く見える。お希以は口真似で「ぐっもん」と返し、しかしすぐに居ずまいを正した。

「申し訳ありませぬ」

「何の真似です」と、西田が問うてくる。

「ご注文の品ば、きっちり揃えられんかったとです」

「今さら何をおっしゃるとです。昨日、千斤揃えたとの文ばよこされたじゃなかですか。現に、こいだけの舟を引き連れて」

「昨夜、秤に掛けましたら百斤足りんかったとです。私の手落ちです」

「たった百斤」と、西田の声が尻上がりになる。

「そがんこと正直に告げるとですか。秤の掛け方なんぞ日本と異国で異なっておるとですし、多寡があるのが尋常ですぞ」

「一斤、二斤の違いではなかです。一割も少なかものば黙って引き渡すは、手前の暖簾にかかわりますたい」

早う通弁せぬかと苛立って、つい顎をしゃくった。西田は「そうまでおっしゃるとでしたら」と、通弁を始めた。ヲルトは舟に坐したまま耳を傾けている。その横顔をお希以は見つめ、息を呑み下した。

十六歳の若者だというのに落ち着き払っている。ゆっくりと顎が動いて、西田に何か訊ねているようだ。

西田が顔を上げた。

「大浦屋しゃん。九百斤の内訳はどうなっとっとですか」

「上物と中で四百斤ですたい。あとの五百はそもそも売り物として作られた茶葉と違いますけん、下と申さねばなりません。上と中で千斤とのご注文やったとに申し訳なかことです。ばってん、味はよかです。亜米利加のお人らに必ず喜んで喫してもらえると、折紙をつけさせてもらいますけん」

だからどうか納めさせてほしいと頭を下げると、西田が「また、通弁しにくかことを申される」と眉の上を掻く。お希以は懐から袱紗包みを取り出した。

「六貫もの前銀をお預かりしましたばってん、そうも掛からなんだゆえ二貫をお返し申します。売値の詳しか内訳は紙に記してありますゆえ、おたしかめください」

舟と舟で手を出し合い、お希以はずしりと重みのある包みを渡した。西田がそれをヲルトに差し出して通弁する。西田がようやく話し終えると、波の音だけになった。ヲルトは包みの中から銀子を取り出して広げ、呆れたように肩をすくめている。

一巻の終わりかと、お希以は舳先に目を落とした。

やはり、いけんか。そうばいね。ヲルトしゃんは商人たい。注文の品を揃えられぬ異国の女など相手にせん。

八月の海にしては凪いでいるのに、舟がやけに揺れているような気がする。

「ハッピク、ヘイド。コープ」

ヲルトはいつのまにやら立ち上がって舳先にいた。がっしりと逞しいその姿を、お希以は見上げる。

「欲しか物じゃ、買う、と言うとられますたい」

西田を見て、またヲルトに視線を戻す。ヲルトは「ヤー」とうなずいて、腕を前に出した。長い指で包みを摑んでいて、お希以に渡そうとする。

「これは次の取引の前銀に、とのことです」

「次」と口にしたまま、言葉の接ぎ穂が見つからない。

「来年の四月か五月にはまた来崎するゆえ、次は一万斤の茶葉を用意してくれと言うとられます」

「一万斤とは、また途方もなかことを」

「なら、辞退されますか」

「この品を受け取ってくれただけでも有難かとに、次を辞退なんぞしてたまるものか。ばってん、私にそうも信を置いてくれてよかとかと、訊いて」

「人遣いの荒か女将しゃんばい」と不承不承ながらも、西田はいくつかの言葉を投げかけた。ヲルトはうなずいて、両の手を盛んに動かす。

「長崎の商人はとかく悠長で取引に間に合わんというのが、異国での評判らしかです。頼んだ量に品物の質、それに期日についても守るということを知らぬ、と。まあ、それはおそらく、通弁が案配よう行っとらんゆえだったと思いますがね」

西田は鼻の穴を広げて手柄顔をする。

「ゆえに大浦屋しゃんには多めに注文したらしかですよ。ましてや茶葉がこうも嵩張るもんとは思いも寄らんかったゆえ、これで充分やと言うとられます。何より、期日を守られたことをヲルトしゃんは喜んでおられますたい。このまま梨の礫かもしれんと、半ば諦めておられたようですけん」

これで喜んどるとか。異人しゃんの顔つきは、ようわからんたい。

ヲルトは硬い面持ちをまったく崩していない。

「それに、あまり正直に打ち明けられたんで戸惑ったらしかです。まあ、その場限りの言を尽くすが商人、騙される者が馬鹿じゃと嗤う国も珍しゅうなかと、私も聞いとりますたい」

ヲルトはふいに、お希以の肩越しに目をやった。

「ヤッパン、キモノ、グゥ」

するとお希以の言葉を解したかのように、ヲルトは掌をかざした。どうやら柿色の油単を、「キモノ」と呼んだらしい。

「グゥ。それはひょっとして、ぐっど」

お希以の問いにヲルトは目尻を下げ、糸のように目を細めた。頬に赤みが広がる。

こん人の、こいが喜色かと、お希以も笑みを返す。

「ハイ。グッド。ヨカ景色タイ」

ヲルトは茶目な片言で応え、再び包みを差し出した。お希以は迷うことなく、それを受け取った。

お希以の舟の荷をヲルトと西田の荷漕舟へと移し、さらにおよしをお希以の舟に乗り移らせた。

六杯の舟が静かに漕ぎ出すのを、二人で見送る。

「友助しゃん、頼んだけんね。しっかり」

およしが声をかけ、友助は手を挙げて応えている。友助はヲルトが碇泊（ていはく）している英吉利船に荷を積み込むのに立ち会い、空になった舟を引き連れて帰ってこなければならない。

だんだんと遠ざかる舟の連なりは、柿色の鮮やかな背鰭（せびれ）がうねっているかのようだ。

ふと、諏訪神社の大祭で披露される龍の踊りを思い出す。

お希以は頭（こうべ）を垂れ、柏手（かしわで）を打った。

大雨や大風に遭わぬよう、ヲルトしゃんと荷が無事に海を渡りますように。

サクセス。

佳（よ）か運を祈ります。

四

八月の末、お希以は再び佐賀嬉野の茂作を訪ねた。あらかじめ文を出しておいたので、

「こんお方が通詞見習しゃんか」と、機嫌よく迎えてくれる。

「西田圭介と申します」

「井手（いで）茂作与志郎（よしろう）にござります」

通弁の礼を持って西田の住む御長屋に参じた際、嬉野での顛末も話したのだ。世間話程度の軽い気持ちであったが、西田はやにわに身を乗り出した。

「もしや、井手家のお方ではなかですか。名字帯刀を許された由緒の古か大百姓で、学識の高かお人」

「いや、姓は名乗られんかったばってん、そういえば座敷に立派な書物棚のあって、異国の言葉について話が弾んだとよ」

「引き合わせてもらいたか」と、西田は豆が弾けたように騒いだ。それで供代わりに、というのは当人には内緒だが、一緒に俵坂峠を越えたのである。

「先だってはお世話になりました」

お希以は礼を述べ、「井手しゃま」と切り出した。

「いや、茂作でよかばい」と、煙草盆を膝脇に引き寄せる。

「なら、茂作しゃん。来年の茶葉を私に売ってもらえんですか。むろん、これまでつきあいのある茶葉商の分までとは申しませんたい。その他の分を」

茂作は咥(くわ)えかけた煙管(きせる)の吸口を、唇からはずした。

「あんた、油商やと言いよんしゃったばってん」

「はい。ばってん、こいから茶葉の交易を手掛けます」

ひと思いに一切を打ち明けた。交易という言葉が己の耳で響いて、ああ、そうたいとお希以は思った。

私はとうとう、始めた。

茂作は「さすがは長崎の者ばい」と呟き、吸口を咥え直す。

「和親条約の次は通商条約も正式に結ばれっじゃろうと江戸の親戚が文に書いてよこしたばってん、さて御公儀がそこまで踏み切っじゃろうか、五分五分じゃなかかと思うとっばい。あんたはそれに先んじて、英吉利人と始めんしゃったとね」

「来年の四月か五月に、また来らすて言うとられます。それで折り入って、もう一つお頼み申しますが、茶畑を作ってもらえんですか」

この家を訪ねる前に段々畑を歩いてたしかめてみた。どの畑の隅にも茶ノ木が植わっているが、やはり数列のみだ。

「茶畑」

「はい。蔬菜を作る代わりに茶葉を作って、異国に売るとですよ。そのための茶畑を」

茂作は大きな目玉を剝くようにして、お希以を見返した。

「気易う言うばってん、種から茶ノ木を育てるのに何年かかって思うとっね。新芽を摘めるようになっまで、三年はかかるばい」

「三年も」と発したのは、西田だ。

「ということは、それまで、売り物を作れん畑ということですか」

「利の上がる畑になっには、もっとかかっよ。茶畑ていうとは、茶摘みば年に三、四回してやっと利が上がるもんばい。木がそいまで育つには、六、七年も手入ればし続けんばいかん。蔬菜ば茶葉に切り替えてしもうたら、百姓はどがんして喰うと。干上がってしまうばい」

お希以は一言もなく、書物棚を見上げた。

和綴(わと)じの書物だけでなく、何やら分厚い、革を巻かれた蘭書らしきものも目に入る。大浦屋の蔵にも古い蘭書があったと気がそれ、一本の姿を思い出した。

「手前の家にも、火事で焼け残った蔵の脇に茶ノ木があります。あれは何年生きとっとやろうか。私が十六の時の火事やったけん」と指折り数え、「二十年は超えとるやろか」と呟いた。

「私は毎年、冬の初めに咲く、こんもりと丸い、白花を楽しみにしとっとです」

花は枝の途中から一つずつ、下向きにつく。雄蕊(ゆうずい)はそこに灯りをともしたかのごとき黄色だ。

「ばってん、私は茶ノ木の葉も好いとるとです。椿ほど硬(かと)うのうて地味で、うちでは床の間に活けたりもしませんばってん、夏の陽射しを受けたあの照葉のさまはほんに強か」

とはいえ、格別に愛でてきたわけではない。自ら手入れをする暇(ひま)もなかった。放っておいても、あの木は蔵を守るかのようにそこにいたのだ。庭の木々から独り離れ、蔵の前で生き抜いてきた。

「うちで作ろうか」と、お希以は独りごちていた。

「一万斤の、少しは足しになろう」

油置き場の何分の一かを茶畑にする。弥右衛門とまたやり合わねばならぬかと想像するだけで気が重いが、致し方がない。他に良法を考えつかない。

「大浦屋しゃん」と、茂作が煙を吐き出した。

「独り言に口ばはさんで申し訳なかばってん、まさか長崎の屋敷内に茶畑ば作ろうて考えよっとね」

お希以が首肯すると、茂作は呆れたように笑い声を立てた。

「茶樹は山地に生うもんばい。朝霧の立ち込める山間じゃなかぎ、よか茶葉にはならんばい。そいに、あんた、一万斤とか言いよったばってんが」

「さようです。次は一万斤の茶葉を欲しかと、注文を受けたとです」

「英吉利は印度ば持っとろう。清国で入手できんでも、印度の産地で紅か茶葉を栽培でくっごとしたて、わしは聞いとっばってん」

やはりいろいろな事情に通じている御仁だ。お希以は「じつは」と、膝を前に進めた。

「売り先は英吉利やのうて、亜米利加ですたい」

「あの、ペルリの」

茂作は胡坐の膝を打ち、「そぎゃんね」と破顔した。

「亜米利加はほんに若か国やっけん、勢いがあっとねぇ。英吉利から独立してたった八十年ばい。そいばってん、黒船で日本に来よる国になりよった」

「茂作しゃんは、そがんことをどこでお知りになるとですか」と、西田が前のめりになった。

「いや、まあ、この歳やっけん、耳も大きゅうなったい」

もっと若く見えたが齢五十の手前で、先年、女房に先立たれて後は後添えももらわず、この母屋で使用人数人を使いながら暮らしていると話した。

「お女房さんがおられんと、ご不便じゃなかですか」

「便宜のために女房をもろうたら相手にも気の毒やっけん。わしは畑仕事の合間に書物ば開いて、古今東西、いろいろな考えに触れらるっとが面白かとよ。うちの裏手に倅夫婦と孫が暮らしよっけん夕餉は共にしよっばってん、騒がしゅうてかなわん」

西田は意外にも聞き上手で、茂作は内輪話まで披露している。西田が拝借を願った書物も「よかよ」と気軽にうなずき、棚から何冊も引き出して渡している。

「急がんけん、ゆっくり学びんしゃい」

渋皮色に灼けた横顔は学問の友を得たかのように綻んで、話柄も次々と転じていく。

「そいはそうと、八年ほど前やったか、漂流した亜米利加の船員が長崎の崇福寺の塔頭に押し籠められとったろう。そんとき、御奉行の命を受けて通詞らが亜米利加語を学んだらしかと耳にしたとばってん、見知りにおらんね」

「八年前といえばまだ十歳でしたけん、ようわかりませんたい。何なら、兄に訊いてみましょうか」

「頼んでよかね。言葉は書物だけでは足りんけん。音の上げ下げが、ことにようわからんとよ」

お希以は両の手を打ち鳴らし、「なら」と言った。

「お引き合わせしましょうか。ヲルトしゃんに」

いかに博識の文人といえども、ここは長崎市中ではない。英吉利人と偶然知り合う機会に恵まれるなど、皆無に等しいだろう。

「ヲルトていうとは、交易相手ね。構わんとね」

「はい。茶葉交易のために嬉野で茶畑を拓いてくれたお人と、言うてよかなら」

どこかで「祖父(じい)しゃまぁ」と赤い声がしたかと思うと、開け放した障子の向こうの砂庭から縁側へと上がってくる。三人の幼子がワアと座敷を走り回り、西田は途端に見込まれてか、背中に乗られている。

「今日はうちに泊まっていきんしゃい。茶畑については、明日の朝、返事ばすっけん」

茂作は孫らを見ながら、煙管の雁首(がんくび)を火鉢の縁に打ちつけた。

翌朝、茂作は眉間を揉みながら言った。

「ゆうべは胸の高鳴ってしもうて、よう寝られんかった」

ヲルトに引き合わせてもらいたい一心のみならず、何やら意気に感じてくれたようだった。

「異国ば学ぶことにのみ腐心しとったばってん、己の畑で作った物が海ば越えると思うたら総身に力が漲(みなぎ)って、じっとしておられん心地になったけん」

安政四年が明けて一月十日の立春が過ぎ、そして四月九日、今年の八十八夜を迎えた。お希以はおよしと友助を伴って昨夕から茂作の屋敷に泊まり込み、日の出と共に襷掛(たすきが)けをして畑へと出た。

昨年同様、茶ノ木はまだ隅の数列しかない。しかし一段下の斜面に目をやれば、数十もの横畝(うね)が段々に広がっている。まだ膝丈ほどの幼樹であるので土色がおおかただが、浅緑の葉は空に向かって揚々と伸びている。

種ば蒔(ま)いて育てたとでは、間に合わんばい。苗木ば植えてみろうか。

思案を立てた茂作は文人仲間に相談をして京の植木商から幼樹を取り寄せ、五反の蔬菜畑の土を入れ替えたのだ。茶畑としての拵えができたのは、去年の九月である。

「村の者に説いて聞かせるより、見すっが早か。来年の注文には間に合わんやろうけど、二年後には茶葉ば摘めるごとなっばい」

先だっては西田が大浦屋を訪ねてきた。ヲルトが日本に向かう船の乗組員に文を預けたらしく、西田は声を弾ませて読み上げた。

「亜米利加への移出商人の間であの九百斤は瞬く間にはけて、下の品でもよかテイじゃと評判は上々」

そして今年の来崎は五月になるようだ。

お希以は多少なりとも茶ノ木を持つという土地を茂作に教えてもらい、昨秋から春にかけて「茶葉を分けて欲しい」と頼んで回った。友助を伴い、肥前は彼杵、そして大村、筑後は柳川に福島、肥後の八代や人吉、薩摩の川内や日向にも足を延ばした。

その間、堺屋との交渉はおよしにまかせた。堺屋が何かともったいぶるのを見越し、「中」を三千斤という注文から始めたようだ。結句、「下」を五千斤引き受けさせた。

今度は何としてでも一万斤、耳を揃えて納める。

「大浦屋しゃん、付け根にある小さな芽はこいから育つけん、残しとってくださいよ」

茂作の倅の嫁に教えられて身を屈め、目を近づける。青い匂いがする。摘心した後、五十日ほど新芽を待てば同じ木から「二番摘み」ができ、さらに四十日ほど経てば「三番摘み」ができるらしい。

「ここ、三枚ほど葉のついた茎を手折っごとして摘むとです」

お希以は左の小脇に抱えた竹籠を抱え直す。およしや友助が固唾を呑んで見守っているのがこそばゆいが右手を伸ばし、親指と人差し指で緑の茎を摘まんだ。

折るようにして摘み取り、鼻に近づけてみる。やはり青く、それでいて花のごとき香りもする。梔子（くちなし）の匂いに似ている。

籠の中に最初の一葉を入れると、およしと友助も茶摘みを始めた。賑やかな声が響く。

新しい茶畑のかなたで、初夏の海が照り返っている。

第三章　風月同天

一

一本の松が五月の空に映えている。

外国人の居留地として開かれたこの丘で、唯一、残された古木だ。

何百年前から長崎の海と町を見晴るかしてきたのかと思わせる姿はガラバアの魂にも響くものがあったようで、松樹を取り巻くようにして洋館を普請させた。勇壮な枝ぶりは丘の麓（ふもと）からでも見えるので、長崎者はいつしかガラバア邸そのものを「一本松」と呼び慣わすようになった。

ガラバアは四年前、安政六年の秋に英吉利から渡ってきた商人である。元はマセソン商会という大きなコンパニイの事務方として働き、その後、商会の長崎代理店として独立を果たしたらしい。樟脳や生糸、そしてやはり茶葉を移出しているようだ。

七日前、この一本松での昼餐（ちゅうさん）に招きたいとの書状をガラバアから受け、むろんそれは英吉利語によるものなのだが、お希以はヲルトとの茶葉交易によって少しは話せ、簡単な文言なら読み書きもできるようになっている。

やれ、蘭語だ、これからは英吉利語もと心組んでいた時分は挨拶の言葉を一つ二つと憶えて喋るようにしていたが、相手の言うことがまるで解せない。商いのやりとりでは通詞の西田圭介に通弁してもらうしか術がなかった。だが対面を重ねるうち相手の表情や仕種と言葉が結びつくようになり、義兄の仁兵衛から借りた『英和対訳袖珍辞書』を引きつつであれば招待状の主旨も見当がつくようになった。

「女将しゃん、ようおわかりになられますなあ」

番頭になった友助は目を丸くするが、お希以は「暢気に感心しとる場合か」と鼻から息を落とした。

「必要に迫られてのこったい。番頭しゃんも、しっかり英吉利語を心得てもらいたかね」

ヲルトから初めて受けた注文を苦心惨憺して何とか納めてから、かれこれ七年を経た。その後も来崎のつど大量の茶葉を購って帰り、ヲルトが清国の英吉利税関に勤めた際には上海に向かう唐船に荷を積ませて送ったこともある。後に本人に聞いたことには、上海でも亜米利加商人と茶葉を取引して資銀を蓄え、独立の機を探っていたらしい。

この間、日本の交易にまつわる政情はめまぐるしく変わった。

いつか嬉野の茂作が口にしていたように、安政五年の六月、公儀は「修好通商条約」

なるものを亜米利加と結んだ。それに伴い、出島の阿蘭陀商館は廃止された。商館が平戸から長崎に移されたのは寛永十八年だと祖父から教えられたので、ほぼ二百二十年もの営みをついに閉じたことになる。

その翌月、公儀は対外交渉を受け持つ「外国奉行」なる職を設け、長崎には英語伝習所が開かれた。西田はここに通い、熱心に学んでいるようだ。

八月には大樹公である家定公の喪が発せられ、十月、家茂公が京の帝から第十四代将軍の宣下を受けた。

そして公儀は長崎と横浜、箱館において、西洋五カ国との交易を開始した。相手国は亜米利加と英吉利、仏蘭西と魯西亜、および阿蘭陀である。

日本がとうとう自由交易に踏み切った。

清国の勤め先でその報を耳にしたヲルトは、長崎に居を定めてビジネスを興すべく来崎した。後で聞けば、ガラバアとほぼ同じ時期らしかった。

従来、長崎会所に任せる格好で公儀が一手に握っていた異国との交易が、まるで莢から弾けて飛び出した豆のごとく自在なものへと変わった。お希以にはさほど格別な感慨はなかった。とうに始めていたからだ。

世が世なら抜荷は法度破りの恐ろしく危ない橋、捕まれば死罪である。それでも昔から長崎では、抜荷で入ってきたとしか思えぬ文物が溢れていた。どうやら唐船を通じて取引され、役人の目を逃れるために夜の海上で行なわれたものらしい。しかしヲルトとお希以は、朝の海で待ち合わせた。

「お互い初めてで、無我夢中であったからできたことでしょうね」

ヲルトと再会した時、話の流れでお希以はそんなことを言った。

「あがん派手な荷拵えをしてきたゆえ、驚いたとよ」と、ヲルトも肩をすくめる。

「ばってん、こそこそしとる方が怪しかですよ。堂々とやった方が、案配よう行くと思うたとです」

「怖いもの知らずの為せる業(わざ)ばい」

顔を見合わせて笑った。

一本松を眺めながら石階段を上る。後ろには供の丁稚が二人、随(つ)いてきている。今日はヲルトへの土産を携えてきていて、京から取り寄せた反物や扇子、櫛に簪(かんざし)、笄(こうがい)、煙管に茶碗もある。ヲルトはまもなく母国に帰ることになっていて、今日の集まりはその歓送会も兼ねてのことだ。とはいえ一時帰国であり、ガラバアと同じくこの南山手に邸宅を構えるべく地元の棟梁(とうりょう)に図面を引かせているらしい。ヲルト商会も隆盛このうえなく、近々、埋め立てられた大浦海岸沿いに直営の製茶所を建てる予定だ。

文久三年、西洋の暦で言えば一八六三年の今では、長崎から移出される品のうち茶葉が占める割合は二割近くに上っているのである。茶畑も増えて収穫量は年々上がり、今年も続々と茶葉が運び込まれてくる。八十八夜の早朝から行なう初摘みの一番茶に始まり、晩夏の二番茶、三番茶が大村の湊（みなと）から舟で着く。

嬉野の茂作は最初は幼樹を植えて急場をしのいだが、茶の実を採取し、その中の種を取り出して蒔くことも忘れなかった。彼杵（そのき）の畑では挿し木によっても収穫量を増やしており、佐賀藩の御用商人までが茶葉商いに乗り出してきている。が、お希以は気にしていない。むしろ大歓迎だ。

皆でいくらでん、茶葉ば作って売ったらよかよ。求める人々が異国におるとやもの。ただ、茶葉は摘んだままでは飲用にならない。鉄の釜で丹念に炒って茶葉をかき混ぜ、いったん冷ましてから再び釜で炒るという手入れが必要だ。茶葉が持っている水分を熱で飛ばさねば黴（かび）を招いてしまうからだ。

この手間暇を要するゆえ、百姓らは茶を作ることに本腰を入れにくかったのだとお希以は気がついた。そこで稼いだ銀子を注ぎ込み、裏庭に二階家を建てて一階を製茶場にした。そして自前の田畑を持たぬ貧家の女房や娘らを雇い、釜炒りを仕込んだ。

夏場は焦熱地獄のごとき暑さで、お希以も一緒に諸肌（もろはだ）脱ぎになって茶葉をかき混ぜる。汗を拭えど乳房の間から汗が滴って飛び散り、数日間は腕が棒のごとくになって動かせぬほどだ。

およしも住み込みの女らの世話を引き受けているので、製茶場をいったん閉じる初冬までは大わらわとなる。「茶葉を商うとるばってん、マニュファクトリイのおかげで茶の一杯も味わえんね」と、互いに愚痴交じりに笑い飛ばす。油商仲間の寄合にお希以が顔を出す油商いは弥右衛門が細々と続けていたものの、油商仲間の寄合にお希以が顔を出すたび四方から難癖をつけられる。

「大浦屋しゃんには、先見の明があったばい。まあ、のぼせて足を掬われんようにしんしゃい」

「そうたい。何せ、異人の肚は底が知れんけんね」

不躾にも、「どんくらい稼いだと」と訊く者もある。黙って聞き流していたが、三年前のある日、堪忍袋の緒を自ら切った。

「肚の知れぬ異人しゃんと交易をしたかと願うお方がおらしても、私は血迷うたかと嗤いませんばい。いつでも、手引きばさせていただきますよ」

その言が因で、油商仲間から抜けることになった。抜けたと言うより、「礼を欠く」との咎で辞めさせられたに等しかった。翌朝、弥右衛門は店之間の小座敷に入ってきて、大浦屋の法被を脱いで畳んだ。

「長い間、お世話になりました」

「何ば言うとね。いけんよ。あんたにはまだまだ番頭として采配を振ってもらいたか。茶葉のことは追々心得てくれたらよかけん」

「いえ。油以外のことは何もわかりませんし、わかりとうもなかです。もう躰もしんどくなっとりますけん、ここで退かせていただきたか」

何をどう説いても翻意しなかった。受け容れるしかなく、「なら、敷地内に隠居家を建てよう」と思案を出した。使用人は一生奉公、その最期を看取るのは主の務めだ。

「のんびりと骨休めしんしゃい。ばってん、時々は店の者らの相談に乗ってやってほしか」

ところが弥右衛門はこれにも頑として首を縦に振らず、長屋に引き移ってしまった。大浦屋の墓所に近い、清水寺の参道下だ。小女を置いただけの独り住まいであるというので墓参りの帰りに時折立ち寄ってみるのだが、戸口にお希以の姿を認めるなり渋面になる。他人行儀に時候の挨拶を交わすだけで、とりつく島もない。

「お忙しゅうございましょう。こがん年寄りにおかまいにならんと、早うお帰りくだされ」

いつも仕方なく茶葉包みを框に置き、長屋を出て坂道を下る。

石段を上りきると、芝生を張った前庭が広々としている。石楠花や躑躅が咲き揃い、莢蒾や空木の匂いもする。窓を開け放した屋敷の中から盛んに声がして、玄関ポオチに向かった。と、先客らしい後ろ姿がある。背格好からして明らかに異人で、ひどく背丈がある。

「ハロウ」と声をかけてみた。

男が振り返り、小首を傾げながら見下ろす。互いに探るように間合いを詰めた。

「お希以しゃん」

「ああ、ほんにテキストルしゃんたい」

息を弾ませて手を握り合った。


銀の匙でソップを掬い、音を立てずに口中へ流し込む。

今日のソップは鶏肉で出汁を取ったらしき羹で、小さく賽の目に刻んだ大根と人参、そして香りの強い異国の香草を微塵にして散らしてある。洋皿には深い藍と渋い柿色で花鳥や雲水が描かれている。形こそ洋式だが佐賀藩有田で焼かれた色絵皿で、伊万里焼だ。大浦屋の蔵にも何組かあるが、ことに欧羅巴の王侯貴族に珍重され、阿蘭陀商館を通じて随分と移出されてきたらしい。

屋敷の使用人らは主であるガラバアのとっておきのイマリを使う日は特別の宴であると心得ているらしく、それは丁重な手つきで給仕する。

細長い食卓の中央には銀製の燭台と、庭の石楠花の白を集めて飾られている。卓を囲んでいるのはお希以を含めて十人で、右隣に先ほど再会したばかりのテキストル、そして斜め向かいにガラバアと今日の主賓であるヲルトが坐している。

この昼餐はいったん英吉利に帰国するヲルトを囲んでの集まりで、日本人はお希以が一人だ。見知る客の面々は「外国人居留地委員会」なるものの委員がほとんどで、ヲルトはその委員会の長だ。

居留地委員会は清国でもいち早く外国人を受け入れて交易街となった上海を手本にしたらしく、長崎では二年前の文久元年四月に自治会と商業会議所が創設された。

その翌月には日本で初めての英字新聞が発行されたのでヲルトに頼んで一部を入手し、嬉野の茂作に送ってやったことがある。茶畑を広げるのに茂作も忙しく、ヲルトと引き合わせる約束は果たせぬままだ。

お希以も今日のような交際が頻繁で、いつだったか、大浦の居留地に玉転がしの遊芸場が開かされた際にも招きを受けた。ボウリングと呼ばれる遊びで、糸瓜（へちま）のような形をした置物に向かって球を転がし、置物をいくつ倒したかを競う。お希以の投げた球はなぜか真っ直ぐ走らずに左右へ逸れるばかりで、まったく面白くなかった。

また若々しい笑声が起きたが、ともかくソップに集中する。

近頃はさすがに慣れたものの、西洋流の食べ方はなかなか面倒だ。背筋を立てて緩やかに肘を張り、小刀（ナイフ）と三叉（フォーク）を遣いながら誰かの話にうなずき、優雅に笑むのが会食の作法らしい。羹や煮物の汁を零すと粗相になるのは東西いずこも同じで、だが西洋式では器を手で持ち上げることができない。それでつい前屈みになって皿に顔を近づけると、「ノウ」だ。犬の喰い方に見えると嫌われるらしかった。

作法の教えを請うたのはヲルトだったのだが、片言の長崎弁と英吉利語で、なかなか厳しい師匠だった。

「小刀は押しても切れん。手前に引くとよ。ああ、皿が厭な音を立てた。背中が丸か」

ノウ、ノウ、ノウ。

お希以は袂を帯に挟んで、習練に取り組んだ。やっとのことで「上出来」と太鼓判を捺された日、ヲルトは葡萄酒を傾けながら低く呟いた。

「私は貧しい家の生まれでね。学校には行けず継ぐ家業もなく、十にならぬうちに港町に出て荷運びやら煙草売りやら、何でもやった。己の口は己で養わんとならんかった。それで念願かなって水夫になったとは十二の歳やったよ。嬉しかった。もうこれで喰いっぱぐれずに済む、とね」

言葉を何度もやりとりするうち、ヲルトが生まれ育ちを打ち明けたことに気づいた。自らの来し方を話すなど、初めてのことだった。

「ゆえにこげん銀食器なんぞ触ったことがなかったし、マナアも上海で学ぶまで知らんかった。水夫の頃は毎日、船底の荷箱の上で左手にソップ、右手に石のごたるパンたい。左でズッ、右でガッ、食事はこれで仕舞い。服はいつもパン屑や汁で汚れとった」

そういえば、この頃のヲルトは陽灼けの赤みが取れ、肌が抜けるように白い。商人らしく恰幅が良くなり、身形も隆としている。歳は二十三になるはずで、もう一廉の商人の面構えだ。

それにしても皆、若かと、お希以は面々を見て感心する。斜向かいのガラバアは二十五、隣のテキストルもガラバアと同じくらいのはずだ。他の者らもおっつかっつでお希以だけが三十代、しかも数え三十六になっている。

かような席で最も社交に長けているのはガラバアで、どうやら上等な諧謔でもって場を和ませ、会話が弾むようにしているらしい。かと言って騒がしいわけではなく、物言いから物腰までいつも穏やかだ。面長で鼻梁も細く、左右に分けられた薄茶色の髪は艶を帯びて波打っている。髭は濃い茶色だ。

サラドと魚の皿が済み、主皿のシャロン・ビフロースが運ばれてきた。焼いた牛肉にジャガタラ芋や人参、蕪を付け合わせてある。祖父は親しい通詞を通して干した牛肉やバタを入手し、お希以にも食べさせたがった。上級町人の富家では客があれば阿蘭陀料理を振る舞う家も少なくなく、乳臭い魚料理や真赤なソップを供されたこともある。

しかしこうして西洋人の厨房で拵えられた料理は一味も二味も違い、お希以は初めて美味しいと思いながら頬を動かすようになっている。

隣のテキストルは食器の音を盛んに立て、むしゃぶりつくような食し方だ。お希以は小刀と三叉で肉を切り分けながら、顔を向けた。

「テキストルしゃん、いつ長崎に来らしたとですか」

「この地に来て、かれこれ三年になるでしょうか」

手が止まった。

「そがん前に来とらして、何ゆえ文をくれんかったとですか。これまで、あんたのことを思わん日はなかったとですよ。私がどれだけ、有難かと思うておることか」

「お希以しゃんの噂は耳にしとりましたばってん、私も一人前になってから再会したかと思うてヲルトしゃんに内聞にしてもろうとったとです。飽ノ浦の製鉄所で働いたりして、市中から離れておった時期もありましたけん」

「製鉄所て、浦上の」

窓に目をやった。長崎湾を挟んだ西手、浦上村の飽ノ浦にその製鉄所がある。

友助が市中で仕入れてきた話では、海軍伝習所の総取締が艦船の重要性を江戸の幕閣に改めて具申したようだ。

西洋に比肩する蒸気船を建造し、修理を行なう場を造るべし。

そこで、交誼の深い阿蘭陀に相談がなされた。折しも大型の蒸気軍艦二隻を阿蘭陀に発注してあったらしく、完成したヤーパン号に乗って阿蘭陀海軍の技官が来崎した。その技官の指導のもとで築造されたのが長崎製鉄所だ。完成は文久元年、我が国で初めての洋式ファクトリイである。

「ばってん、今日、お希以しゃんもここにお出でになると聞いて、矢も盾もたまらんようになったとですよ」

たどたどしいものの、テキストルは日本語をそれは上手に繰り出す。

「三年で、ようもここまで言葉がおできになるようになったこと」

テキストルが少年のように人懐こい笑みを泛べて口を開きかけた時、給仕が空になった皿を引いた。

食後は英吉利式の紅いティーとフルタアツ・ケエキ、水菓子は枇杷と桃の蜜煮だ。ケエキはカステイラよりも硬い生地で、干した葡萄や橙の皮を混ぜて焼いてある。テキストルが給仕に何かを頼んだようで、「シュア」と腰を屈めた給仕は手つかずの皿を引いている。

「甘かもの、好かんとですか」

テキストルは首を振り、「家に持って帰るとです」と頰を紅潮させた。住まいはどこかと訊ねようとした時、今度は「お希以」と呼ばれた。

食堂と続き間になった談話室からヲルトが手招きをしている。庭に面したその半円形の部屋は白枠の腰窓が並び、緑を透かした陽射しが明るい。ヲルトの周囲を洋杯やティー茶碗を皿ごと手にした者らが取り巻いており、部屋に入ると左右に動いて場を空けてくれた。

ヲルトが手を差し出したので、握手を交わす。

「留守中のことはジョンが差配するゆえ、くれぐれもよろしゅう」

母国での滞在は半年、もしかしたらそれ以上になるかもしれないという。

「おまかせください。ドンワーリーよ」

ヲルト商会の番頭であるジョンは金髪碧眼(へきがん)で、背が低く小太りだ。戯言(ざれごと)が好きで、友助も気が合うらしい。言葉の通じなさに苛立って時には呶鳴(どな)り合っていることもあるが、半刻も経たぬうちに機嫌を直し、また二人で可笑しそうに話をしながら帳面を繰っている。

「道中、お気をつけて」

そう言葉を継ぐと、窓辺に背を凭(もた)れさせていた数人がやにわに面持ちを変えた。ヲルトに向かって口々に何かを言い、眉根を寄せている。ガラバアも片手を洋袴(ズボン)の内隠しに入れ、何やら忠告めいた口ぶりで話し始めた。

私、何か剣呑(けんのん)なことを言うたとやろうか。

だが西洋人同士の会話となると言葉が早過ぎて、まったくついていけない。が、「サツマ」「チョウシュウ」と聞こえたような気がして目の前のヲルトを見上げた。眉間に皺を刻み、肘から先を盛んに左右に動かしてはガラバアに何かを言い、訊ねてもいるようだ。

口を挟んだ誰かから「ジョウイ」という言葉が出て、お希以はそっと息を呑み下した。もしかしたら、「攘夷」を指しているとか。

今の大樹公が京の帝にお叱りを受け、攘夷を決行する日にちまで約束させられたと、友助から聞いている。政情については外商の番頭であるジョンの方が日本の町人よりよほど詳しく、友助はそれを小耳に挟むらしい。

そういえば、「攘夷決行」は五月、今月ではなかったか。ヲルトしゃんが乗る船、大丈夫やろか。

日本は方々の港を開いたというのに、武家の間では異国を「夷狄」と見做し、それを断固として攘わんとする気運が高まっている。

三年前の万延元年、公儀は「日米修好通商条約」の批准書を交換するため、亜米利加に使節団を送り出した。その随伴船が阿蘭陀に発注した蒸気軍艦のうちの一隻、ヤーパン号だ。蘭語で「日本号」という名を持っていたその船は「咸臨丸」と名を変え、海を渡った。

亜米利加行きは幕府海軍の修練航海も兼ねていたようで、月花楼の女将、お政は我が事のように胸を張ったものだ。

勝しゃまは出世なさると、昔から見込んでおったとよ。私の目に狂いはなか。

二枚目で遊び上手な旗本が長崎の海軍伝習所にいたことがあり、お政はたいそう気に入っていた。その旗本が咸臨丸に乗っているらしかった。お希以はその御仁と会ったことがないが、使節団派遣の噂には胸が躍った。国を開いて初めて、百七十名近い日本人が大海原に漕ぎ出したのだ。

よかねえ。私も行ってみたか。

海のかなたに吹く風を、私も見たか。

しかし件の通商条約が帝に無断の無勅許条約であったようで、筋金入りの「尊王」である水戸藩を始め、諸藩が公儀への反感をつのらせたらしい。

王を尊び、夷を攘う。そんな考えが、ことに西国で広がっている。

そして昨年の秋、武蔵国の生麦村という土地で薩摩藩士が英吉利人を殺傷するという事件まで起きた。抜刀したのは島津久光公の行列に英吉利人が乱入したとの理由であったそうだが、攘夷を声高に唱える西国の雄藩の中でも薩摩藩はその筆頭として知られる。

長崎の市中は血腥いその事件に蒼褪めたが、同年の師走にはさらに事が起きた。江戸品川の御殿山に築いている最中の英国公使館が焼き討ちに遭ったのだ。今度は長州藩の仕業らしかった。

なかなか攘夷を断行せず、つまり異国と朝廷に対して右顧左眄する公儀に薩摩と長州は業を煮やし、自ら動き始めている。そう見る向きもあるらしいと、友助は言っていた。

さらに今年二月には八隻もの英吉利艦が次々と横浜に入港して種々強要することがあったようで、日本は英吉利と戦になるかもしれぬとの危機が報じられた。長崎奉行所は有事が起きた場合、聖福寺と大徳寺の鐘を連打して町じゅうに報せ、武家諸役の身内と町人の逃れ先を大村とすると定めた。その際、老幼男女とやもめ暮らし、独り者をまず扶助して退去させるようにと、御奉行から各町の乙名に達しがあった。

茂木浦には島原藩が警備につき、今月に入っては英吉利の艦隊が長崎を砲撃するのではないかという風説まで流れている。

お希以も「いざとなれば弥右衛門の身柄を守るように」と友助に命じてはあるが、大浦屋では商いが続いているばかりか、出荷量は鰻上りなのだ。そして西洋人は海を見渡すこの山手に屋敷を構え、自治を始めている。

いろいろと耳にするたび、つい歯嚙みしてしまう。

御公儀が国を開きなさったというとに、今さら異人を追い払えとはどがん料簡ばしとると。頭が遅れてるとしか思えん。ぜんたい、御公儀も御公儀たい。京の帝がいかに異人がお嫌いか知らぬばってん、言われるままに攘夷決行を約束するとは及び腰にもほどがある。迷走しとるやなかか。

誰かがまた「ジョウイ」と口にして、だがヲルトは「シッピング」と逞しげに両腕を広げた。ガラバアも破顔して、ヲルトの肩を叩いている。やがて周囲の皆も相好を崩し、笑い声が広がった。

どうやら物騒な話題ではなかったようだと胸を撫で下ろし、「これで失礼しますばい」と辞儀をした。

「今日はテキストルしゃんとも再会できて、ほんなこつ嬉しかったですよ。サンキュウ、ヴェリ」

ヲルトは食堂のテキストルに一瞥をくれた。お希以も振り向くと、ぽつりと独りで坐したままだ。自信に満ちた集まりの中でテキストルの影は薄く、誰も話しかけない。それが食事中も何となく気になっていた。装いも皆とは異なって、何年も着古したらしき上着に洋袴の膝も抜けている。ただ、垢じみてはいない。

「テキストルしゃんは製鉄所に勤めとるそうですね」

「いや、彼も独立してコンパニイを開いたよ」

「それは、それは」と、爪先立った。後は当人に訊ねようと話を切り上げる。

「ヲルトしゃん、よか里帰りを」

「あなたも達者で」

ガラバアに馳走の礼を述べ、皆に挨拶をして食堂に戻った。テキストルも窓辺のヲルトらに挨拶をしに行ったが早々に引き返してきて、一緒に玄関へと出た。

前庭を抜けて、石段を下りる。

テキストルはケエキの紙包みを、大事そうに抱えている。

「独立したとてね。おめでとう」

「聞かれたとですか。私の口から話すつもりでおったとに」

「品物は何を扱うとるの」

「まだこれからです。看板を上げただけで」

「茶葉を扱うなら、うちから納めさせてもらいたか」

「大浦屋しゃんはもう手一杯でしょう」

「何ば言うとっと。あんたは恩人よ。私との約束ば果たしてくれたゆえ、今の大浦屋があるったい。これから恩返しばさせてもらいたか。それに独立したばかりならなおのこと、茶葉で商いの土台を作ったらどげんね」

物の値は国によって異なるのが尋常だが、西洋の人々が欲しがる茶葉や生糸は日本では驚くほど廉価であるらしかった。つまりヲルト商会やガラバア商会にとって、茶葉交易は途方もなく儲かるビジネスだ。大浦屋から仕入れた茶葉を異国でいくらで売っているかは知る由もないが、友助は十倍の値ではきかぬだろうと察しをつけている。

さらに貨幣の違いもある。日本は土地や身分によって金銀、そして銅の銭を使い分けており、しかも公儀が改鋳を繰り返してきたので同じ値のはずの小判の質が違っていたりする。

世界中を見渡しても、こげん国は他になか。日本人は貨幣改鋳が趣味じゃ。

ジョンは友助に向かって、揶揄するように金色の眉を下げたそうだ。その、至って複雑な貨幣のしくみも手伝ってか、通商条約における交換率は異国の商人に非常に有利なようで、品物の交易をせず、日本の金銀をただ買い漁って大儲けをする者も後を絶たぬらしい。

むろん、大浦屋にとっても茶葉交易は大きな商いだ。ヲルト商会は常に高値で買い取ってくれており、長崎市中の茶葉屋で並の値付けがされている出来のものでも、最上に近い買値で落ち着いている。当方も商いであるので「もっと安か値でよかです」とは言わない。そのぶん、たとえ余剰が出ても市中の茶葉屋には卸さないことに決めている。移出を専らとしなければ、地元の茶葉の値を乱しかねぬからだ。

お希以は石段を下りながら言葉を継いだ。

「ヲルトしゃんやガラバアしゃんも茶葉交易で稼いで、その資銀で他のビジネスも始めとるみたいよ。な、この大浦屋が暖簾をかけてテキストル商会のお役に立つけん、大船に乗った気持ちで」

テキストルは何とも答えぬまま足を運び続け、ややあって口を開いた。

「有難かお申し出ですばってん、実は横浜に引き移ろうかと思うて奉行所に申請を出しとるとです。それで今日は思いきって、あなたに会いにきた」

「そんな、横浜にやなんて、何でまた」

「私は長崎が好きで、この地が忘れられんで渡ってきました。ばってん、もう英吉利人と亜米利加人で一杯ですたい。私が入り込む隙はなかです」

「そりゃあ、訪れる商船は英吉利のもんがいちばん多かけど」

ガラバア邸での様子が過って、取りなすような言い方になった。するとテキストルは声を低めた。

「彼らはこの国を嘗めてかかっとります。攘夷と勇んではみても、ろくな軍艦も大砲も持たぬ、遅れた国じゃなかか、と」

「それ、もしかしたらさっき、窓辺で話しとったことね」

テキストルは何とも答えず、ややあって言葉を継いだ。

「私も、地元の職人が製鉄所の建物の煉瓦を焼くのさえ難儀したと聞きました。最初は焼いても焼いても、蒟蒻みたいなものにしかならんかったらしかです。日本の技術はたしかに、西洋に太刀打ちできるもんじゃなか。すさまじか遅れ方です。ばってん、近代技術の高さと人品は別ですたい。高を括って見下すさまは、気持ちの良かもんやなかです。もちろん、私もここで身を立てようと願うて長崎に来ました。銀子をたんと儲けて、一廉の商人になりたか。ばってん、そのためにこの国を貶めたり乱したりするのは違うと思うとっとですよ」

眨めたり乱したりする。はてと、内心で首を傾げた。

ヲルトやガラバアはお希以に対して、いつもゼントルだ。異国人同士の間では、また違う顔を見せることがあるのだろうか。

「ソオリイ」と、己の口許に手をやる。

「先走って、余計な差し出口をしてしもうたね。私、この頃、番頭や女中頭に叱られるとよ。思いついたら何でも口に出す、それは傍迷惑にござりますけんねって」

わざと笑い濁した。

「変わっておられませんたい。昔からそうやった」

「近頃は声まで大きゅうなっとるらしか。しょんなかよ。製茶場は人が多かし、茶葉を炒りながら釜を動かす音や火を焚く音、熱気も凄か。声を張り上げて女衆に注意せんと、茶葉を焦がしてしまう。お陀仏になるばい。わかるね。お陀仏よ」

テキストルは「わかりません」と頭を振り、「ばってん、ファクトリイはさぞ賑やかでしょう」と頬を緩める。

「そうよ。おなごが二十数人も寄ってたかって、やっとるけんね。春から冬の初めまでは製茶場の二階に住み込んどるから、朝から晩まで騒がしかよ」

それでも人手が足りず、かつては油樽の置き場であった店の裏手にも長屋を建てようかと思案中だ。ただ、以前は気がつかなかったが土に油の臭いが沁みており、香りが大事な茶葉商いとしては具合が悪い。友助は樽置き場については何も言わない。おそらく弥右衛門のことを思ってであろうし、お希以としても弥右衛門が傾けた精魂の証を消してしまうようで気が差す。

だが潮時なのかもしれぬ。この頃はそんなふうに肚を固めつつある。

「お希以しゃん、うちも賑やかですよ。いちどお越しくださりたか」

テキストルは、今も土地としては残っている出島の中で住居を借り、商会を立ち上げたという。

「そう、出島に」

かつては橋を渡ることの許されなかった地だ。近いうちに必ず伺うと、握手を交わして別れた。

二

その後、ヲルトの乗った商船に大事はなかったとジョンから聞いたものの、市中はまたも大騒ぎになった。

公儀の攘夷実行に備えて馬関(ばかん)海峡を封鎖していた長州藩が、航行中の外国船に対して無通告で砲撃したのである。相手は亜米利加、仏蘭西、阿蘭陀の艦船で、半月後には亜米利加と仏蘭西の軍艦が碇泊中の長州艦を砲撃した。報復であることは明らかで、長州は散々な目に遭わされたとの噂だった。

さらに薩摩が起こした生麦事件の賠償が縺れ、江戸での交渉が捗々しくないことに苛立った英吉利は国許と直に交渉するべく、七隻もの軍艦を連ねて鹿児島湾に入った。しかしそこでも交渉は進まず、英吉利は薩摩の藩船を拿捕した。

これが契機となって薩摩が英吉利艦隊を砲撃、ついに戦となった。挙句、薩摩では城下の町が焼かれるほどの被害が出て、やがて艦隊が鹿児島湾を去ったことで戦闘は終息したらしい。

戦の後は賠償を巡って話し合いを持たれるものであるので、そこでまた互いの言い分がぶつかれば新たな火種になると、友助は気を揉んでいる。

「まったく。英吉利人は、血の気の多か」

ジョンに詰め寄ったが、彼は毛筋ほども顔色を変えずに「それは互いさま」と切り返した。

「長州と薩摩も外国相手に暴れとうて、うずうずしとるように見える」

「そいもそうけど、御公儀もしっかりしてもらいたかね。ここが正念場たい」

友助に限らず、天領地である長崎では「徳川様恩顧」の気持ちが強い。それだけに、お希以も無性にもどかしい心地になる。

秋になって製茶場が静まり返った頃、テキストルから文が来た。長崎奉行所の許しが出たようで、いよいよ横浜へ向かう商船に乗るという。

お希以はおよしを伴って、久しぶりに大波止へ出た。まもなくテキストルの一家が商船に乗り込んで横浜に発つ。その見送りであるが、どうやら早く来てしまったらしくまだ姿を見せていない。

海の色は深い藍色で、今日は凪いでいる。右手に目をやれば山の麓に茶畑や蜜柑畑が広がっており、緑の中に粒々とした黄色がともっている。

正面の対岸の景色は昔とは異なり、製鉄所の建物が物々しい。

「ちょっと来ぬ間に、また景色が変わったとですね」

およしは左手を振り向き、目の上に掌をかざした。

「昔はあの辺りも海やったとに、陸地が随分とせり出したこと」

長崎を正式に開港するにあたり大村藩の飛び地領である大浦という土地が外国人の居留地として選ばれ、山を削り、海岸が埋め立てられたのだ。工事が始まったのはまだ安政の頃で、天草の庄屋である北野織部や小曽根乾堂という長崎でも指折りの町人が尽力したようだ。乾堂は文人としても知られ、諸藩の藩主とも交誼が深いことで知られる。

お希以はおろか、何かにつけて偉がる油商仲間の面々も恐れ入り、直には近寄ることもできぬ大町人だ。

深い入り江の埋め立てと共に、中央には大浦川の水路が配され、その両岸が居留地となっている。築かれた洋館の壁は白が多く、交易品にまつわる一切を取り仕切る運上所（うんじょうしょ）も白い建物だ。かつては湊会所という名であったが、先だって改称されたばかりだ。お希以はヲルトとの二度目の取引の際に会所と奉行所に届け出て正式な交易商人になっているので、移出する茶葉はこの運上所で荷改めを受け、運上銀を納める。

「女将しゃま、ヲルト商会はどこですか」

「あの、ひときわ屋根の大きか洋館よ」

「え、どこ」

居留地の中でも中央に位置する大浦七番館という建物に、ヲルト商会は入居している。

東山手には英吉利の教会まで建っており、時折、澄んだ鐘の音が響く。ただし異教を禁ずる高札（こうさつ）が撤去されたわけではなく、宣教師の来日と教会の建立（こんりゅう）はあくまでも居留外国人の信仰を認めただけだ。

「やあ、見送りに来てくださったとですか」

振り向くと、旅装のテキストルが手を上げている。

出島の家を訪ねたのは、ガラバア邸で再会したひと月後だった。

あれほど入りたくとも入れなかった出島であったが、島の中央を貫く通りは想像よりもはるかに短く、何よりも活気に乏しい。

阿蘭陀は長年、欧羅巴では唯一の交易相手であり、そのいかなる文物、清国からの移入品さえ「蘭物（らんぶつ）」と呼ぶほど日本にとって重要な国だったのだ。阿蘭陀こそが日本人の憧れであり、異国そのものであった。しかし今や在留の外国人といえば英吉利と亜米利加で、阿蘭陀は仏蘭西と魯西亜を合わせてもその数分の一に過ぎない。

通りを行き交う人も少なく、蝉（せみ）の声だけが樹上から降ってくる。

お希以は汗を拭きながら行きつ戻りつし、迎えに出てきたテキストルとようやく会えた。案内されたのは阿蘭陀商館の裏手にある二階家で、元は船頭部屋だったとテキストルは言う。一階の店之間は八畳ほどで、二階に上がる階段も古びて、踏むたびにギシと鳴る。

住居として使っているらしき二階もガラバア邸の玄関ホオルほどの広さで、隣室の寝台も丸見えだ。少しばかり侘（わ）びしいような気持ちになったけれども、奥から日本人のおなごが現れた。腕に幼い女の子を抱いている。

「私の女房、おゆうです」

「女房」と訊き返すと、「ヤア」とうなずく。

「それと、娘」

「おゆうと申します。女将しゃま、ようお運びくださいました。お目にかかれて、こがん嬉しかことはありません。さ、どうぞお掛けになってくださりまし」

可憐な女で、親身な物言いをする。窓辺の椅子を勧められて腰を下ろした。テキストルは娘を抱き取って隣に坐り、おゆうは奥へと引き取った。

「それにしても魂消た。お女房しゃんに嬢しゃんとは、まあ、めでたかことをいっぺんに披露されたたい」

テキストルはしてやったりとばかりに、娘を抱いたまま脚を組む。

「ほんに可愛いらしかねえ」

娘の目は父親譲りの榛色をして、髪も少し赤がかった巻き毛だ。睫毛は濃く長く、幼いながらもやはり彫りの深い顔立ちをしている。

「おいくつ」と訊くと、テキストルが可笑しそうに眦を下げた。

「私も初対面の時、おいくつと訊ねられた」

「そんなこと訊いたとか」

「私は憶えとりますよ」と娘をあやしつつ、「この子は二歳」と答えた。

「日本の数え方でいえば、みっつ」

「そう」とうなずき、奥から漂ってくる匂いに鼻を動かした。香ばしいカッフィの匂いだ。丸卓の上には小瓶に一茎の山百合が活けてある。おゆうがふだんから手まめに住まいを整え、今日のために卓布を洗い、花を摘んでくれたことがわかった。テキストルの襯衣(シャツ)と洋袴はやはりくたびれているが、丁寧に継接ぎ(つぎは)をしてある。

　テキストルは奥を見やってから、「女房は」と声を抑えた。

「丸山の妓楼で、いや、立派な大見世(おおみせ)やなかとですよ。異人相手の小見世(こみせ)にしか私は登楼(あが)れませんけん。おゆうはそこの女郎やったとです」

「ああ、そうね」

　とてもそうは見えない風情だったが、異人と夫婦になるとすればおおかたの察しはつく。

「子ができたゆえ、落籍(ひか)したとです」

「もしや、この子」

「はい」

　信じられぬ思いでテキストルを見つめた。本気で惚(ほ)れ合う相手があっても、子ができたという理由で落籍(らくせき)してもらえる遊女は滅多といないはずだ。蘭人の子を産んでもすぐに里子に出され、しかしその容姿ゆえに並大抵でない苦労をして、長生きする者は少ないと言われている。「そうか」と、お希以は呟いた。

「よう女房にしてくれなすった。よう産ませてくれた」

思わずテキストルの手に手を重ねていた。その落籍料を作るために報酬がすぐに得られる製鉄所で働いていたのかもしれないと、どこかで腑に落ちていた。

「テキストルしゃん、有難う」

気配がして、おゆうが盆を運んできた。やはりカッフィで、焼き菓子も添えられている。椅子は二脚しかないのでテキストルが娘を抱いたまま寝台に腰掛け、おゆうが椅子に坐した。娘はお希以が何度呼んでも厭々と首を振るが、あれこれと話をするうちお希以の膝の上に乗り、やがて慣れたのか髷や簪を触り、頬や鼻までいじくる始末だ。

おゆうが恐縮して詫びたので、お希以は呵々と笑いのめした。

「こがん平べったか顔は珍しかやろう」

おゆうは日本人にしては目が大きく、鼻筋も通っている。

「混血ですけん行儀作法だけはと思うてますのに、うちの人は娘に甘うて、私ばかりが手を焼いております」

テキストルは「あんたが厳しかとよ」と苦笑し、お希以に顔を向けて言い継いだ。

「武家の出ですけんね」

いずこの藩かは言わなかったが、どうやら長崎近郊の藩士の娘であるらしかった。

富貴を誇る者もいれば喰い詰める者もいるのは世の慣いだが、開国以来さまざまな物が移出され、公儀がまた貨幣改鋳を行なったあおりで物の値が激しく上がっている。その割を最も喰うのは、主君に奉公して以来、代々家禄の変わらぬ武家なのだ。丸山の芸妓も武家の娘が増えていると、月花楼のお政が話していたことがある。だがテキストルと出会い、こうして所帯を持った。さぞ辛い稼業であったろうがよい男に巡り合い、テキストルもよい女房を得た。

憂世でもこんなことが起きるのだと、娘の頭に頬ずりをした。日向の匂いがする。


海風と共におゆうと娘も現れて、テキストルは娘を抱き上げた。

幼い娘の赤い袖が風をはらんで膨らむ。

祝いとして贈った着物を目にして、およしが「よう、お似合いやこと」と近づいていく。真朱の綸子に、めでたい宝船を染めた友禅だ。宝物の数々の中には茶の花や実も描いてある。

およしは初対面であるのに、いきなり額をペタペタと叩かれている。夫婦が声を揃えて詫び、しかし当の娘が「よか」と言ったので大笑いになった。

「これ、船酔いに効くらしかから持っていって」

籠に詰めた橙に、三両の餞別を包んだ袱紗包みをのせて渡した。おゆうは深々と頭を下げた。

そしてテキストルとも握手を交わす。

「お希以しゃん、お世話になりました」

「何も世話ばさせてくれんかったくせに」

「横浜も日本ですたい。いずれもっと近くなる」

横浜は、お希以にとっては異国にも等しい地だ。しかし「そうね」と、うなずいた。

一家は沖の船に向かう小舟に乗り込んでも、まだ手を振っている。やがてその姿も芥子粒ほどになり、汽笛が鳴った。

船影を見つめながら、来崎以来、思うにまかせなかったらしきテキストルの今後を祈った。航海の無事と一家の倖せ、そしてビジネスの成り行きを。

テキストルしゃん、さよなら。

互いに励んで、また会いましょう。

三

文久四年は二月二十日に改元され、元治元年となった。

桜も盛りになったある日、油屋町の顔役らが打ち揃って訪れた。何用かと思えば、祭についての相談だと言う。そのわりに相変わらずの顰め面で、奥の座敷に坐っても茶を啜るばかりだ。

「結構なお茶ですな」

「ほんなこつ。おなごの分際で茶葉交易なんぞに乗り出して、この町内から縄付きを出しはすまいかと冷や冷やしとったばってん、瞬く間に店の間口ば広げおったのう」

「よほど運の強かとやろう。去年も物騒なことにならんで、まあ、何よりやった」

お為ごかしな言い方をしつつ、周囲に妙な目配せをする。

例の「天誅」を指しているのだろうと、お希以も口の端を下げた。昨年の初冬だったか、大浦屋の暖簾脇の壁に一枚の紙が貼られたのだ。夷狄と商いをして身代を肥らせるとは怪しからん、背理の輩だと交易商人を罵倒し、「天誅を加える」と脅しめいた文言まで記されていた。

奉公人らは震え上がったが、「こがん紙切れ一枚ば怖がったら、相手の思う壺ばい」と友助が一喝して動揺を抑えた。ただ、得体の知れぬ相手だけに、火付けや打ち壊しに遭わぬとも限らない。友助は奉行所に紙を届けて同心の手下が時折立ち寄ってくれるように手配りし、しばらくは手代らが昼夜を分かたず交替で見張りに立った。

後で知れたことには長崎市中のみならず、江戸や京の交易商人の家にも同じ紙が貼られたようだ。すなわち大浦屋だけを狙ったものではなく、攘夷派が諸方で一斉に行なったものだろうと、友助と推し合った。それにしても頭の中がよほど蕪雑にできている連中だと、お希以は鼻白んだ。町人を相手取って天誅を云々したところで嫌がらせにしか見えず、誰の心も動かせないだろう。こんな子供じみた脅しで尻尾を巻いてたまるものかと、暖簾前の通りに出ては顔の見えぬ相手を睨め回した。

「それにしても、隣は気の毒なことじゃった」と、何人かが庭へ視線を投げた。

油樽の置き場を普請し直す際、隣家が「地所を買うてくれぬか」と頼んできたのだ。大浦屋と変わらぬ老舗の油商であったが、商いの傾きを止められなかったようだ。お希以は買い取りに応じ、今では四百二十六坪の敷地になっている。そこで奥の座敷に面する主庭を広げ、家屋と蔵を建て増した。

「昔からのしきたりばきっちりと守る、筋目の通った商人であったとに、まこと、正直者が馬鹿を見る世になってしもうた」

敷居前の広縁には友助が控えているが、すでに顔色を変えている。お希以も肚の中で、あんたがた、いいかげんにしんしゃいと吐き捨てた。仲間の落魄を種にしてあてこするとは、姑息じゃなかか。

「ご用向きは何でござりましょう」

わざと素気なく訊く。周囲に突かれるようにして、「いや、それがのう」と住吉屋が腕を組んだ。寄合の席でお希以をよく小馬鹿にした先代は数年前に亡くなり、今は倅が跡目を継いでいる。

「実は、我が町の傘鉾が古びて傷みも激しかゆえ、新調せんといけんと」

その後は口の中で言葉を転がすだけで、さっぱり要領を得ない。が、すぐに思い当たった。雁首(がんくび)揃えて、その費(つい)えを頼みにきたのだ。

「むろん、例年通りさせていただきますよ。おくんちを執り行なうとは、長崎町人の務めですけんね」

おくんちは毎秋、九月の中旬に数日間かけて行なわれる諏訪神社の例大祭だ。長崎の町人が三人寄ればその話をするほどの楽しみであり、大切に準備をして待ちわびる。

「例年通りでは、ちと困るとよ。このところ、地回りの油に押され通しでの。上方からも安か油が入ってきとる」

「はて、十数年前から押され通しやなかですか」

それを喰い止めるべくいろいろと思案を出したというのに、あんたらは洟(はな)もひっかけんかったやなかか。

「わしらも力は尽くしたと。じゃが、何せ、このご時世じゃ。御奉行所もお忙しゅうて、訴えを採り上げて吟味してくださる暇もなか」

「皆、青息吐息で何とか暖簾ば守っとるんじゃ。しかし借銀が嵩んで奉公人ば減らしとる家も多か。祭の費えまで、とてもじゃなかが出せぬと申す者もおっての」

「にもかかわらず、傘鉾は新調したか、ですか」

皮肉を投げると、顔役は居直るように肩をそびやかした。

「傘鉾は町の標じゃけん、ただでさえ油屋町は寂れてきたと噂されとるとに、ああも襤褸になった物を担いで祭礼に出たんでは嗤いものたい。大浦屋しゃんも、そんくらいのことはわかるじゃろう」

町として威を張りたし、されど銀はなし、だ。

踊町の番が来た年は、奉納踊りの衣裳はもちろん所作台や書き割りも含めて莫大な掛かりを要する。そのため、長崎奉行所から銀子を借りることができるほどだ。返済には年二回配られる箇所銀を充てるのだが、それだけではとても足りない。

「大浦屋しゃん、一つ、傘鉾の誂えに助力せんか」

偉そうに頼んでくる。頭を下げるのがよほど嫌いであるのか、そっぽうを向いたままの者もいる。まあ、よかかと思った。商いを変えたとはいえ、二百年以上もこの地で暖簾を張ってきた大浦屋だ。

「承知しました。手前が承りますばい」

「ほんとか。して、いかほど」

「全部」

「全部。いや、今は諸式高うなっとるけん、三百両ではきかぬと職人から言われとる」

「ですけん、傘鉾から奉納踊りの費えまで全部持たせてもらいましょう。縮緬でも綸子でも、よか衣裳を気張ってやろうじゃなかですか」

座敷が静まり返り、誰かがごくりと唾を呑み下す音がした。

「あんた、一手持ちをなさるつもりか」

「千両は掛かるとよ」

皆に向かって、お希以はゆっくりと笑みを広げた。

「おなごの分際で、しかももはや油商いではのうて茶葉商いばしておるこの大浦屋に一手持ちばさせてやってもよかと皆さんがおっしゃるとなら、お引き受けしましょう」

空のどこかで、雲雀が囀っている。

町は神事を始める前の厳かさで満ちている。

大浦屋も通りに面して左右に二本の青竹を立て、花菱紋入りの幔幕を張り、高張提燈にはすでに灯が入っている。

嬉野の茂作の訪れを奥で知らされたお希以は、表まで迎えに出た。近々、長崎に行くつもりだとの文をくれたので、うちに逗留して、おくんちも見物してくれと誘ったのである。

大浦屋の前に立った一行は供を含めての七人で、大小を差した武家も三人いる。皆、三十にはまだ届いていない容子だ。

「以前からの見知りでの、街道で一緒になったけん同道したとばい。大浦屋に向かうて口にしたら、ちと寄りたかて仰せになりんしゃったけん」

三人が目礼をしたので、「ようこそ、おいでくださりました」と辞儀を返した。

「そいにしても見事な景色ばい」

茂作が感嘆を隠さずに息を吐き、連れの者らも目を瞠って辺りを眺めている。

通りに面した表格子を外し、中の店之間を誰にでも見物してもらえるように開け放してあるのだ。緋毛氈の上には祭の衣裳や道具を飾り、ずらりと並ぶ宗和台には昆布に餅、団子と粽、魚介を象った飴細工を盛ってある。おくんちは秋の祭礼であるので本来は柿や栗も供えるのだが、お希以が一手持ちを引き受けた昨年は祭を執り行なえなかった。

七月に長州藩が禁裏の蛤御門で変事を起こし、会津、薩摩藩ら公儀軍との戦になったからだ。京の市中は応仁の乱以来の火の海となり、朝廷は尊王で知られた長州を追討せよとの勅命を発した。公儀は二十一に及ぶ西南諸藩に出兵を命じ、この長州征討によって、あろうことか、神事たる祭礼まで延期せざるを得なくなった。

年が明けてこの三月十九日から二十三日の五日間に前年分の祭を行なうことと相なり、柿や栗の替わりにジョンに頼んで茎葉のついた阿蘭陀苺を入手して飾ってある。

「こいは庭見せと申しまして、踊町を仰せつかった家々はこうやって座敷から中庭まで外から見通せるごと家の中ば開いて、祭礼行列や見物の衆にご披露するとが慣いになっとるとです」

「踊町」と、武家の一人が語尾を上げた。

「長崎の総町、八十町のうち、丸山町と寄合町は毎年踊りを奉納しますばってん、出島町以外の他ん町は十一町ずつ七年に一度奉納します。此度は油屋町がその番に当たっとりますけん、こうしてお見せしとるとですよ」

「あの奥の、大きな飾り物は」

応えようとすると、別の武家が口を開いた。

「あれは傘鉾、町の標のごときもんたい。佐賀の祭にもあろう」

眉が濃く頬骨が張り、身形は旅装といえども上級武士らしく袴の筋目も通っている。

「いずこの祭も同じでしょうが、神様は御神輿に乗られて町内を回られ、御旅所でご休息になられるとです。年に一度、お社から出て巡行されて土地を浄めて回られるとですけど、この旅で神様にも新しか心地になっていただくのやと祖父から教えられました。ゆえにお出掛けに必要なものはすべて、お膳からお召し物、そして傘まで調えてお供するとです」

「ばってん、こがん大きか傘鉾は初めて見申すの」

あとの二人が半ば呆れたように声を揃えた。傘の幅はおよそ五尺もあり、たしかに諸国でもこれほどの大きさは珍しいらしい。

「今、飾っておるのは飾の部分だけで、祭礼の本番ではこれに竹の心棒を通して担ぎますたい。ゆえに高さは九尺を超えますし、重さがまた、ただ事ではなかです。頭の重さに振り回されんように、心棒の下端に一文銭を三千枚も結びつけてありますけんね。全部で二十七貫ほどになるとですよ」

「その担ぎ手ば、友助しゃんがしなさっとね」と、茂作が囃すような顔つきをした。友助は嬉野にたびたび足を運んでいるので、その際に自慢したらしい。

「齢二十九とに大丈夫かと、およしも止めましたばってん、何せ祭好きですけんね。私どもの申すことなど、いっこう耳を貸しませんとよ」

担ぎ手に対する祝儀も町内の方々から集まって、それも緋毛氈の上に並べて披露している。

「さ、どうぞ中へ。まずは足をお洗いになってくださりませ」

およしが女中らを従えて待ち構えており、「おいでなさりませ」と一斉に辞儀をする。

「お世話になります、およししゃん」「お待ち申しておりました」と、およしもひときわ晴れやかな声だ。女中に足を洗われながら、茂作が「友助しゃんは」と顎を上げた。

「所作の修練に出かけとりますばい。祭もあと二日でようやく始まりますばってん、正月から張り切って手ぇばつけられませんたい。祭の済んだら足腰の立たんごとなっとっとじゃなかかと、私は気が気じゃなかかとですけどねぇ」

およしが気の置けぬ物言いをして、客人らを苦笑させている。

主庭に面した奥座敷に案内すると、茂作はまたも「ほう」と声を上げた。

「いや、こん庭もお見事ばい」

「普請して二年になりませんけん、まだ若か庭です」

塀際には丘のごとき斜面を作り、細い流れを幾筋も巡らせている。主木は隣家の庭に植わっていた楠で、製茶場の二階屋根を遥かに超える大木だ。以前からあった梅と桜、桐や楓は流れ沿いに植え替え、羊歯や藪蘇鉄が生う草地では飛び石がきっぱりと白い。石燈籠は織部好みを三基据え、そのいずれにも灯がともって夕風に揺れている。

膳はおよしの差配でコの字に配され、床の間前の上座に武家の三人が、茂作は広縁に近い側に腰を下ろした。お希以は茂作に対面する位置で、背後には続き間になった小座敷がある。そこには屏風を立て回し、先祖伝来の家宝を飾って遠来の客の目を楽しませるのがしきたりなのだが、あいにく大浦屋は二十数年前の火事でそのすべてを焼失した。飾ってあるのは茶葉交易を始めてから購った品で、青貝細工の簞笥に文机、書画骨董、ギヤマン作りの人形などだ。

屏風前の立華は、お希以が手ずから活けた。青竹を真として紅白の桃の枝垂れを大きくあしらい、根〆には茶ノ木の枝を入れた。昨秋、祭礼の延期が決まった折に蔵前の木から伐り取り、実がついたまま干しておいたものだ。

「硬か果皮の割れて少しばっかし実が見えよっとも、風情のあっぱい」

茂作はさっそく気づいて褒めてくれる。お希以は上座の三人の前に移って膝を畳み、改めて手をついた。

「大浦屋の希以にございます。此度は手前どもに、ようお立ち寄りくださりました」

客は右から順に、名字だけを告げて返す。茂作の見知りだということは、おそらく佐賀の藩士なのだろう。むろん町人相手に、どこの家中だとも告げぬのが尋常だ。左の端に坐しているのは、頬骨が張り、口を固くへの字に結んでいる男である。

「大隈八太郎と申す。前年より、佐賀藩の代品方なるお役を賜っておる」

意外にも率直に名乗りを上げた。

「かわりしなかた、にございますか」

「日本は異国から品物ば買うばかりで、売るもんが少なか。そのことを案じられた我が主君が、移出品のよか代わりば考えよとお命じになったとよ」

「そこで、長崎に来らしたとですか」

「いや、前年から長崎の藩邸詰めじゃ。正月から今月まで国許で過ごして、その折に茂作の屋敷も何度か訪ねた」

振り向くと、茂作が口を開いた。

「今、異国の銀子ば最も稼いどっとは、何と言うても茶葉ばい。大浦屋しゃんの商法ば知りたかとおっしゃるゆえ、商法も何も、思いつきで蘭人に茶葉の見本ば渡したらしかですよ、わしんとこにもいきなり訪ねてきて茶葉ば売れ、畑ば作れやったけん、てお話し申したばってん、そがん無手勝流であれほど成功するわけがなか、隠し立ていたすなと信じてくださらんとばい。そいなら、本人に直にお訊ねなされとお誘いしたとよ」

街道で偶然会って同道したような言い方をしていたが、端からお希以に引き合わせるつもりであったようだ。

およしが女中を引き連れ、大皿と徳利を運んできた。鯛の塩焼きに紅白の蒲鉾、錦卵、煮しめは大根に南京芋、隠元、蓮、人参、本来ならそこに泥鰌汁を添えるのだが、今宵は鯛の切身を葛打ちした清汁だ。

「大層な馳走じゃ。こがん旨かもん、久しぶりに口にすっよ」と、茂作が褒め上げる。

およしは台所に命じて祭ならではの膳を拵えさせていた。

「甘酒に、小豆の砂糖煮の寒天寄せも用意してござります。お好きな時にお申しつけくださいまし」

宴がたけなわになると武家の二人は酔いも手伝ってか、盛んに政情を口にし始めた。

「あの長州が帝の命で征伐さるっとは、いや、真に時勢の波とは恐ろしいものよ」

「あいを時勢の波と思うとっとか。違う、違う。会津と薩摩に仕組まれたのよ」

昨秋、禁裏の蛤御門で変事を起こした長州藩は、西南諸藩で編成された公儀軍に攻められた。しかもその間、英吉利と仏蘭西、亜米利加、阿蘭陀の四カ国の艦隊が馬関海峡の砲台を砲撃し、占拠して破壊したのだ。

　二人の口ぶりは熱を帯びてくるが、大隈という武家はその話に加わらず、淡々と呑んでいる。ふと目が合い、暢気そうに「旨か酒じゃ」と感心する。かなりの酒好きらしい。気がつけば腰を上げ、お希以の膳の前にどっかと坐り込んだ。酌をしてくれるので、遠慮なく受ける。

「大浦屋は、ガラハと親しかか」

　ガラバアのことで、日本人の耳には「ガラハ」とも聞こえるらしい。

「たびたびお目にかかってはおりますばってん、商いで主につきあいのあるとはヲルト商会ですね」

　すると茂作が「そうたい」と膝を打ち鳴らした。

「そもそも、交易相手のヲルトしゃんに引き合わせるて口車に乗って、わしは茶畑ば拓くことにしたとばい。その約束ばしたとが安政の三年よ。何年越しになるとやら」

　此度の来訪は祭見物だけでなく、そのヲルト邸への訪問も兼ねている。ヲルトは昨年、元治元年の末にようやく長崎に帰ってきた。美しい新妻、エリザベスと、数匹の洋犬を伴っていた。

　大隈はぐいと顔を近づけてきて、「のう」と囁いた。

「ヲルトとかいう洋商に、それがしも引き合わせぬか」

黙って見返すと、大隈は目を逸らさない。歳の頃はやはり三十手前に見え、いずれにしてもお希以より十ほども若いだろう。

「祭が終わったら茂作しゃんを居留地の屋敷にお連れすることになっとりますけん、よろしければその際に」

こなたも調子を合わせて小声で応えた。理由はわからぬが、他の武家には聞かれたくないらしい。

「有難い」

笑うと反っ歯が覗き、稚気さえ感じさせる面貌に変わった。

三月十九日、朝ぼらけの諏訪神社で、いよいよ各町の奉納踊りが始まった。

長坂下の石を畳んだ広場に、裃姿の町の顔役らが十数人も連なって入ってくる。その後から、巨きな傘鉾がそろそろと進み出た。

飾は畳の上に三方を置き、擬宝珠形の宝玉と熨斗を献上する意匠だ。太い注連縄の下は垂を巻いてあるので、担ぎ手である友助は足許しか見えない。垂は深紅の塩瀬に、豪壮な波模様と日輪を染めで描いてある。

広場に面した桟敷席には御奉行と御代官、目付や組頭らが居並び、その周囲にも武家や長崎の大町人らがびっしりと坐している。大隈らもその桟敷のどこかにいるはずだ。

お希以はおよしや茂作と共に、長坂に坐して広場を見下ろしている。長坂は七十三段もの石階段だが、町人の見物衆で鈴生りだ。

「友助しゃん、しっかり」

隣のおよしはそう呟いたものの、見ていられないのか、両手を組み合わせて顔を伏せてしまった。お希以も胸の裡が早鐘を打つようで、何とも落ち着かない。茂作は静粛に黙して広場を見下ろしている。

紗振り(しゃふ)に導かれて傘鉾が動き始めた。摺足で、ゆるりと広場を一周する。と、注連縄につけた白い紙垂(しで)が揺れ始めた。

くるくると独楽(こま)のごとく舞いながら、動いている。

「あがん重か傘鉾を担いで舞うとは、信じられん」

周囲がざわめき始めた。傘鉾は、ただゆっくりと広場内を巡るのが従来の仕方だ。しかし友助の足は軽やかさを増し、紙垂が翻る。垂に描かれた波の模様が飛沫(しぶき)を上げそうだ。長坂の真下に来て、さらに動きが速まった。

荘厳で、力強い舞いだ。風が起きる。そんなはずはないのに、海の風が舞い上がってきたような気がして、お希以は目をしばたたかせた。

やがて正面の山間(やまあい)から朝日が姿を現し、宝玉の金色が陽射しを受けて四方に光を放つ。

「よいやぁぁ」

感極まったかのように、後方から声が上がった。「よくやった」という意の褒詞で、それをきっかけに千人近い見物衆がやんやと喝采を送る。朝陽に照らされた桟敷のお武家衆も、満足げにうなずき合うのが見える。

およしはとうとう泣き出し、茂作も洟を啜った。

祭の一手持ちは、油商仲間への意地だけで決めたことではない。茶葉で稼いだ銀子を遣うことで、祭にかかわる職人や商人に多少なりともその福を分けることができると思った。お希以の真意を友助は汲み取っていたのかもしれない。ゆえに「傘鉾はどがんしてでん、わしが担ぎますけん」と言い張った。

ほんに、よいやぁ。

お希以の目の中も潤んで、ただ凪を見ていた。

四

元治二年の四月七日にまた元号が改められ、慶応元年となった。

まもなく新茶の季節を迎え、五月に入っても毎日のように摘みたての茶葉が山と届く。嬉野や彼杵のみならず、肥後の八代や薩摩の川内、日向でも茶畑を丹精してくれる百姓が増えているのだ。

お希以は台所の土間で駒下駄をつっかけ、裏庭から製茶場へと向かった。木々の植え込みの間にも香ばしい匂いが漂い、釜で茶葉を炒る音も拍子がよい。

今は竈を十も据えてあるので、戸口に一歩踏み込むだけで額や頬がカッと熱くなる。

「皆、ご苦労しゃん」

女衆が一斉に振り向き、頭を下げた。今は四十人ほどもいて、熱と音、立ち昇る蒸気も生半可ではないのに、お希以の声はよく通るらしい。

女衆はそもそも初夏から初冬の季節雇いで、製茶場を閉める時季は里に帰るのが常だったが、この何年かは半数ほどが一年を通じての奉公だ。友助の指図で移出作業の手伝いや茶箱の手入れをし、その間、およしが台所や縫物、手習から行儀まで仕込むので、郷里で評判になったのだ。今では「長崎の大浦屋で奉公した」といえばなかなかの箔で、良縁に恵まれるらしい。

そこで一昨年、油樽置き場の柱をついに取り払い、土を入れ替えてから棟割長屋を普請した。女衆らはそこに住んでいる。

「女将しゃま、ちょっとよろしかですか」

小走りで近づいてきたのはおみつという女衆で、二十歳も近いというのに奉公を退く気配をまったく見せない古株だ。不思議に思って事情を訊いたことがあるが、「ここで働くとが面白かです」と言った。実際、仕事の段取りをつけて皆を差配し、新入りの面倒見もよい。どんな奉公でも辛くて当たり前、しかも製茶の作業はひときわ躰がきついものだ。それでも甲斐を見出してくれる者がいる、それは少しばかり嬉しかった。

「何ね」

「お二階、またちょっかいば掛けてきたとですよ」

「またか。何ばされた」

「いえ、今年の新入りの子らに二階から戯言を投げてきただけですばってん」

おみつはさらに声を潜める。

「この頃、風体のむさいお武家らが出入りしとっとですよ。聞き慣れん訛りで、夜更けに酒盛りばして、大声で唄うわ喚くわ、挙句に二階から、しょ」

顔をたちまち赤くして俯いた。

「しょって、何ね。かまわんから、お言い」

「小便を、二階の窓から」

己が悪いことでもしたように「すんまっしぇん」と、頭を下げた。

あの鯰侍めと、お希以は製茶場の二階を見上げた。

「くれぐれも二階の者らの相手にならぬよう、皆に注意しんしゃいよ。ほんなこつ、大事な娘さんらを預かっとるとに何ばしてくれる」

頭に血が昇ってくる。また行儀の悪い者らを引っ張り込んでいるようだ。もう、勘弁せんばい。

階段口に入り、駒下駄の音を甲高く鳴らしながら階段を上る。

三月の諏訪神社の祭礼以降、佐賀藩士である大隈八太郎は自身の藩邸に御長屋があるにもかかわらず、茶箱置き場にしていたこの二階にたびたび寝泊まりするようになった。最初はまだ神妙にしていたのだ。いつも難しい顔をしているので、女衆らは「鯰みたいな口許じゃ」と怖がっていたほどだ。

二階の上がり框の前で蹴るようにして下駄を脱ぎ、窓沿いの板廊下を進む。突き当たりの十畳に近づけば、何やら話し声がする。抜き足差し足で内障子に近づいた。声だけで判ずれば、四、五人はいそうだ。

「大隈君、法螺(ほら)を吹いたらいかんちや。この店は、おなごが主じゃろう」

「いいや、真ぞ。外国人居留地の商人らが最も信用しとる日本の商人は大浦屋のお希以じゃと、ヲルトもガラハも断言しおった」

「何、ガラハとも懇意か。そういや、長崎の女商人で、茶箱に潜んで上海に密航した者がおると耳にしたことがあるにゃあ。のう、長次郎(ちょうじろう)」

「さては、ガラハの手引きで渡海したか。大隈さん、ここの女将に引き合わせてもらえんですろうか」

この声は若い。

「かまわんよ。ばってん、それがしもビジネスの教えを請うてみたが、格別の策は持っとらんごたったぞ」

「生意気な。交易術を秘しとるのですか」

「いや、そうは思えん。真っ正直で気骨もありそうじゃ」

「別嬪か」

この声の主は、さっきからふざけた物言いをしている男だ。

「別嬪とか不細工とか、そがんとは超えておる」

鯰が、何たる言い草をする。

「四十前らしいからの。ばってん、黙ってとったら、もう少し若う見えぬでもないが」

「おまん、気ぃつけよ。四十女の深情は手こずるき」

「坂本君、ここは窓が多かけん聞こえる」

「おまんこそ、気ぃつけて物を言うてつかあせ。わしは才谷じゃ、才谷梅太郎。長次郎は上杉宗次郎、伊達は何にしゆうが」

誰かが低い声で答え、「何じゃ、おまんは伊達のままか」と笑う。

「それにしても腹が減りゆう。おい、誰か台所に行って飯をもろうてこんか」

お希以は障子に手を掛け、一気に引いた。

五人もの男が古畳の上に肘をついて寝そべり、いい気なものだ。だが何人かは跳ねるように身を起こし、片膝を立てて長刀を摑んだ。

他人の家で、何ば握っとっと。漁師並みに色の黒いのやら総髪やら、まあ、それにしても汚い羽織袴揃いじゃこと。何者ね。

舌打ちをして、ずいと見下ろした。

「お前様らに喰わせる飯は、なか」

四人がそそくさと退散した後、お希以は大隈と対面して坐り、睨み据えた。

「まず、あんお人らの素性を承りましょうか」

「いや、あの者らはれっきとした薩摩の家中たい」

「あれは薩摩の喋り方じゃなか。同じ九州ですけん、すぐにわかります」

大隈は太眉の下の眼玉をきょろきょろと動かした挙句、お希以に向かって反っ歯を見せた。

「笑うてごまかせるとお思いなら、料簡違いですばい。夜更けに大酒呑んで騒いで、二階から小便もなさるそうな。大迷惑ですたい」

「小便かあ。あやつらにも困ったものじゃのう」と、大隈はわざとらしく背後を振り返る。

「いや、近々、この長崎で交易ば始めたかと志を抱いて集まっておる連中じゃ。酒が進めばちと乱れることもあっろうが、堪忍してやってくれ」

「他人事みたいに。狡かですよ、そがん言い逃れは」

「それがしは昨夜はここにおらん。丸山におったけん」

「そういえば先月もようお通いになったようで、私んとこに番頭が集銀に来ましたばい」

大隈は佐賀藩の代品方という御役目に就く身でありながら色の道も盛んで、夜な夜な丸山に繰り出しているようだ。しかも「払いはしばし借りておこう。今は手許不如意じゃ」と、異人のように両腕を広げて掌を見せる図太さである。

英語は以前から学んでいたようで、祭が済んだ後にヲルトの邸宅に連れていった折も流暢な話しぶりだった。しかし会話はあまり弾まなかった。「日本で茶葉以外に購いたいもんはなかか」と訊いたものの、ヲルトは薄く笑った。

日本は、ティーか生糸。他に何がある。

相手にされなかった大隈は口の両端を下げ、不機嫌そうに黙り込んでしまった。

茂作も不首尾に終わった。ヲルトに「ハロウ」と挨拶をしたものの、大隈の傍らで耳を傾け、時々うなずくばかりだ。帰り道で白状したことには、さっぱり解せなかったらしい。机上の英学ではどがんもならんのうと嘆き、洋犬にも滅多矢鱈と吠えられて気の毒なほど塩垂れていた。

しかし大隈はその後も足繁く大浦屋を訪れる。と思えばしばらく姿を見せず、国許に帰ったのだろうとおよしとも言い合い、ところがまたふいに現れて丸山通いだ。それはいいが、不逞の輩を引き込んで騒ぐのは困る。

「他言はしませんけん、あのお方らの身許を白状なさりませ。手前も遇しようがございますれば」

大隈は渋々と首の後ろに手をやり、「船乗りたい」と言った。

「あんお人らがですか」

「まあ、硬いことを申すな」と手を下ろし、その手をお希以の膝の上に伸ばしてくる。何ばすっとねと、膝を動かす。

「その方、英吉利語は誰に習うた」

「習うも何も、最初は通詞しゃんにお世話になりましたと。ばってん、都合よう通詞しゃんに来てもらえん日もありますけんね。己で何とかするしかなかったとですよ。私は何としてでも伝えねばならず、相手の事情や考えを知らねばならんかった。その局面の積み重ねですたい」

「そうも曖昧で、取引ばでくっとか」奇妙そうに目をすがめる。と、真顔になってまた手を握ろうとする。英吉利語で何か呟き、「仲良くしよう」と言ったようだ。

「いっぺんくらい、よかやなかか」

「ノウノウ、いっぺんくらいというその料簡、私もずいぶん侮られたごたる」

手を広げて頭を振り、「シェイム」と叫んだ。

「恥を知れとは、とんだ言われようじゃのう。ふうん、そうかあ」

ぶつぶつと呟きながら小鼻の脇を掻き、そのまま腰を上げようとする。

「お待ちください。どこへお行きになるとです」

「いや、まあ、丸山、じゃのうて、御長屋に帰る」

「あのお方らの身許の詮議がまだ中途ですばい」

「えぇぇ」と、大隈は尻上がりに不服そうな声を出した。

秋風のさやかな季節が訪れた。

店之間に出ると、「グッモン」と陽気な声が飛んできた。首を伸ばしているのはヲルト商会の番頭、ジョンだ。今では彼のために専用の洋椅子を土間に置いてある。

「今日も精が出ること。そういえば、エリザベスしゃんと赤ちゃんは元気ね」

七月の初めに、ヲルトの妻女が女の子を産んだ。

「イエース、元気よう泣いとるよ。ヲルト、溺愛」

難しい言葉を知っていると、友助と顔を見合わせて笑った。

友助は祭で傘鉾踊りを奉納して以来、法被をつけた姿も何やら凜々(りり)しく、頼り甲斐が増して見えるのだから不思議なものだ。町でも名が上がり、友助が通りを行けば子供らがくるくると回りながらついて歩き、先だっては近所の後家が付文をよこした。

　本人は暢気に構えているが、およしは慌てた。「妙な虫がつかぬうちに、女房をもろうてやらねば」と、縁談を頼んで回っている。

　お希以は小座敷に入り、文机の前に腰を下ろした。帳面を検めていると、ジョンが声高になった。

「亜米利加が茶葉をもっと欲しかと言うてきとるとよ。もうちっと上積みできぬか。あと十万斤」

「それは、ちっととは言わんばい。無理、無理」

「先方は、いくらでも買いたかと言うてきとる」

　茶葉交易が順調なのは、この二人の力に負うところが大きい。移出専用の茶箱を作ったのも、二人の思案だ。従来、大浦屋が麻袋に入れて納めていた茶葉は、船中で海産物用の木箱に詰め替えられていたらしい。それをジョンから知らされた友助は、「いけん、臭いが茶葉に移る」と頭を抱えた。「異国の人に、そがん不味かもんを売っとったとか。恥ずかしか」

　何年もかけて畑の木を育て、葉を一枚ずつ手で摘み、そして丁寧に釜炒りをするのだ。にもかかわらず移送中に質が落ちていたとはと、友助は市中の指物師を呼んだ。ジョンにも相談して仕上がった茶箱は、上々の出来だ。白く薄い杉材を組んだ内側には蠟引き（ろうび）の紙が貼ってあり、臭いだけでなく湿気をも防ぐ。

「戦がようやく終わったけん、ティーをゆっくり愉しみたかという気持ちが民の間で広がっとる」

「戦が終わった。あの、亜米利加の中の南北でやり合うとるとか言うとった戦か」

「足かけ五年も闘って、ようやく終結たい。なあ、友助しゃん、今が売り時よ」

「あんたはいつも、今が売り時と言う」

そうか、戦が終わったかと、お希以は顔を上げた。

「だいたい、亜米利加と茶葉は縁が深か。まだ英吉利の植民地やった時分にボストン茶会事件が起きたと。それが契機になって、独立戦争が起こった」

「ボストンの事件って、それ、いつのことね」

「西洋の暦で言うたら一七七三年じゃけん、かれこれ九十年前か」

「ジョン、そがん古か話を持ち出すか」

「まあ、聞いて。そもそも英吉利が茶葉に税ば課そうとしたもんで、それで亜米利加の民衆が怒って事件になったとよ。ちょうどその頃、英吉利は仏蘭西と植民地争いをしておって、その戦費を茶税で調達したかったみたいじゃな」

「ほんなこつ、あんたの国はやることがえげつなか」

するとジョンはにわかに真面目な顔をした。

「わしは亜米利加人たい。移民の子」

　そうだったのかと、思わず土間の金髪を見やる。

「亜米利加人にとって、茶葉はそれほど大切なもんたい。独立の味」

「そがんことなら、泰平を迎えた祝いにあと五万斤納めようか。女将しゃん、よかですか」

　小座敷に向けて声を張り上げた。

「むろんよかけど、製茶場の手が追いつくかどうか」

「製茶が間に合わんなら、うちのファクトリイで引き受けさせてもらうよ」とジョンは抜け目がなく、「手間賃はこんくらい」と持ちかけている。

「いや、その半分ばい」

　友助はにべもなく言い切った。と、顎を上げて暖簾の向こうを怪訝そうに見ている。暖簾から顔だけを出しているのは不逞の輩の一味、上杉宗次郎という男だ。総髪の細面で、陽に灼けてか地黒なのか、焦げたような肌色だ。

　つかつかと中に入ってきて、「いや、大した駈け引きじゃなあ」と白い歯を見せた。

　うねうねと細い坂道を上る。宗次郎は足が速いが、時々、立ち止まってお希以を待ってくれる。

若宮稲荷神社の近く、伊良林という地の自由亭に向かうつもりで大浦屋を出てきた。そこは阿蘭陀総領事に仕えていた丈吉という男が開いた西洋料理の店で、元は良林亭と称していたらしい。

ヲルトやジョンと初めて訪れた時、丈吉が挨拶に現れて、若い頃は出島蘭館の料理場で働いていたと話した。料理人らしく口数は多くないが、その後、総領事にキャビン・ボオイとして雇われて阿蘭陀の軍艦に乗り込み、箱館や江戸、横浜にも回ったと、目を細めた。

船の中でも相当腕を磨いたのか、狭い店で供される西洋料理は本式で、ガラバア邸の料理人が出す品々にまったく引けを取らない。しかもどういう案配か、西洋人のみならず日本人の舌をも満足させてくれる。それでお希以は度々、ヲルトらと自由亭を使うようになった。

一人一分もかかる店だが、密かに外国人を招いて交誼する諸藩も多く、すぐに席が埋まるほどだ。お希以は近いうちにヲルト夫妻とガラバアを招いて出産祝いの宴を張ろうと心組んでおり、今日はその下打ち合わせだ。宗次郎も「伊良林ならお供つかまつろう」と、気安く一緒に歩き始めた。

「自由亭の近くに、わしらの居をかまえちゅうき」

「小曽根しゃまのお宅におられるんじゃなかとですか」

「それもそうじゃが、亀山焼をする者が物置に使うちょった古家を借りれたき、仲間とビジネスの談合をしゆうのはそこじゃ」

「お武家様がビジネスをお考えになるとは、世も変わりましたばい」

坂を上りながらの会話で、息が弾んでくる。

大隈に白状させたところによると、宗次郎らは武家の船乗り、つまり公儀が神戸に設けた海軍操練所で操船を学んでいた連中であるらしい。

おぬしが見抜いた通り、薩摩じゃのうて土佐の者らたい。操練所は脱藩者が多かけん、密議を交わして反旗を翻されでもしたらたまったもんじゃなかと公儀に睨まれて、三月に廃されてしもうたとよ。で、行き場を失うた連中が長崎に流れてきたったい。この地の、小曽根家が後ろ盾じゃ。

小曽根家の名が出て驚いた。あれほどの名家が浪人連中の面倒を見るものだろうかと、首を傾げもした。さては、いずこかの藩が働きかけたか。薩摩藩士を騙っているとなればと考えて、小膝を打った。

なるほど、薩摩がかかわっておられるとですね。

独り言めかして言うと、大隈は黙って小鼻の脇を掻いていた。つまり認めたとお希以は解している。

同時に、ヲルトから聞いた話を思い出した。「攘夷」を声高に主張していた薩摩藩は英吉利と戦をしたことで彼の国の力を思い知らされ、考えを変えつつあるというのだ。四カ国の連合艦隊に下関を砲撃された長州も同様で、両藩とも別の道へと舵を切りつつあるらしかった。

先月には、才谷梅太郎という男が宗次郎を伴って訪れた。才谷は、お希以を種にして大隈をからかった声の持ち主だ。二階から小便したがはわしじゃあないが、女衆をからこうた憶えはある。すまんことじゃった。

いつぞやの詫びを入れに来たようで、こちらはとうに忘れていた件だ。もしかしたら大隈から大浦屋は怖いぞ、詫びに行けと尻を叩かれたのかもしれない。大隈はあれからも頻繁に訪れて、お希以に不埒な真似をしかかったことなどなかったかのように、のうのうと呑み喰いし、友助やジョンを相手にもよく喋る。が、話が少し理屈っぽい。かつては佐賀藩の蘭学寮の教官を務めていたことも手伝ってか、とかく英吉利語を繰り出してくる。

しかし才谷は「すまんことじゃった」と、率直に頭を下げた。浪人とはいえ武家が一介の女商人を相手にと、驚いた。酒と肴を出すと気持ちよく呑み、あれこれと話をする。

わしらは船乗りじゃき、自前で操って前に進みたいと思いゆうがよ。

船も、国も。

傍らの宗次郎はさも嬉しそうに、才谷の言にうなずく。ただ、船と国を一緒にした言いようには途方もなさがあって、今もふと思い出して考えてしまう。

宗次郎が坂の上で懐手（ふところで）をして、「そういえば」とお希以を振り向いた。

「上海へは、誰の手引きで密航したが」

「ご冗談を。上海が交易港として繁華になったのは、ここ五年ばかりのことにござりますたい。そんな暇は一日たりともなかですよ。私が行方をくらませたら、いったい誰が茶葉の交易をするとですか」

笑いのめしたが、宗次郎は苦笑いをして、どうやら信じていない様子の横顔だ。お希以が追いつくと、宗次郎は数歩前に出た。長崎の港を見下ろしている。

「わしも海の外に出たいのう。世界には同じ風が吹き、同じ月が昇る。空も海もつながっちゅう」

「土佐も海の国ですもんね。あなたも幼い時分から海ば見ておられたとですか」

「土佐は山も多い国じゃ。もっともわしの生家は饅頭屋やじゃき、毎朝、明けきらんうちから竈に火を入れて蒸籠（せいろう）で蒸すがを手伝（てつど）うてきた。海でもなく山でもなく、蒸気を眺めて育ったようなもんじゃ」

宗次郎は懐から手を抜き、「けんど」と声を高めた。

「うちの葬式饅頭は絶品じゃき、いっぺん、お希以さんに喰わせてやりたい」

「葬式が待ち遠しかあ」

七夕が近い家々の屋根には竹竿が高く掲げられ、色とりどりの短冊が風に翻っている。

五

製茶場の二階で、今夜も亀山社中の連中が酒を呑んでいる。

「外国の脅威が迫っちゅうに、もはや徳川幕府は公儀としての体を成しちょらん。このまま手をこまねいちょったら真桑瓜のごとく輪切りにされて、英吉利や仏蘭西、亜米利加の植民地にされてしまうろう」

「まっこと、これ以上、日本の舵取りを任せるわけにはいかん」

最初はお希以の前でそんな話をしなかったのだが、七月も半ばを過ぎてからだろうか、皆、平気で物騒なことを口走るようになった。

宗次郎が言うには、頭領格である才谷梅太郎が「大浦屋は信を置ける」と仲間に話したようだ。ここで二度、あとはガラバアの屋敷で偶然会っただけであるので、才谷の人柄はよくわからぬままだ。

ただ、妙に人好きのする男ではある。物言いに気負いや衒いがなく、女商人に対する隔ても感じさせない。何の話の流れであったか、そう、たしかガラバアの邸で会った時だ。お茶の後に皆で庭に出て、気がつけば肩を並べて話していた。

　亜米利加の南北戦争が終結したこと、それに伴って茶葉がなお求められている話をすると才谷は「なるほど」と唸り、「となれば、大量の武器が余る」と呟いた。才谷が見抜いた通りで、ガラバアはそれを日本に運んで売るつもりであるらしい。それは商いの企てであるので、お希以の口から明かすことはしない。話の接ぎ穂に困り、こちらから問うていた。

「才谷しゃまらは藩を脱けてまで、成し遂げたかことがあるとですね」

　土佐の脱藩浪士であることを、才谷はガラバアらの前で隠していなかった。薩摩藩士を装う必要があるのは、同胞たる日本人であるらしい。つまりお希以は、異国の商人らと同じ扱いだ。

　才谷は立ち止まり、眩しそうに目を細めて空を見上げた。

「なんぼようできた仕組みでも、百年、二百年使うたら古うなって、垢もつけば澱も溜まる。わしらはこん国をいっぺん、洗濯したいと思いゆうがよ」

　政のことはよくわからぬし、市井の一商人には国の成り行きなど読めはしないのだ。読もうと思ったこともない。ただ、「洗濯」などという言葉を遣われると、すとんと腑に落ちた。難しいことをおなごにもわかりやすく伝える。話術に長けているというよりも、言葉に熱があるのだ。才谷が発した熱は他人の心に留まり、おまえはどうじゃと問いかけてくる。為せば成るような気にさせる。

こんお人は、稀代の人たらしばい。

親しみすら感じた。宗次郎は兄のごとく慕っているようで、聞けば土佐での生家が近所で少年の頃から見知り、教えを受けた学問塾の師も同じ時期があったそうだ。

芝草の庭から傾斜に沿って段々に設えられた庭には百合の匂いが満ち、葵に似た背の高い洋花の薄紅が秋の海風にうなずくように揺れていた。

それからというもの、お希以はこうして自ら酒を二階に運び、月の光が動く窓辺で皆の話を聞くともなしに聞くのが愉しみになった。

才谷は滅多と顔を出さず、大隈も勤めが忙しいのか足が遠のいている。しかし亀山社中の若者らは夕立があれば駈け込んでくるので傘を貸し、時には奥の湯殿を使わせ飯を喰わせ、小遣い銭を袂に入れておく。

それでおよしには、しばしば窘められる。

「浪士連中の面倒ば弟みたいに親身に見んしゃって、万一、御奉行所に睨まれたら事ですばい」

近頃、料理屋や丸山遊廓の払いが回ってきて、お希以はそれも黙って済ませている。およしはそんなことも含めて気に入らないらしい。

「茶葉交易が順調やけんね」と友助がいなしても、およしはまだ不満顔だ。

「いかに商いが太かろうと、あがん連中にこうまで肩入れなさらんでも」

「女将しゃんは安泰の中でじっとしとられん。いつでん、ようわからんことに乗り出したか人やなかか」

図星を指された。およしはやれやれとばかりに息を吐く。

「そういえば女将しゃま、この間、上杉しゃまが一人で二階を掃いておられたとですよ」

「何でまた」と訊いたのは、友助と同時だった。

「わかりません。元は饅頭屋の倅、考え事をするのに手ぇば動かすのが性に合うちょると仰せで」

「そうね」と、聞き流した。

また誰かが「坂本さんはこう仰せじゃったき」と、口ぶりを熱くする。

「人いやしくも一個の志望を抱けば、常にこれを進捗するの手段を図り、いやしくも退屈の弱気を発すべからず」

すると皆は首肯し、声を揃えて節をつける。

「たとい未だその目的を成就するに至らざるも、必ずそこに到達すべき旅中に死すべきなり。ゆえに死生はとうてい、これを度外に置かざるべからず」

この国を新しくしたいのだ。皆、一身を賭して挑もうとしている。お希以がわかるのはその志のみだ。それでも国の行く末を拓かんとする若者らの心に寄り添いたくなった。同じ船には乗れずとも、その船を漕がんとする者の世話はできる。

ただ、この頃は宗次郎に別の一面があることを知った。仲間と過ごしている際は伏し目がちで寡黙なのだ。今も皆が車座になって酒を酌み交わして大声で唱和しているのに一人だけ外れ、柱に凭れて猪口を傾けている。

「おい、饅頭屋」と、誰かが首を後ろにひねった。

「そろそろ、井上君と伊藤君が長崎に入りゆうと文をよこした。ガラハはまっこと大丈夫ながじゃろうな」

仲間の宗次郎に対する呼び名や物言いは、少々耳に障る。志を一つにしての仲間であるだろうに、内輪には厳然たる区別がある。傍から見れば、頭と躰が別を向いているような気色悪さだ。

宗次郎はゆっくりと顔を上げ、口を開いた。

「そもそも、わしの思案じゃき。おまんらに心配されんでも、万事遺漏なく進めゆう」

宗次郎もまた、水が油を弾くような返し方だ。

皆はやはり機嫌を損じたようで、咳払いだけが聞こえる。誰かが丸山に繰り出そうと言い出し、たちまち話がまとまって出て行った。誰も宗次郎を誘わず、十畳にぽつりと取り残されている。

お希以は徳利を持ち上げ、柱の前に移った。

「上杉しゃん、呑み直そう」

宗次郎は片膝を崩し、なぜか正坐に直る。「お希以さん」と、声音まで改めた。

「わしゃ大仕事をする。誰も、想像も及ばん仕事じゃ」

「大仕事」

「いかにも。犬猿の仲の者同士の手と手を、わしは結ばせるきね」

ガラバアの名前が出ていたことから察するに、何がしかの取引にかかわるのだろうか。

「互いに欲しいもんを間に立って仲介するだけじゃが、これが成ったら天下が動くかもしれん」

窓の月明かりと行燈(あんどん)の灯だけであるので、宗次郎の顔は片影だ。しかし真摯(しんし)な声で熱を帯びている。

「今は政のしくみも技術も船も、西洋に何もかも遅れゆう。この国が他国に蹂躙(じゅうりん)されて清国みたいなことにならんようにするためには、力を一つに束ねるべきながよ。レヴォリユウシヨンを、この手で起こすがじゃ」

何かを決したように一気に酒を呷(あお)った。言葉の意味は解せなかったが、また注(つ)いでやる。

「そういえばガラバアしゃんは国許に用が溜まっとられて、一時帰国するつもりらしかね」

途端に顔色を変え、前のめりになった。

「それは、いつですろう」

「まだ先でしょ。年内か、ひょっとして年が明けてからかもしれんね。私もヲルト商会の番頭からの又聞きやけん、何なら問い合わせようか」

しばし黙し、「いや、己で訊ねますき」と猪口を干す。互いに酌をし合って、宗次郎はいつしか涼しい目許をやわらげている。階下の草叢(くさむら)で秋虫が鳴いている。

「わしはいつも、風月同天を思うちょります」

酔いが進んだか、ふいな言葉だ。けれどお希以は「そうたい」と膝を打った。

「空も海もつながっとるけんね。いつか私も船を持って、世界を巡りたか」

「そんなら、わしが操船して進ぜます」

「ああ、よかね。皆を乗せて、大海原に漕ぎ出そう」

夜が更けても、まだ見ぬ海への思いは尽きない。

宗次郎は七月の下旬から顔を見せなくなり、十月に入ってからは亀山社中の誰も大浦屋を訪れなくなった。

ガラバアと会食した際に消息を訊ねると、「上杉は頭が切れる。凄腕」と片目をつぶって見せたので、件の大仕事はうまく運んでいるらしいと胸を撫で下ろした。その後は時々、どうしとらすかと思い出すものの、年の瀬が迫ればその忙しさに取り紛れてしまう。

やがて慶応二年が明け、お希以は元号にちなんで名を「慶」の一字で記すことに決めた。

大浦屋の主、大浦慶。

正月二十日、この日は稲佐(いなさ)の恵美須(えびす)社に船を仕立てて詣でるのが古くからの慣いで、大浦屋も屋形船を手配してある。お慶は着替えを済ませ、店先に出て友助を待ち構えていた。早朝からヲルト商会に商談に出たままで、いつもより帰りが遅い。

暖簾前の通りにようやく姿が見え、「早(はよ)う」と手招きをした。しかし友助の足取りは重く、真正面に立ったその顔を見上げれば蒼白だ。

「何かあったと」

「上杉しゃんが切腹なさったらしかです」

「何で」

「わかりません」

棒立ちのまま、空を仰いだ。

数日の間、ただ茫然として呆けたようになっていた。

膳が咽喉を通らず、眠れない。友助やおよしがひどく心配して世話を焼いてくるので、「大丈夫たい」と言い張るしかない。伊良林の亀山社中を訪ねてみたが見知った顔はなく、応対に出てきた者は「上杉しゃんのことで」と口にしただけで形相が変わった。荒々しく追い返され、戸口を閉ざされた。

思い余って、ヲルトを訪ねた。

黒い肌の召使に客間に通されて、窓硝子の向こうをぼんやりと見やった。

いつもは庭の木々が布壁や天井まで緑の光で照らすのに、今日は空も鈍色だ。重厚な木の飾り簞笥の傍らには大時計が床置きされ、その両脇には伊万里の大花瓶が対で据えられている。

お慶は洋卓に供された紅い茶にも手をつける気になれず、身を硬くして坐り続ける。

洋扉の把手が音を立て、ヲルトが姿を見せた。葉巻を手にしたまま大股で入ってきて、洋椅子に慌ただしく腰を下ろす。襟無しの襯衣は白地に樺色の縦縞で、洋袴は青みがかった鼠色だ。

「急にお訪ねして申し訳なかです。商会に伺うたら、今日はお屋敷だとジョンが教えてくれましたけん」

「このところ、じつにハードたい。蜂のごとく働いとる」

ヲルトは長い脚を組んだ。その拍子に洋卓の椅子に革靴の爪先が当たり、紅茶が揺れる。

「エクスキュズミ」

「どういたしまして」

ヲルトは首を傾げ、腕を組んだ。

「コンディション悪かとか。いつもと声が違うよ」

「そんなことなかですよ。ばってん、ちと、教えていただきたかことがありますたい」

「何なりと」

「上杉宗次郎しゃんのことですたい。何ゆえ切腹しなすったか、ご存じなかですか」

「セップク」と、ヲルトは頬を歪めた。

「コンドウのことね。コンドウチョウジロウ。まったく、日本人は何であがん死に方ばする。洋銃も持っとるはずとに、己の腹ば刀で十文字に切り捌いて、それでも死に切れずに首筋を己でかき切って果てたと。クレイジーだ」

葉巻を指に挟んだまま両腕を開いて肩をすくめ、信じられぬとばかりに顔を横に振る。

「それが、日本の武家の死に方ですけん」

低く言い返していた。

なぜなのかはわからない。が、唇が小刻みに震える。ただの商家の女主であるというのに、ヲルトの言葉に腹の底が激しく反発した。

たしかに、外国人から見ればクレイジーなのだろう。だからといって、宗次郎の最期が貶(おとし)められていいわけはない。

「私が訊きたかとは、あなたの感想じゃなか。宗次郎しゃんが何ゆえ自ら命を絶つ仕儀に至ったか、その事情を教えてもらいたかです。私が知っとる限り、あんお方はこれから大仕事をすると勇み立っておられたとですよ。誰も想像の及ばん仕事をする、犬猿の仲の者同士の手と手を結ばせると」

口にすると、宗次郎の声が沸々とよみがえってくる。

ヲルトは軽くうなずいた。

「ガラバアのビジネスね。中古のユニオン号の購入をコンドウは仲介した。私なら、もっとよか船を用意できたとに」

「その、船の仲介で揉めたとですか」

「互いの面目と利が懸かっておるけん、間に立つ者にとってはハードタスクね。私は失敗するやろうと見とった。ばってん、コンドウは成し遂げた。ガラバアはラッキーだった」

「仲介は成功したとですね。そんなら、何ゆえ」

ヲルトは背凭れから身を起こし、卓上の小さな鐘を鳴らした。まもなく召使が現れて、ヲルトは「ティー」と指を二本立てた。お慶は白い横顔を見つめる。日本人にも色白の者はいるが、西洋人と比べれば黄を帯びた白であることを思い知らされる。

時計の音が響く。

ヲルトは脚を組み直し、「シッピング」と言った。

「コンドウの、渡海の企てが露見したとよ。仲介のビジネスでガラバアと親しゅうなって、本国に一時帰国することを聞いたとやろう。その船に彼も乗り込んだとたい」

「乗ったとですか」

「イエス。ばってん、海が時化で出航が延びた。亀山コンパニイの連中にどこでどう見つかったかは知らぬが捕まって、責められたごたる。それで」

ヲルトはカッと舌を鳴らし、腹を切る仕種をした。

宗次郎が、ガラバアの船に乗り込んだ。

お慶は気づいて、仰向いた。

私だ。私がガラバアの一時帰国を洩らした。あの時、宗次郎は顔色を変え、「それは、いつですろう」と訊いた。問い合わせてやろうかと言ったら、「己で訊ねる」と猪口の酒を干した。

あの秋の夜だ。宗次郎の横顔が目に泛び、血の気が引いた。

「どうした。今日はやはり変よ」

心ノ臓が早鐘を打ち、胸を拳で叩かねばならない。息が止まりそうだ。ようやっと、「私が」と吐き出した。

「私が、密航のきっかけを作ったとです」

「あなたが」

「ガラバアしゃんの帰国予定を洩らしたのは、私ですたい」

召使が静かに入ってきて、紅茶茶碗を置いた。ヲルトはさっそく持ち上げたが、けたたましく笑い出した。茶碗を皿の上に戻し、顎を左右に振る。

「何が可笑しかです」

「間違ってる。ケントウチガイ」

「見当違い」

「ヤー。西洋や上海への渡航を望む者が、今、どれだけおることか。国禁を犯す重罪、発覚したら死罪ばい。それでも行きたがる。ここだけの話ばってん、攘夷を口にしとる藩が密かに家中を渡航させる例もある。幕府に見つかったら事やけん、あえて脱藩させて行かせるとよ。むろんガラバアだけじゃなか、私も何度も手伝ってきた。英吉利での宿の手配や面倒を見る者も要るけん、なかなか手間がかかる。薩摩の者みたいに滞在費用をたっぷりと持って行ける者は滅多におらぬから、費えを貸すことも多かよ。ほとんどの日本人は貧しかけんね。ことに、武士は」

「それはいかほど」

「向こうでまともに学ぶなら、一人千両」

「千両も借りたら、とてもじゃなかですけど、一生かかっても返済は難しかです。そのくらいのことは、今のあなた方ならよう承知しておいででしょう」

「大丈夫。帰ってきたら、皆、攘夷などとても無理だと頭が入れ替わっとるたい。近代化した英吉利や仏蘭西、亜米利加の景色を目の当たりにしたら、いかなる存念も理屈も吹っ飛ぶ。帰国した彼らは我々の軍艦や大砲を買うべしと藩の上層部に具申し、自らが指導者になる」

ヲルトの頰に赤みが差し、笑みが溢れんばかりだ。

「千両貸しても、元は充分に取れるばい」

「密航の手助けもビジネスですか」

「当然よ。互いの利が一致するという点においては、外交でもあるね」

肌が粟立った。こんなにも長い交誼を結んできた相手の、私は何を知っていたのだろう。

「そしたら宗次郎しゃんも、ガラバアしゃんに銀子を用立ててもろうたとでしょうか」

「それは知らない。ただ、その銀子がらみもあってコンドウは仲間から糾問されたようだ」

「銀子がらみ」と呟いて、窓を見やった。

亀山社中の若者らにとって、海の外の世界に出るのは長年の宿願であったはずだ。それは宗次郎に限らない。となれば、宗次郎だけが渡海を図ったからと言って切腹せねばならぬほどの仕儀に至るだろうか。たとえ仲間から「出し抜かれた」「抜け駈けされた」と責められたとて、そして仲間内で交わした約定のごときものがあったとしても、宗次郎は仲間に阿る性質ではなかった。

饅頭屋。

仲間から、そう呼ばれていたことを思い出した。見下げたような厭な響きだったが、宗次郎は場の気を乱してでも言うべきことは口にしていた。

何か、謂れのない嫌疑をかけられたのではないかと、お慶は考えを巡らせた。だが申し開きをしても、仲間に信じてもらえなかった。ゆえに、腹を切って己の証を立てた。

想像が巡って慄然とした。仲春だというのに妙に肌寒い。

ヲルトが外出をする時間になり、お慶も腰を上げた。玄関前に妻のエリザベスが出てきて、「ハアイ」と両腕を伸ばし、頬に頬を寄せる。首筋から花の匂いが立った。お慶の知らぬ、海のかなたの花だ。

「もう、帰る、ですか。娘と会って行って」

「ソオリ、今日はお暇いたしますたい」

ポオチに出れば雨が降っている。エリザベスが召使に命じて洋傘を持ってこさせたが断った。なぜか、傘を借りるのが厭だった。

濡れながら坂道を下るうち、饅頭屋だったからかもしれないと思った。己の清廉を切腹で証すことで、武士であろうとした。

宗次郎しゃん、逃げたらよかったとよ。逃げて生き延びて、海を渡ったらよかった。一緒に大海原に漕ぎ出そうと、約束したとに。

肩も袖も濡れて色が変わっている。それでもお慶は足を速めることなく、歩き続けた。かなたに、昏(くら)い海が広がっている。

第四章　約束

一

　蠟燭の火影が映る屛風の前で、大浦屋(おうらや)の法被をつけた友助が神妙に坐している。盃(さかずき)に注がれた酒を静かに含んでから三方に戻すと、介添え役であるおよしが友助の向かいへとそれを移した。今度はおみつが盃を持ち上げ、口許で傾ける。平素は製茶場で汗みずくになって働いているのだが、今日は薄く白粉を刷(は)いて紅を差している。次は一回り大きな盃だ。

　小中大の盃で三度ずつ酒を呑むこの式三献(しきさんこん)は、祝言の盃事である。夫婦の次は、互いの親きょうだいとも盃を交わして縁を結ぶ。友助の両親はとうに亡くなっているので兄夫婦が訪れており、おみつの側は両親と弟妹がずらり、七人も並んでいる。

　盃事を粛と終え、女中らが祝い膳を運んできた。奉公人や女衆(おなごし)らも連なって姿を現し、敷居際でお慶に向かって手をつかえ、辞儀をしてからおずおずと続き間に腰を下ろしていく。製茶を休む春になっても在所に帰らぬ女衆がいるので、全部で六十人ほどか。十畳二間と広縁にもびっしりと並び、場が一気に人臭くなった。

「皆、祝いの口上を述べんしゃい」

　およしに促され、一斉に口を開く。

「番頭しゃん、おみつしゃん、おめでとうございます。共白髪（ともしらが）まで幾久しゅう、仲睦まじゅうとお祈り申します」

　まだ幼い丁稚の、たどたどしい声も入り交じっている。友助は居ずまいを正して皆を見回し、おみつは目許を潤ませている。

　この縁組を思いついたのはおよしで、正月も末の頃だったか、お慶に相談があった。「それはよか」と小膝を打ち、さっそく奥に友助を呼んだ。しかし友助の返答は煮え切らず、「もらう」とも「もらわぬ」とも言わない。日を置いて再び持ちかけたものの、またも黙り込んでいる。

「よか娘と思うけどねえ。よう働くし、若い娘らの面倒見はよかし、何より裏表がなかよ」

　およしが勧めれば、「それは知っとる」と言う。

「なら、何が気に入らんと。歳はもう二十歳（はたち）になっとるばってん、あんたは三十じゃなかか。よか釣り合いよ」

しかし指で小鼻を摘まんでスンスンと鳴らしたり腕を掻いたりと、まるで落ち着きがない。

「顔も可愛らしかよ。そりゃあ人目を惹くほどじゃなかろうけど、お似合いよ」

それでも「話を進めてくれ」とは言わぬので、それまで黙って見ていたお慶は「んもう」と痺れを切らせた。

「こがん気乗りのせんものを無理に添わせたとて、あんばいよう行くとは思えんたい。およし、おみつは他の者に添わせてやろう」

本当は友助にそろそろ女房をと考え、およしは方々に縁談を頼んであった。しかし眼鏡にかなう娘がおらず、「そういえば」と白羽の矢を立てたのがおみつだ。

「そうそう、手代の竹吉はどがんね」

目配せをすると、およしはすぐに呑み込んでか、「よかご思案」と両の掌を合わせた。

「竹吉は二枚目ですし、それこそ竹を割ったような気性にござります。お似合いですたい」

友助が急に、鼻から荒い息を吐いた。

「およししゃん、どこに目ぇばつけとっと。あれが二枚目なら長崎じゅうが二枚目揃いばい。眉が薄かし、にやけとる。だいいち何かと愚痴っぽい、根に持つ男たい。おまけに脂足じゃ」

ふだんは店の者を決して悪く言わぬのに、指を折って並べ立てる。およしが「友助しゃん」と嚙みついた。

「あんたねえ、そういうとこ、いけんよ。己が乗り気でなかなら、何で竹吉をこき下ろすと」

「いや、あいつなら、わしの方がまだましと思うたまで」

途端に口ごもる。「ほう」と、およしは前のめりになった。「それで」と追い込む。

「ばってん、向こうが」

「向こうって」

「向こうは向こうに決まっとろう。あれが、うんと言わぬかもしれんじゃなかか。いや、わしはどっちでんよかよ。ばってん、向こうが」

いい歳をして面倒な男だ。やはり、おみつに断られるのが怖さに愚図愚図としていたらしい。

「しっかりしんしゃい、この臍曲がりの、意気地なしが」

およしの声に薙ぎ倒されるように友助は背を反らし、畳に後ろ手をついた。

それにしても、よう似合うとること。

思わず目尻を下げ、おみつを見つめ返す。お慶の若い時分のものをおよしが仕立て替えた小袖で、茜色の地に松と鶴が染めで描いてある。本当は白無垢を仕立ててやりたかったが、友助が固く辞した。

「所帯を持たせていただくだけでも有難かことです。奉公人が白無垢など、とんでもなかですたい」

縁談が決まってからの友助は以前にも増してきっぱりとしている。むしろ自信満々だ。

「そがん言うても、この大浦屋の番頭と女衆が一緒になるとよ。お前には羽織、おみつにも小袖を仕立ててやるけん、着せてやったらどうね。祝言の晴れ着やなかか。生涯に一度よ」

お慶の婚礼衣裳など、花菱紋を織り出した練絹の白無垢に綿帽子、色直しは黒と紅と白茶に染め分けた綸子の小袖で、摺箔と刺繍、鹿子絞りで地が見えぬほどの吉祥文様で埋め尽くされていた。祝言は夜に行なうのが昔からの慣いだが、祝宴は三日三晩も続いた。大浦屋の暖簾にふさわしい贅の尽くし方だと、客の誰もが唸っていた。

ふいに、しばらく会っていない弥右衛門の顔が過る。お慶が婿を迎えたのは、家財のほとんどを火事で失った翌年だ。

あの費え、弥右衛門はどう算段したとやろう。

当時は帳場を任せきりであったし、気にも留めていなかったのだ。しかも祝言から七日も経たぬうちに破鏡した。今となっては、どんな亭主であったか顔も思い出せない。

「女将しゃまがおっしゃる通りたい。有難う頂戴したら」と、およしが口を添える。

「奉公人には奉公人の分というものがある。わしは法被、おみつもふだんの仕着せで充分たい」

「お仕着せで祝言を挙げるつもりか。それはあんまりな」と、およしは呆れ返った。お慶は苦笑を一つ零し、「なら、こがんしよう」と二人を順に見た。

「向後、大浦屋から嫁ぐ女衆には皆、銀子の他に着物を下げ渡すことにする。それが祝いばい」

「滅相もなかです」と、友助はまだ頑なだ。

「友助、ようお聞き。おなごにとって、着物は着飾るためだけのもんじゃなかとよ。染め変えて仕立て替えて何十年も役に立つ、いざとなれば質草にもなる。身上そのものよ」

友助はしばらく俯き、そして頭を下げたのだった。

やがて手代の数人が立ち上がって唄い始め、女衆らがそれに合わせて踊る。友助は頬を緩めて見物し、時々、おみつと目を合わせて笑んでいる。

お慶はしみじみと有難いと思った。

こがんめでたかことがあって良かった。この縁組にまつわる様々がなかったら、私はこの三月までどうやって過ごしたとやろう。

宴の賑やかさに紛らわせるように、目尻を拭った。

中庭の卯の花が白く光る季節になった。

奥で朝膳を摂っていると、広縁の向こうで大きな声がする。「何事でしょう」と茶を淹れていたおよしが手を止め、顔を上げた。

「お待ちくださりませ、困りますたい」

友助の声だ。庭に面して障子を開け放しているので、足音もよく響く。およしは「よっこらしょ」と、立ち上がった。

「騒がしかですねえ。ちと、言うてきますたい」

座敷から足早に広縁へと出ていく。

「友助しゃん、お客しゃまなら客間にお通ししんしゃい」

障子に友助の姿が映り、「いや、それが」とくぐもった声がする。その左手で、別の人影が動いた。

「わしは客じゃなか。この屋敷に上がるとに、何で奉公人風情に前を阻まれんとならんとか」

剣呑な声がして、およしは「え」と後退っている。お慶は箸を置き、首を伸ばした。

「どげんしたと」

「ちょ、ちょっとお待ちくださいまし」

あたふたと空を搔く手つきをしながら、座敷に引き返してきた。

「女将しゃま、旦那しゃまが」

「旦那しゃまって、どこの」と訊ねた刹那、ゆらりと姿が現れた。

お慶は目を見開いたまま声も出ない。

「何ね、そん顔。幽霊じゃなかぞ。ほれ、この通り」

己の足を指しているが、ふらついている。その肘と腰を支えるようにして付き添っているのは、二十歳前と思しき若者だ。

背後に立つ友助が申し訳なさそうに、お慶に頭を下げた。およしは棒立ちになったままだ。

「いやあ、それにしても立派に普請し直したのう。茶葉商いはよほど儲かると見える」

笑う口の中は歯が欠け、洞のように暗い。髷と鬢はすっかりと白く、目鼻よりも皺の方が目立つ。しかし紛れもなく、父の太平次だ。臆面もなく上座に腰を下ろし、喋り散らす。

「わしも商いばいろいろと手掛けて繁盛させとったばい。古着屋に酒屋、紙屋、植木屋に唐物屋もやった」

上機嫌だ。友助はお慶の前に膝行して、「申し訳なかです」と小声で詫びた。

「今朝は荷を出す準備で立て込んどりまして、手代がうっかりとお通ししてしもうたとです」

「ん。早う店にお戻り」

友助は頭を下げ、座敷を出た。父はさらにひとくさり語り、お慶の茶碗を鷲掴みにした。ぐいと呷り、口の端から雫が零れて畳の上に落ちる。

「おい、もう一杯くれ。年寄りは口が渇いていけん」

およしは憤然たる面持ちで、茶葉を入れ替えている。

「父しゃん、そげん飲んだら、また手水が近うなるとじゃなかか」

傍らで太平次の袖を引くのは伜のようだが、腹違いの弟、松太郎とは別人だ。明らかに歳が違う。

大浦屋が火事に遭ったのは天保十四年だ。父はみっともないほど動転し、後妻と伜を連れて外に飛び出してそのまま帰ってこなかった。出奔したのだ。まだ十六歳だった娘を置き去りにして。あの夜から何年になるだろうと、上座を窺う。二十数年は経っているる。あの頃の父は五十前であったから齢は七十あたりか。胸の中で勘定をしてみたところで、懐かしさどころか何の感慨も湧いてこない。むしろ、来訪の目的を訝しんでいた。

「ずっと、長崎におられたとですか」

「むろん。わしは長崎の者じゃ、よそには住みとうなか。じゃから、松太郎が上方に移りたかと言い出した時もわしらは残ったとたい」

今頃、何ゆえ大浦屋を訪ねてきた。銀子の無心なら、もっと早う来るはずたい。何ゆえ、ふいに現れた。

「おさよも、寝たり起きたりを繰り返しとったけん」

義母の名を久しぶりに耳にした。

「お達者ですか」

「正月に死んだ」

悔やみを告げて頭を下げると、「こいつが」と顎をしゃくった。

「亥之二がよう介抱してくれたと。本来じゃったら、お前の務めばい。亥之二に礼ば言え」

およしがにわかに顔を上げ、上座を睨みつけた。父の一家が大浦屋にいた頃はまだ女中頭ではなかったが、奉公には入っていたので顚末は承知している。

「おい、茶はまだか。いつまで待たせる。ああ、それと菓子ば持て。一の好物はかすていらじゃが、すぐには用意できんじゃろう。餅でよか」

するとおよしは眉を吊り上げた。

「かすていらなんぞ、いくらでもございますとも。大浦屋は身分のある、それは立派なお歴々をしじゅうお迎えしますけん、突然の来訪でもご無礼のないよう何でも揃えてございますたい」

負けん気を露わにしている。「およし」と目で制すと、渋々と腰を上げる。座敷を出ていく後ろ姿を見やった父は鼻から下を揉むように動かし、チャッと舌打ちをした。

「大浦屋の奥女中も不出来になったもんじゃのう。女主やけん、甘う見られとるとじゃなかか」

今さら、何に口を出す。

うんざりとして、溜息を吐きそうになる。と、父の傍らに黙って坐している亥之二と目が合った。

「いくつね」

訊ねると、「十八」と答える。世間ではとうに一人前の齢だが、物言いに幼さの残る若者だ。顔の造作も小作りで、若かった頃の義母と似ているような気もするが、義母の面貌ももはや朧だ。

「松太郎の弟か」

「はい」とうなずく。となれば、やはり腹違いの弟だ。父には感じなかった血のつながりが胸の中に小さな波を立てた。温かいような怖いような、奇妙な心持ちだ。

およしが盆を手にして戻ってきて、背後には友助もいる。およしが茶菓を供じ終えるのを見計らい、友助は父の前に腰を下ろした。

「改めましてご挨拶申します。手前、番頭を務めとります友助にござりますたい」

「番頭、さては弥右衛門の後釜か。それはご苦労」

さっそく黒文字を手にして、かすていらを口に入れた。無闇に偉がるのが逐一鬱陶しいが、友助は動じる気配も見せず、さらに膝を前に進めた。

「女将しゃんのお身内にござりますけん、ゆっくりおくつろぎいただくべきところ、今日は大事な寄合にお出にならねばなりません。駕籠を呼びましたけん、お送り申します」

寄合などないのだが、機転を働かせてくれたようだ。およしが店に駈け込んで加勢を頼んだのかもしれない。

「お父しゃん、申し訳なかね。今度、私の方から出向かせてもらうけん。家はどこね」

父は口の中をかすていらで一杯にしながらも、「いや」とやけに大きな声を出した。

「駕籠なんぞ要らんばい」

「では、歩いてお帰りで」

友助が畳みかけたが、父はお慶に顔を向けた。

「わしらに構わんと、出るがよか。ここで待っとってやるけん」

「お父しゃん、それは困る」

「困るとは、何たる言種。まさか追い返すつもりか。そうは問屋が卸さんぞ。ここはわしの家ばい。亥之二は跡取りばい」

胡坐でしかと直り、座敷を見回した。

「いつまでも己の好きにできると思うな」

途端、肚の中の堰（せき）が切れた。

「何十年も前に大浦屋を出た人が、何ば言うとっとね。ようもそがん身勝手を」

「その口のきき方は何じゃ。弥右衛門が戻ってくれるなと頭を下げたけん、わしはこらえたとぞ。あんな端銀（はしたがね）ばよこしたとて小商いしかできん。お前はのうのうと大浦屋の身代ば受け継いで、おくんちの一手持ちまでしてのけたやなかか。そのお前が親と弟を追い返すとか。何が長崎一の女商人じゃ。お前の性根は、おさよが言うた通りじゃ」

黙って見返すと、嚙みつくような目をした。

「お前、一度でもわしに会いにきたか。おさよが死ぬまで嘆いておったわ。生（な）さぬ仲の私はともかく、実の父親や弟に一筋の情もかけんとは何と冷たか娘じゃろう、お前しゃんが気の毒じゃとな」

口の端に唾（つばき）を溜めて、まくし立てる。

お慶は我慢がならなくなって座敷を出た。店之間の土間を通り抜ける。手代や丁稚らが驚いて腰を引くのは目の端で見えていたが、暖簾を叩くようにして往来へ飛び出した。

「女将しゃま、どちらへ」

「供をつけますけん、ちとお待ちください」

およしと友助が背後から追ってきたが、「一人でよか、すぐに戻る」と言い捨てた。

腸（はらわた）が煮えて噴き上がって、どうにもならない。

弥右衛門め。いったい、何ばしたとね。

裾が乱れるのもかまわず、歩きに歩いた。油屋町から清水寺の参道下へは四半刻もかからぬ道のりだ。長屋の前に着くと、当人が屈み込んで鉢植えの手入れをしているのが見えた。お慶が声をかける前にふと頭を動かし、鋏を手にしたまま立ち上がった。裾はしょりを下ろし、裾を払ってから辞儀をした。

「ご無沙汰しております」

「訊きたかことがある。今、ちょっとよかね」

摑みかかりたい衝動を抑えるものの大声になった。弥右衛門は黙ってうなずいて、戸口の中へと入った。

いつも土間で追い返されてきた家の中に初めて通された。想像以上に手狭な二間だ。裏庭に面した奥の四畳半に腰を下ろすと、弥右衛門が手ずから茶を淹れる。小女を置いていると聞いていたが姿は見えない。

茶碗に手をつけもせず、切り出した。

「お父しゃんに銀子を渡して、大浦屋に帰ってくれるなと頼んだていうとは真ね」

弥右衛門は目を伏せたまま、何かに思い当たったように「もしや」と呟いた。

「訪ねてこられたとですか」

「今朝、突然に。あれは、大浦屋に居坐るつもりばい」

すると後ろに退り、「申し訳なかです」と頭を下げた。畳に額をすりつけている。

「何の真似ね。そがんことをしてもらいとうて、ここに来たわけじゃなか。お前が陰でお父しゃんと会うとったこと、銀子まで渡しとったことの理由を聞かせてもらいたか」

「お怒りは、ごもっともにござりますばい」

ようやく上げたその顔は蒼褪めている。弥右衛門らしくもない面持ちだ。観念したように口を開いた。

「二十三年前の火事の後、手前は人を使うて旦那しゃんご一家の行方を捜させました。その時は、何が何でもお戻りいただきたかと願うておりました。女将しゃんはまだお若かった。そがんお人を残して主がおらんごとなったら、大浦屋も終いじゃと思うたとです。世間や商い仲間の信用が気懸かりにござりました。だいいち、ご本人を前に申すのは口はばったかですばってん、女将しゃんも血を分けたお子じゃなかですか。娘を捨てるおつもりかと、肚の虫が治まらんかったとです」

膝の上に置いた筋ばった手を、ぎゅうと拳に固めている。

「ばってん、行方は知れませんでした。手前も商いを立て直すのに懸命で自ら動くことはできませんでしたけん、そのうち日々に取り紛れておったとです。女将しゃんをお守りして、主としてお育て申さねばならん、その一心でした。何とか目鼻がついた時分に、旦那しゃんが訪ねてこられたとです」

「大浦屋にか」

「ちょうど女将しゃんが寄合で月花楼にお出かけなさってる日で、ばってん、他の奉公人の目もありますけん、裏の油置き場に無理にお連れ申しました。旦那しゃんは悪びれもせず、そろそろ戻りたいと肚積もりを明かされたとです。ついては、女将しゃんとの仲を取り持てと仰せになりました。あの時、手前は旦那しゃんを見切ったとです」

喉許の皺が動き、「すんましぇん」と詫びる。

「嬢(とう)しゃんの父御(ててご)ですとに」

お慶は小さく頭(かぶり)を振る。嬢しゃんとは、あまりにも懐かしい呼ばれ方だ。

「ばってん、平仄(ひょうそく)が合(お)うたとですよ。大旦那しゃんはあんお方の性根をとうに見抜いて、ゆえに嬢しゃんをば手塩におかけになったとじゃなかかと。お多恵しゃまには幼い時分に家同士でお決めになった許婚(いいなずけ)がおられましたけん、大浦屋の跡ば取るのは下の孫娘じゃと、大旦那しゃんは大っぴらに口にされとりました。まだほんの幼か嬢しゃんをどこにでもお連れになって、大浦屋の由緒や商いの心構えなどもようお話しになってましたな。いつやったか、馬にもお乗せになって、手前は仰天したもんですたい」

「馬なんぞに乗ったとか。町人が市中で乗るのは禁じられとるとに」

「憶えておられんとですか。大旦那しゃんの懇意にしとられたお武家が嬢しゃんを抱き上げてお乗せになったことがあったとですよ。手前は冷や冷やして腰も抜けんばかりでお供申したばってん、嬢しゃんは歓んで歓んで、毎日乗りたがるもんで奥でも難儀したとです」

弥右衛門は苦笑いを落として、「ただ」と呟く。

「あんお方にとったら己を軽う扱われとるようで、気持ちのよかもんじゃなかったとでしょう。商いにますます身ぃの入らんようになって、結句、大浦屋が最も難渋した時に出奔された。久方ぶりに油置き場で見たお顔は今も忘れられませんたい。何と恥を知らぬお人か、こがんお人が大浦屋に戻ったら、いずれ必ず嬢しゃんに禍をなす。そがん思うて、何か小商いを始めてくれんかと銀子をお渡し申しました」

しかしそういう銀子を手にした者は、必ずまた無心をする。

「渡し続けたとね」嘆息が交じった。

「ばってん、どがんして算段したと。私が帳面を見るようになってからは、不審な出金はなかったはず」

そう口にして数瞬、頭の中で巡るものがある。ここは弥右衛門には似つかわしくない住まいだ。大店の番頭を勤め上げた者は商いを始められるほどの銀子を得て辞するもので、むろん大浦屋からも相応のことはしてある。しかし簞笥も粗末なものが一棹あるきりだ。

「まさか、己の懐から出しとったと」

弥右衛門は黙し、頭を垂れるばかりだ。

「いったい、いつまで」

白くなった髷を見つめる。

「もしや、隠居してからも無心されとったとか」

しかし弥右衛門の手許が尽きた。それで、父は大浦屋に乗り込んできたのか。

「何で、相談してくれんかったとね」

「手前の料簡違いにござりました。この期に及んでお詫びのしようもござりませんばい」

弥右衛門は身じろぎもせず、顔を上げることはなかった。


数日の後、弥右衛門が出してくれたと思しき銀子を調えて持参したが、戸口が閉ざされている。前に並べてあった植木鉢はそのままで、土が乾き、葉先も乾いて縮れている。長屋の隣家の女房に行き会ったので訊ねると、「弥右衛門しゃんなら、引き移ったとよ」と言った。

ああ、もう、何でまたそがんことをすると、溜息を吐いた。

「どこへ移ったとですか」

「さあ、急なことで何も聞いとらんねえ」

「何か、書置きを預かっておられんとですか」

「いいや、何も。あの爺しゃん、滅多と喋らんし、気難しかもん。そういや、植木鉢の世話ば頼むと言い置きんしゃったばってん、私も通い奉公しとるけんねえ、なかなか」

寺の木立で鳥が囀り始めた。

二

手風琴の音色に乗って、妻女たちが踊りの輪に入った。

肘を曲げて腰にあて、拍子を取りながら足踏みをするかと思えば、輪を描くように動く。

海風をはらんだ衣の裾が膨らんだり靡いたりするのを眺めながら、お慶は草地の上でまた葡萄酒の杯を傾けた。隣にはヲルトの妻、エリザベスがふわりと坐っている。

雛罌粟の造花をあしらった帽子をつけ、細く長く編んだ髪を胸の上に垂らしている。衣は白で、他の妻らと同様、腰から下を大きく膨らませた形だ。肩には白地に紺や黄、薄桃色で草花を染め描いた更紗を羽織っている。

今日は居留地に住む西洋人らと共に、ねずみ島に遊山に出掛けてきた。彼らは遊山を「ピクニック」と言い、長崎が梅雨に入る前の愉しみにしている。総勢は五十人ほどで、召使や日本の警護侍も乗せねばならぬので、舟を十艘近く連ねて海へと漕ぎ出してきた。エリザベスはいつもの陽気な声で夫に呼びかける。ヲルトは幼い娘を右の腕で抱きかかえ、左手には洋杯だ。そのまま方々の車座に入って談笑してはまた動くので、エリザベスは娘をこちらによこすようにと言っているようだ。しかしヲルトは目顔で「わかっている」と応えるのみで、また男たちの輪に入ってしまった。

エリザベスはふうと肩をすくめ、お慶を見る。

「ヲルトしゃん、子煩悩ね」と言うと、通じなかったのか、小首を傾げるばかりだ。

「メイベルしゃんのことが可愛かとでしょう」

エリザベスは「オー」とうなずき、「とても可愛か、ですよ」と目を細めた。やはり微妙に通じていないような気もするが、互いの膝の間に置いた皿を勧められたので一切れを手に取った。

ピクニックに持参する料理は意外に質素なもので、胡瓜(きゅうり)や塩辛いハムを挟んだパンに乳酪(にゅうらく)が添えてあるのみだ。水菓子はふんだんで、緑葉を敷いた籠には桜桃に枇杷(びわ)、鮮やかに赤い茘枝(ライチ)も盛ってある。

これが大浦屋の遊山となれば、まず花菱紋を散らした黒漆の手提げ重箱を出し、煮しめや魚の焼物、蒲鉾、からすみや紅白膾(こうはくなます)、甘い朱欒(ザボン)漬まで詰め合わせる。もっとも、一家で遊山をしたのは祖父が健在であった頃までだ。緋毛氈(ひもうせん)を敷き、朱色の長柄(ながえ)の傘を陽射しよけに立てたその下で、お慶はいつも祖父の胡坐の中にいた。祖父は銀巻きの象牙の箸で、小皿に馳走を取り分けてくれる。たんと食べんと、賢うなれんばい。

その姿を、父の太平次はどんな思いで見ていたのだろうか。

口の中で胡瓜がシャキリと音を立て、また葡萄酒を呷る。

父と弟はあの日から、奥の座敷で寝泊まりをしている。父は何かにつけて主面をして、朝から酒を呑んでは好き放題の振る舞いだ。数日であればまだ耐えもする。しかしおそらく、このまま居つくつもりだろう。

そして入れ替わるように弥右衛門がいなくなった。友助にだけ話をして引き移り先を調べさせているが、いまだに行方がわからぬままだ。

あちらもこちらも何としようと、蟀谷を指で揉む。

「お慶」と呼ばれて振り向けば、皆が一つ所に続々と集まっている。

「今日は英吉利のクインの誕生日。献杯するばい」

ヲルトが晴れやかに肘を上げ、「二人とも、カミン」と顎をしゃくった。

草花模様の更紗が風に翻ったかと思うと、隣のエリザベスが腰を上げて微笑んでいた。

「行きましょう」

洋杯を手に緑の草地を進み、幾重もの輪の外に連なった。赤や栗色の髪を持つ人々は皆、それはよく喋り、身振り手振りも賑やかだ。輪の中央にヲルト、そしてガラバアの横顔が見えた。洋杯を高々と掲げ、祝辞らしき言葉を発している。

お慶はエリザベスの真似をして同様にしたものの、はて誰の誕生日であるのやらと首を傾げた。居留地のおもだった商人や役人とはたいてい見知りであるのに、クインという名は初耳だ。人垣の中からガラバアが「やあ」と近づいてきたので、お慶は「ちょうどよか」とばかりに肩を寄せた。

「クインて、どの人ね。ヲルトしゃんが事前に何も言うてくれんけん、祝いの品も持参しとらんとよ。せめて挨拶だけでも」

声を潜めて相談するとガラバアは噴き出し、背後を振り向いて何かを言った。方々で陽気な声が沸き立ち、仰向いて笑ったり喇叭（ラッパ）を吹き鳴らす者もいる。ヲルトが輪から抜けてきた。メイベルが母親に向かって手を伸ばすので、エリザベスの腕の中へと愛児をようやく戻している。

数え二歳になるメイベルは帽子と衣も母親とお揃いで、髪が陽に透けるような藁色（わらいろ）だ。ヲルトが目の中に入れても痛くないような可愛がり方をするのも無理はないが、そういえばテキストルも子煩悩だったと思う。

テキストルの女房は季節ごとに律儀な文をよこし、近頃の横浜はとみに外国商人が増え、居留地内には阿蘭陀人や仏蘭西人が開いた洋館の旅籠（はたご）も林立していると触れてあった。

「ここにはクインはおらんよ」

ヲルトを見上げれば、片目を瞑って笑んでいる。

「ばってん、今、皆で祝うておらしたでしょう」

「クインは女王を指す言葉たい」

「女王、おなごの帝。はあ、そうやったとですか」

「今日は五月二十四日、グレイトブリテンの偉大なる主、ヴィクトリア女王陛下の誕生日ばい。それで我々は乾杯した。はるかなる母国の女王に、敬愛の念を籠めて」

日本の暦では四月十日であるので、英吉利の暦は随分と先取りをしている。閏月がなく、およそひと月からひと月半もの違いがあるのだ。茶葉を移出し始めた頃はそんな心得もないので納品の約定日にしばしば行き違いが生じ、友助はきりきり舞いをさせられていた。大浦屋では数年前から西洋の暦も帳場の壁に吊るし、手代らは張りつくようにしてそれを確かめている。

「英吉利には女王がおらっしゃると、前に聞いたことがありましたね」

「仏蘭西は七十年近く前にレヴォリュウションで王朝を倒してしまったが、我々はかようなことはしない」と、ガラバアは誇らしげに胸を反らせた。

レヴォリュウションも耳に覚えがある響きだと思いつつ、お慶は目をしばたたく。が、思い出せぬままヲルトが給仕を呼んで葡萄酒を注がせた。それを一口含むと、ヲルトが

「そういえば」とお慶を見た。

「幕府が海外渡航ば許す布告を発したとよ。申請したら印章を発給される」

すぐに呑み込めずにいると、ヲルトが「つまり」と続けた。

「望めば出国できるようになった。学業目的でもね」

「その布告、いつですか」

「三日ほど前ね」と応えたのは、ガラバアだ。

「国を開いてから十年以上も経って、ようやくだ」

お慶も思わず、「遅か」と吐き捨てた。

「もっと早(はよ)う、その許しば出してくれとったら」

その先は口に出せなかった。上杉宗次郎の面影が過(よぎ)って、胸が詰まってくる。

口惜しかね、宗次郎しゃん。たった三月の違いよ。

御公儀(おかみ)があと三月早う布告ば出してくれとったら、あんたは堂々と海の外に出られた。

「幕府のなすことは、何でも遅か」と、ガラバアも肩をすくめる。辺りを憚らぬ声音であるので、お慶は思わず警護侍へと目をやった。しかし腰に長刀をたばさんだ侍らは草地から遠く離れ、浜辺に杭(くい)のごとく立ち並んでいるだけだ。何を考えているのやら、それとも何も考えずに風に吹かれているだけなのだろうか。

「諸藩も同じたい。しょせんは、茶碗の中で嵐ば起こしとるだけ」

ヲルトが杯を左右に揺らしながら言った。深紅が揺れ、泡が立つ。するとガラバアが「いや」とヲルトを見て、お慶に眼差しを戻した。

「頭の進んだ大名もおるよ。今、こん国に必要なことに気づいとる者らもいる」

「必要なこと」と、鸚鵡返しにした。

「他国に喰い荒らされんようにすること、しかと守ることたい。そのためには政の仕組みを変えねば、もうどうにもならんところまで来とる」

警護侍らの姿から視線をはがし、ガラバアを真正面から見上げた。

「喰い荒らされんようにと言うてくださるばってん、英吉利は清国をえらか目に遭わせたとでしょう。阿片で骨抜きにして虫けらのごとく使役して、蹂躙し尽くしたとでしょう」

いつか、テキストルの口にした言葉を思い出していた。攘夷と勇んではみても、ろくな軍艦も大砲も持たぬ、遅れた国ではないかと、彼らはこの国を嘗めてかかっている、そんなことを言っていた。

「私が上海で勤めとった会社は、まさにその阿片で莫大に儲けたとよ。その手口を私はよう知っとる。つまり、私も加担者たい」

ヲルトが眉を顰め、ガラバアの腕に手を置いた。「もう止めておけ」という顔つきだ。しかしガラバアは「ばってん」とさらに言いつのった。

「こん国に、同じやり口ば用いる必要はなかと、私は本国に主張し続けとる。日本は街道に海路も整備されておるけん、品物の動きがちゃんと読めるとよ。何より、商人が誠実たい。嘘を吐かずごまかさず、いったん交わした約束は必ず守る。あなたもそうだろう」

お慶は黙って首肯した。ヲルトはやれやれとばかりに顔をそむけたが、ガラバアはまだ何かを伝えようとしている。

「日本は、ああ、どう言えばよかか。珍しか、そう、珍しか国だ。ゆえに、より洗練された方法で近代化を遂げるべきだと私は思うとる。そのために、力を尽くしとるとよ」

懸命な目をしてお慶を覗き込み、ふと我に返ったかのように口髭を掻いた。「アンダスタンド」と訊ねてくる。

戸惑いながらも、「たぶん」と応えた。

「あなたは好いてくれとっとですね、こん国を」

「むろん。仲間と呼べる者もいる」

「なら」と、お慶は声を低める。

「私のごたる商人にも、できることはあるとでしょうか」

ねずみ島からの帰り道、その夜、その翌日になっても奥に籠もって考えを尽くした。

お慶の問いに、ガラバアとヲルトは何も答えなかった。今から思えば当然だ。正しい解などどこにもない。己に何ができるか、何を為すべきか。それは自らが考え、選ぶことだ。

「なあ、お慶。腰と背中が痛うて寝られんとよ」

父の太平次はのべつ幕なしに部屋に入ってきて、いつもの繰言だ。躰の不調を訴えて甘えてくる。

「異人が使うとる寝台を買うてくれんか。起き臥しが楽じゃと、医者に勧められたとよ」

一介の女商人が、この国のために何ができるか。

「亥之二も若い身空で可哀想なことばい。わしの面倒ば押しつけられて、嫁ももらえん。なあ、あの女中頭を辞めさせせんか。ほんに、いけ好かん」

父の肩越しに見える庭の木々が芽を吹いている。目が覚めるような若い青だ。広縁の足許には、弥右衛門の植木鉢を並べてある。先だって丁稚の数人を長屋に行かせ、大八車で引き取らせてきた。

私にできることは、こん国のために動く者らを、その志を援けることだ。

「なあ、お慶、寝台。それから入れ歯も作り替えんと、蛸の旨煮が嚙み切れん」

そして庭の一隅に父のための離屋を建て、女中を一人つける。

「お父しゃん」と、膝を動かした。「何ね」と皺の寄った瞼を面倒そうに上げ、酒臭い息を吐く。

「いずれ亥之二を私の養子にする。大浦屋の跡取りとして、商いを仕込む」

あの子を一人前にする。それはこの姉の務めだ。

そしてお父しゃん、私があなたの死に水ば取ろう。

でなければ、弥右衛門のしたことが徒労になる。あんなに苦しんで、それでも頭を下げて。

ようやく、己の芯が定まったような気がした。

六月に入って、幕府はまたも大軍を率いて長州征伐に乗り出した。

大樹公が上洛し、大坂城に陣取っているという。しかし妙な噂が流れてきた。長州とは犬猿の仲であるはずの薩摩が出兵を拒んだというのだ。

「どがん風の吹き回しじゃろう」

店之間でジョンと商談していた友助は首を捻り通しだ。洋椅子に脚を組んで坐しているジョンはフフンと鼻を鳴らし、お慶に目配せをよこす。素知らぬ顔をしたが、内心では舌を巻いていた。

幕府の命に公然と盾突くとは、やはりヲルトの話していたことは真だったのか。

薩摩と長州が密かに手を結んだ。

ヲルトから聞いた時は友助と同じように信じられなかったし、まさかと思ったのだ。いったい誰のお膳立てでそんなことが叶ったものやら知る由もない。ただ、ガラバアは英吉利の公使を案内して薩摩を訪れたという。

そして七月、またも剣呑な噂が飛び込んできた。

長州征伐に臨んでいた幕府軍が総崩れになった。薩摩が出兵しなかったとはいえ、幕府軍の優勢が伝えられていたのだ。友助がジョンに確かめたところ、流言飛語ではないらしい。

「女将しゃん、その理由がえらかことですたい。大樹公が大坂城で薨去されたらしかです」

「本当ね」

家茂公はたしか、二十歳をいくつも出ていないはずだ。真っ先に思い泛んだのは、死因についてだ。畏れ多いことであるけれども、今の時世にあって何が起きるかわからない。友助は意を汲んでか、辺りを見回してから再び口を開いた。

「ジョンが言うには、病であるらしかです。江戸から動かんはずであった大樹公が三度も上洛されたとですけん、ご心労も只事ではなかったとじゃなかですか」

町人の分際でお気の毒にと思うことも憚られるが、そもそも幕府が憎いわけではない。御公儀を敬う気持ちは寸分も変わっていない。ただ、何かにつけて凋落を感じるのはなぜなのだろう。

「総大将が亡くなった幕府軍は気が抜けたようになってしもうて、長州を討つという気概も殺がれたとじゃなかかと、ジョンが言うておりました。又聞きの又聞きですけん、真偽のほどは知れませんばってん」

しかし長崎の町人より、ヲルト商会やガラバア商会の方がよほど情勢を正しく摑んでいる。これまでがまったくそうであったので、此度も疑いようがなかった。

動いている。

肌でそう感じて、お慶は胴震いをした。

「天下の変わり目かもしれん」

友助も面持ちを引き締めている。前垂れをつけた亥之二が背後から現れ、小腰を屈めた。

「友助しゃん、よろしかですか」

帳面を見せ、何やら訊ねているようだ。友助はさっと目を走らせるなり、「いや」と言った。

「その千斤はヲルト商会の製茶所に納める分にござりますたい。若旦那、これ、まだ運んでなかったとですか。あれは生の葉で納める分ですけん、早う手配せんと傷みますばい」

「あ、ああ、そうでした」と亥之二は軽くうなずき、裏の荷置き場へと出ていく。足を速めるでなし、己のしくじりをわかっていない鈍さだ。

「友助、若旦那扱いばせんように言い渡したはずばい。まだ半人前にもなっとらんのやけん」

「女将しゃん、無茶ば仰せにならんでください。いかに修業中とはいえ、まさか呼び捨てにもできませんばい」

友助は細い息を吐き、見れば顔色が優れない。

「疲れとるとじゃなかか。ずっと忙しかけん」

「べつだん、何ともなかですよ」

女房のおみつも働きづめで、夫婦で長屋に帰るのは日がとっぷりと暮れてからだ。

「女将しゃんこそ、ご隠居のお世話をしなすって、大丈夫ですか」

「あれは、お世話なんぞと言えるもんじゃなかよ」

笑いのめした。女中をつけているので、朝夕、離屋を訪ねるだけだ。たまに躰を拭いたり、手を取って庭に出ることもある。女中に命じて酒を過ごさぬようにしているからか、悪態をつくことは少しは減った。しかし時々、疑り深い目でお慶を盗み見し、忘れた頃に「寝台を」とねだる。

「寝台は、もうちっと考えてから」

「しみったれたことを言うな。毎日、どれだけの荷が出とるか、わしはちゃんと見とる。この眼は節穴じゃなかぞ」

父は己の気儘がどこまで通じるか試しているのだ。娘がこの家に受け容れたことをどこかで信じられず、いつか手ひどいしっぺ返しを受けるのではないかと、内心ではびくついているのかもしれない。であれば、多少は己のしたことをわかっていることになる。

いや、そんな人間ではない。人はそう簡単には変わらない。お慶はそんなことを思いながら父の背中を拭き、手を取って庭を巡る。

お父しゃんが今もろくでなしであるように、私も冷たか娘よ。それでも、こらえると決めた限りはこらえ通すまで。

己にした約束は、裏切れぬのだから。

八月二十日、大樹公の喪が発せられた。慶喜公という一橋家のお方が、徳川宗家を相続したようだ。翌二十一日、大樹公死去によって「長州征伐停止」との勅命が出された。

三

三味線と小太鼓の音に合わせてお慶は掌を返し、白足袋の踵を小気味よく踏み鳴らす。

「いよッ、はッ」

合いの手を入れているのは月花楼の女将、お政だ。さすがに寄る年波には勝てぬのか、躰は少しばかり縮んだ。しかし声はいまだ艶を失わず、顔の化粧も芸妓衆より派手だ。その傍らにはガラバアとヲルト、そして色の黒い武家らが何人も並んで盛んに酌み交わしている。武家は鯨のごとく呑む連中で、一人が「よし、わしも」と羽織を脱ぎ捨てた。

下駄に似た四角い顔を左右、前後に突き出しては剽軽に踊る男は、岩崎弥太郎と名乗った。土佐藩が長崎に開いた土佐商会の下役として遣わされた、下級藩士であるらしい。ヲルトから聞いたところでは土佐の産物をこの地で売り、船や武器を仕入れるための交易所だが、前年の秋頃から来崎していた後藤象二郎という藩のお偉方が丸山で蕩尽し、商会は火の車であったようだ。

後藤は藩費を遣ってヲルトらを接遇していたのだが、方々に借金の山を拵えてでも遊んだという。そういえば佐賀の大隈もよく遊んだ。このところは大浦屋にも顔を出さず、茂作からの文にも名が出てこない。鯰はしばし水底に潜んでいるのだろうか。

あがん野放図にお遊びになられるとは、後藤しゃまも大したお方たい。

お政も随分と迷惑を蒙っているらしいのに呆れ半分、感心半分の言いようをする。お政は金のあるなしでなく、遊び方で男の値打ちを決める。後藤は身分の高い武家で傑物、しかも憎めぬ稚気があるらしい。しかし岩崎は商会を立て直すのに難渋を極め、ヲルトを通じてお慶にも助力を求めてきた。

以来、何度か融通をして、返済を先延ばしにしてほしいと、月花楼でもてなされる。といってもその費えはお慶に回ってくるのだから、この岩崎も相当な図太さだ。いつも一徹な目をして算盤を弾いているのに酒が入ると箍が外れたように踊り狂い、下世話な戯言を繰り出してはお政の機嫌を損ねている。

不思議なことに、私は土佐の者らと縁があると思いながら、お慶は岩崎と共に踊る。

才谷梅太郎と再会したのは今年、慶応三年の初めで、ちょうどここの二階の小座敷でガラバアに引き合わされた。余寒の庭で、梅だけが綻んでいた。

才谷が部屋に入ってきた時、お慶は「しまった」と思ったのだ。ガラバアがこの男を紹介しようとは想像だにしていなかった。黙って頭を下げると、向こうは「ご無沙汰しちょります」と神妙だ。ガラバアは「見知りか」と、葉で巻いた太い煙草に火をつけた。

「なら、話は早か。お慶しゃん、亀山コンパニイの後ろ盾にならんか」

お慶も煙管に火をつけ、背筋を立てた。

「お断り申します」

即座に言ってのけたので、ガラバアは目を丸くした。お慶は煙をくゆらす。

「お援けするには何の条件もつけませんばってん、亀山社中だけは勘弁してほしかです」

才谷は訝しげに目を細め、お慶を見つめてくる。こなたもじっと目を逸らさない。と、才谷が弾けるように笑い出した。ムッときて睨みつける。

「何が可笑しかとです」

才谷は首筋に手を置き、「いやあ」と眉を下げた。

「えろう嫌われちょる。大浦屋さんには叱られ通しじゃ。皆、行儀が悪い連中ゆえ、堪忍しとうせ」

どうやら、製茶場の二階に出入りしていた時分のことを指していると解したようだ。

「そがん細かかことを、とやこう申しておるのではありませんたい。だいいち、もう随分と手前どもにはおいでになりませんけんね。皆しゃん、気が差しておられるとでしょう」

「気が差す」と、才谷は目をすがめた。

「何にじゃろう」

「上杉宗次郎しゃんの件に決まっとりましょうが」

すると才谷は息を吸い込み、黙り込んだ。

障子越しの陽射しが畳の上で白く丸まっている。どこかで猫が鳴いている。

「あれは」と、才谷は呟くなり頬を歪めた。何か、痛いような顔つきだ。

「わしがこっちにおったら、死なせんかった」

認めた。やはりヲルトが推していた通り、亀山社中の連中が自刃させたのだと胸が硬くなる。

「今さら遅かですよ。人の命は取り返しがつきませんたい」

「さよう」と、才谷はうなずく。他人事めいた態度に、余計に肚が煮えてくる。

「上杉しゃんは何ゆえ仲間に責め殺されたのか、私はその理由を知りたかです」

「それは言えん」

「言えんとは、どげんことですか」

「不明なことが多いき、迂闊(うかつ)には口に出せん」

才谷は溜息を一つ落とし、懐に手を入れた。

「ただ、大浦屋さんが言うた取り返しのつかぬもの、その命を懸けてわしらは挑んじょる。宗次郎も同じじゃったき」

懐から薄い紙包みを出し、お慶の膝前に置いた。煙管を煙草盆に置いて才谷を見返すと、小さく顎をしゃくる。包みを手に取って紙を開いた。一葉の写真だ。その横顔を目にするなり、せり上がるものがある。

洋椅子に坐した宗次郎は、床につくほどの長刀を佩(は)いている。亀山社中の者は皆、恐ろしく長い刀だ。そして右手には短銃を握りしめ、左手は五本の指を開いて膝の上に置いている。

この手で、しかと摑もうとした世界があったのに。

「淋しい目をしとるとですね。ほんに、独りぼっちの目ですばい」

抑えても、顎がわなないてしまう。瞼の中が熱くなる。

才谷が「そう見えゆうか」と、片眉を上げた。

「たしかに、あいつは他人を寄せつけんとこがあった。頭が滅法、切れたき、策を立てられぬ者や呑み込みの悪い者を見下げ、仲間とも親しゅう交わらんかった」

「それは、聞き捨てなりませんね」と、思わず声が鋭くなった。

「饅頭屋と見下げておったとは、お仲間の方じゃなかですか」

「いや、宗次郎にしたらそうじゃったかもしれんが、社中の連中も同様じゃったではないろうか。人は皆、立場それぞれに言い分を持ちゆう」

才谷はお慶の手の中に眼差しを移し、また口を開く。

「その写真の宗次郎、いや、近藤長次郎を淋しく思うがは、大浦屋さんがあいつの最期を悼(いた)んでくれちょるゆえですろう。わしはそれを撮った頃の奴を知っちょるき、また違う見え方がする」

黙って太い葉巻きの煙草をくゆらせるばかりであったガラバアが、傍らの才谷へふいに顔を向けた。

「君には、どがん見えると」

「天下万民のために己の力を尽くす。この日本を守り、生まれ変わらせた果てには海の外に出て学び、外国人と対等にビジネスをする。そんなことを、わしによう語った。こやつの夢は大きかった。誰もが無理じゃろうと端から諦めて脇へ除ける難事をどうやって成し遂げるか、いつも思案しちょった。わしはこの写真を目にするたび、長次郎の熱を思い出す。己の志を寸分も疑わず、はるかな海を見ちょった」

お慶は写真をつくづくと見つめ、「私も」と呟く。

「私も、そういう宗次郎しゃんを知っとります。なればこそ口惜しか」

「大浦屋さん。宗次郎の成したことは、まだ続きゆうがよ」

ガラバアが立ち上がって障子を少し引いた。梅の香を含んだ春風が入ってくる。才谷を見返せば、しかとうなずいた。

「人は皆、志半ばで死なんとならんですきね。生きちょる間にすべてを遂げて死ぬるなんぞ、土台が無理な話じゃ。けど、その魂を生き残った者が引き継ぐことはできる」

広縁に小さな猫が上がっている。白と茶の斑で、鼻が薄紅色だ。一人前に、懸命に毛づくろいをしている。

「亀山社中も立て直して一新しようと思いゆうがです。侍だけではのうて、海外への志があらば町人や百姓も受け容れる海軍に」

「海軍を創られるとですか」

「わしらが学んだ航海術を伝え、政を学び合い、むろん外国語も修練する。国の内外に品物を運び、投機や開拓も手掛ける海軍ですき」

口の端をすいと持ち上げたので、お慶は気を呑んだ。

「海軍がビジネスで稼ぐと、仰せになるとですか」

「いかにも。海援隊（かいえんたい）という名にしようかと思うちょります」

広き海を自在に行き交い、己の力を揮（ふる）いたい。その想い、志を援けるコンパニイ。

ガラバアが才谷に顔を向け、「いつ頃、できるとか」と訊ねた。

「今、後藤さんが掛け合（お）うてくれちょりますが、わしの脱藩が許されんことには藩の認めた組になれませんきに、夏頃にはなりますろう。わしは浪士身分のままでも、どうということもないがですけんど」

と、「そうじゃ」と呟き、懐に手を入れた。畳の上に置かれたのは、またも一葉の写真だ。しかも驚くことに、差し出した当人が写っている。宗次郎と同じく洋椅子に坐した姿で長刀を差している。足許はヲルトやガラバアらが履いている洋短靴だ。

「手前、土佐脱藩浪士、坂本龍馬（さかもとりょうま）と申す者にて」

才谷の本名は坂本だと耳にしたことがあった。正式に名乗ったということは、外国人が用いる名札のつもりで写真を出したのかと察しをつけた。

「今は質草もありませんき、これで信用してもらうしかありません」

「写真一葉を質草にするとは、大した肝ですばい。ばってん、亀山社中の後ろ盾は最初にはっきりとお断りしたとですけどね」

「わしは、海援隊への助力をお願いしちょります」

目の奥が悪戯者(いたずらもの)めいて笑っている。小面(こづら)憎いけれども、つられて可笑しいような気になってくる。

どげんね。海援隊、面白そうじゃなかね。

問いかけても、写真の宗次郎は何も応えない。死んでしまった人間は時が止まったままだ。そう、生き残った者が受け継ぐしかない。

「いかほどご所望です」

「三百両であれば、まっこと有難い」

畳の上の写真に手を伸ばし、宗次郎のものと重ねて懐に仕舞った。

「承りました。ご用立てしますたい」

茶葉の交易はさらに伸びている。とくに今年は、小藩の石高(こくだか)を超えるほどの売り上げになるかもしれない。

私はそれを将来のために遣おう。

若い連中が好きな国に渡って、好きなことを学べる将来に。

「さようか。それは助かる」

「おや。坂本しゃまは断られたまま帰るつもりはなかったとでしょう。自信がおありになった」

「交渉事は撥ねつけられてからが正念場じゃき。それに、わしは信じちょった」

猫がいつのまにか座敷に入ってきていて、坂本の膝の上に手をかけている。

「あなたは長次郎が心を開いたお人ですき、海援隊の目指すことをも必ずわかってくれるろうと思うちょりました」

坂本は穏やかな声で言い、猫を抱き上げた。


三味線と小太鼓の音が耳に戻ってきて、お慶は踊り続ける。

その後の坂本の消息は知らず、海援隊の詳らかなこともよくわからぬままだ。質草の写真を預かっているものの用立てた金子を返してもらうつもりなど端からないので、伊良林にも足を運んでいない。

「いよッ」

岩崎が腕を振り上げ、膝を高く持ち上げた。岩崎からまた助力を申し入れられれば、引き受けるつもりだ。土佐商会からどう流れていくのかお慶は承知していないが、国事に奔走する者らを援けることが今は甲斐になっている。

ヲルトはこの岩崎弥太郎と親しいらしく、ガラバアは薩摩、長州とも交誼がある。洋商らばかりに頼ることなく、日本の商人も動かねばならない。

必ず、よか時代を開く。

「はッ」

岩崎がじりじりと近づいてきて、角ばった顎をふいに寄せた。

「五百両、何とか」

「考えときましょう」

「急を要しとりますき、お早くご決断を」

「岩崎しゃんは、いつでも急の要たい。目が回る」

お慶は片眉を上げ、トトンと足を踏み鳴らした。

海の中に、大陸や島々がいくつも描かれている。

十月も末の午下（ひる）がり、お慶は店之間の洋椅子に坐して地図を見ている。昨日、ヲルト商会のジョンが持ってきたもので、対座する友助が洋卓の上にそれを広げたのである。これまで目にしてきたものより彩色が美しく、陸地には緑を帯びた黄が施してあり、海は鮮やかな空色だ。ところどころに微細な線で、漣（さざなみ）までが描かれている。

世界の地図を目にするのはこれが初めてではないが、幾度見ても我が国は世界の端で、呆気（あっけ）ないほど小さな島だ。しかも西洋を中心に描かれているのが尋常であるので、日本の東側の海は紙の右端で途切れている。さらに東に進めば地図の左半分に描かれた亜米利加国に行き着くのだと、友助は太く短い指を熱心に動かしては語り続ける。

「女将しゃん、これからは速かですよ。英吉利を経由しとった従前とは比べものにならんばい」

興奮してか、友助の声には久方ぶりに力が漲って、首筋から月代まで薄赤い。

近頃、痩せて顔色も優れなかったのだが、お慶が「今日は早う帰れ」と促すだけで機嫌が悪くなる。今は大浦屋の大番頭という身であり、躰に不調を来すだけでも配下の番頭や手代らに示しがつかぬと言うのだ。生真面目で頑固なところが弥右衛門に似てきたと、お慶は苦笑する。立場が人の柄を作るものらしい。

「印度洋から阿弗利加の南端をぐるりと巡って英吉利に入って、それからまた大西洋を渡って亜米利加の東海岸に辿り着いとったとでしょう。そりゃあ日数がかかるに決まっとる。ばってん、これからは太平洋を直に渡るんですけん、しち面倒な往来をせんで済むとです」

亜米利加のパシフィック・メイル・ラインという定期航路が昨年十二月に開通したのだ。西海岸のサンフランシスコという港から太平洋を横断して直に横浜に入り、香港に廻って帰るらしい。

「気に喰わんね」

お慶はコツコツと、紙の上を人差し指で叩いた。

「何ゆえ長崎じゃのうて、横浜が選ばれるとね」

「横浜は太平洋に面しとりますけん、それはしょんなかでしょう。長崎へは香港に向かう途中で寄りますし、その際に荷を積んだらよかです」

「なら、先だっての便で、何でそうせんかったと」

「ジョンが本国に関税の件を問い合わせておって、その返事待ちの間に船が出てしもうたとですよ。聞いておったよりも、寄港の日数が短かったとです」

「そういえば、関税はどがんことになった」

すると友助は眉間をしわめ、息を吐く。

「それはすでにお話し申しました。二度も」

「そうやったか」と、お慶は口を尖らせた。友助はなお憮然とした面持ちだ。

「亜米利加政府は、英吉利などの他国経由で入ってくる茶には一割の関税を賦課しとりましたばってん、産地から直に移入する茶はすべて無税にしたとです。これからはますます移出が伸びると、お話ししたじゃなかですか。長年、茶葉ビジネスばしとっても、滅多となか冥利ですばい。それを憶えておられんとは」

攻め込まれても一言も返せない。

「この頃、上の空じゃなかですか。毎日毎夜、出てさるかれて、奥にも一刻もじっとしとられんそうですな」

およしが言挙げしたかと、背後を振り返って奥を睨む。およしの言は大袈裟だが、外出が頻繁であるのは本当だ。諸国から長崎を訪れる者は身分にかかわらず夥しく、ガラバアの屋敷や月花楼でしじゅう引き合わされる。土佐商会の岩崎弥太郎を通じて、豪商、小曽根乾堂の弟である英四郎とも面識ができた。

「どうせ、海援隊やら土佐商会やらに入れ込んで、大枚を注ぎ込んどると心配しとっとやろう」

「仰せの通り。いつもの夢中癖が出ておられるとでしょう。大概になさっていただきたかですね」

そこまで軽い言われ方をすると、さすがに黙っていられない。「あのなあ」と、友助に向かって顎を突き出した。

「おなごが国事にかかわって、何が悪かか」

友助は通りに面した暖簾を振り返り、「声が大きかです」と窘めてくる。

「おなごがどうこうと申しとるとじゃ、なかです。大浦屋は商人ですばい。それを申しておるだけで」

「お前たちにはわからんかもしれんばってん、お武家がビジネスを真剣にお考えになる時世たい。商人が国の先行きを考えても、何の不思議もなかやろう」

「なら、申します」と、友助も一歩も引かない。

「御公儀に盾突く者らにこうも大っぴらに肩入ればなさって、万一、奉行所に知れたらただじゃ済みませんばい。京では新撰組とかいう連中が浪士を斬って回っとるとの噂ですし、長崎奉行所の警衛隊も遊撃隊に名を変えて市中に目ば光らせとりましょう。女将しゃんが罪咎を問われて大浦屋が闕所になる、そがん恐れを考えたことがあるとですか」

ほんに弥右衛門に似てきた、言うこともそっくりたい。

弥右衛門の行方はわからぬままで、お慶は心のどこかで諦めをつけつつある。植木鉢の世話は父の太平次がしており、今年は花弁の大きな菊が幾珠もついた。

「笑い事じゃなかです」

「わかっとる」と、鷹揚に返した。

「商家の主としては、御公儀にもよろしく意を通じて、天下が変わろうが変わるまいがどうとでもなるよう、両方に足場を構えておくとが真っ当やろう。いかに蔑まれようと、それが商道ばい。ばってん、私はただ一筋の希みに賭けたかとよ。危なか道であることは覚悟しとると。お前たちには苦労をかけるが、そこまでの信念を胸に持たんことには回天なんぞできん」

「苦労と思うたことは、ついぞなかです。商いは水ものですけん、これで安泰ということもなかでしょう。手前はそんなものを求めとるわけじゃなかとです。ばってん女将しゃん、回天とはまた気宇の大きかことを。危なかことは青に乗るだけにしていただきたかですな」

先だって、ガラバアが西洋馬を一頭贈ってくれたのだ。お慶はこの馬に「青（アオ）」と名づけた。黒毛の牝馬（ひんば）で、口許から鼻にかけては青みがかった白毛だ。初めはおっかなびっくりだったが、日本の馬よりもよく躾（しつけ）されており、お慶の言うことにじっと耳を凝らすような仕種を見せることがある。可愛くて、毎朝、西洋のブラシで手入れをし、風頭山（かざがしらやま）や海岸に出て半刻（はんとき）ほど遊歩するのが日課になった。

日本の馬は足に藁沓（わらぐつ）を履かせるのが尋常だが、西洋馬は蹄鉄（ていてつ）だ。石畳の道を行くと美しい律動が響く。この頃は居留地に出向く際はお慶も袴をつけて騎馬だ。市中では町人の乗馬は禁じられているが外国人が馬で出歩くようになって久しいので、奉行所も目くじらを立てない。政情がめまぐるしく、市中の取締りに手が回らないのが実際だろう。

お慶は地図に目を戻し、瓜（うり）のごとく細長い形を指でなぞった。長崎を指し、そして横浜はこの辺りかと指を動かした。爪の先をコツリと下ろす。

「世界は広かね。長崎と横浜の間なんぞ一寸もなかばい。目瞬きをするほどもなか」

そう言いながら、言葉を継いでいた。

「横浜に出店（でだな）を出そうか」

友助の喉仏が上下に動き、ごくりと音がした。

「本気でおっしゃっとるとですか」

つい口に出た考えだ。己でも驚いている。しかし友助の面持ちを目にすれば、妙案に思えてくる。

「天下が動きつつあるとに、大浦屋もじっとしとられん。横浜に乗り出そう」

「あちらにはテキストルしゃんもおられますけんね」

「そうたい。むろん長崎は捨てんよ。大浦屋の本店は、亥之二の代になってもここたい」

「下準備に入ってもよかですか」

「まかせる」と答えた途端、友助の顔に晴々とした笑みが広がる。「よっし」とばかりに手を打ち鳴らし、「さあ、また忙しゅうなるぞ」と誰にともなく大声を出しながら立ち上がった。番頭や手代らが何事かと、訝しげにこちらを見た。亥之二はもう充分に忙しかと言わぬばかりに背を丸め、帳面を手にして暖簾の外へ出て行く。製茶場に向かう足許が見えたかと思うと、地図が風をはらんで動いた。

亥之二と入れ違いに丁稚が入ってくる。友助の前で立ち止まり、「大番頭しゃん」と何かを差し出した。

「女将しゃんに文です」

友助は「ん」と受け取り、お慶にそれを渡す。差出人は「海」とだけであるので海援隊の誰かだ。時々、下働きの者がこんな文を手にして訪れ、所望の酒や着物を運ばせている。

結びを解くと、一文のみが記してある。

十月十四日、政ノ奉還、成レリ
何度も読み返し、ようやく腑に落ちた。幕府の大樹公が帝に奏上したのだ。これまで担って参った政を朝廷にお返し申した。

「えらかことばい、とうとう成ったばい。レヴォリュウションが成った」

総身が沸き立った。地図を持ち上げ、友助の法被の裾を摑まえて叫ぶ。友助は呆気に取られたように口を開いたままで、店の者もきょとんとしている。居ても立ってもいられなくなって奥に入り、慌ただしく袴をつけた。

裏庭の厩へと駈け込み、青の頬から背筋をさすってやると、つぶらな瞳で見つめてくる。

「走ろう。走りたかね」

綱をほどいて鞍を据え、鐙に足をのせて跨った。馬上は高く、家々の軒先にも手が届きそうだ。石畳や土の道を抜け、居留地から大浦海岸へは道が広いので足取りを速める。ガラバアは西洋式の鞭もくれたが、これまで一度も使ったことがない。青はお慶と心を一つにして走る。瞬く間に風を切り、光る冬の海を眺め渡した。

祖父しゃまと、お慶は呼びかける。

日本は、英吉利と同じ王の国になるばい。これからは西洋諸国に侮られん政が行なわれる。

慶応三年十月十四日、大政奉還成る。

どこかでドン、ドドンと、祝砲が鳴ったような気がした。

四

十一月も下旬の夕刻になって、大浦屋を出た。

「今時分から出かけんばならんとは、あんたも大変たいね。気ぃばつけてな。呑み過ぎんように」

およしと共に暖簾の外まで出て見送ってくれた姉のお多恵は、いつもながら温かい声をしていた。鬢には白い束が幾筋も交じり、かつては華やかな色柄を好んでそれがまたよく似合う人だったが、この頃は地味な濃紫(こむらさき)の紬(つむぎ)に別珍の襟を掛けていたりする。

お多恵は先年、亭主の仁兵衛を亡くして女隠居の身の上だ。もう何年も法事の席で顔を合わせるのみで、盆暮れの挨拶に参上してもゆっくり話をする暇もなく、すぐに辞するのが尋常になっていた。ただ、父の太平次が大浦屋に帰ってからは今日のように見舞いに訪れる日があり、お慶が留守の際もおよしと話し込んで帰るようだ。

父は相変わらずで、躰の不調と周囲への不満を何かしら見つけては物売りのごとく並べ立てる。

「お多恵は老けたのう、わしの娘とは思えんばい。それにしても、およしは憎らしか。粥に匙を添えろと命じたら、赤子のごたる真似ばしたら指の動きが悪うなりますと吐かしおった。あやつは医者か」

しかしもう、辞めさせろとは言わない。お慶がほとんど手を尽くせぬからで、朝、離屋に機嫌伺いをするだけの日も多いのだ。それで、およしが頼みの綱であると察しをつけたのだろう。父は生き存らえることに貪欲なだけあって、小手回しが利く。植木の世話は亥之二に指図しているようで、そういう時はなお張り切っている。

丁稚一人を供にして中ノ板橋を渡ると、冬の川風が吹き上がってくる。それでも胸の裡は熱いもので満たされている。

友助が今朝、横浜へと出立したのである。用向きは茶葉交易の下調べだ。大坂まではヲルト商会のジョンが一緒で、折よく船に乗ることができた。金髪碧眼のジョンが同道するとなれば、街道を歩いて下るより海路が安心だ。

先だっての秋、丸山で英吉利人水夫が二人も殺害され、続いて諏訪神社の例大祭でも事件があった。港で祭を見物していた、やはり英吉利の水夫が斬りつけられ、下手人は土佐藩士だった。海援隊や土佐商会を持つ藩の家中でも、狂猛な振る舞いに及ぶ者がまだいるのだ。日本諸国の武家となればいかばかりであろうと想像するにつけ、畏れ多くも、幕府の大樹公はよくぞ決断しなすったと頭の下がる思いがする。

海援隊の坂本とは会わぬままであるので、大政奉還の仕儀にいかにかかわったのか、あるいはかかわりがないのか、知る術がない。ただ、ガラバアの屋敷で耳にしたところでは、大樹公が大政返上を上奏したことで、朝廷は薩摩と長州に「討幕延期」との沙汰を下したらしい。

すなわち、すんでのところで戦端が開かれるところであったのだ。

向後もわからんね。薩摩は一藩でも討幕にかかる気たい。今は、それだけの武力ば持っとる。

ガラバアはそう推していた。

戦を経ずして新しか世にならんものかとお慶が嘆息すると、ガラバアは肩をすくめた。

諸藩諸侯の考えや面目が入り組んで、私らにも先が見渡せんよ。

ガラバア邸の玄関ポオチを出るたび、庭の木々の合間に大砲や銃がずらりと並んでいるのが目につく。商品の見本だ。血腥い臭いが鼻先をかすめる。

戦をしたくて堪らぬ者がいるのだ。武家はそれが家業であり、ガラバアやヲルトは軍艦や武器を手配りするのが生業だ。茶葉や生糸とは比べものにならぬ、莫大なビジネスが動いている。数多の思惑と欲が高波となって飛沫を上げる。

お慶はもう気づいていた。

戦は儲かる。

日中はいつも回天を想って胸が熱く高鳴るのに、この頃は夜になると恐ろしくなる。戦で市中が焦土になった夢を見て飛び起きることもある。そして暗闇の中で、己に言い聞かせるのだ。

信じねば。何としてでん、こん国は生き延びる。

教会の鐘の音が夕空に響いて流れてきて、ふと顔を上げる。

石階段が見えてきた。これを上れば丸山町の番所だ。

「大浦屋ではなかか」

振り返れば、三人の武家が背後から歩いてくる。

脇へ寄ると中央の笠が少し持ち上がって、弛(たる)んだ顎が見えた。人の顔と名はよく憶えている方だが、近頃はこちらが知らずとも相手が見知っている場合も少なくない。ともかく頭を下げると、

「何じゃ、忘れたか。つれなかのう」

顎の下の紐を解き、笠を外した。不躾(ぶしつけ)とは思いながら目を合わせて、思わず腰を引いた。

「品川しゃま」

それにしてもと、二の句が継げない。かつては痩せぎすであったのに頬が幅広になり、

切れ長であった目尻も下がって緩んでいる。阿蘭陀通詞、品川藤十郎はすっかり面変わりしていた。

「ご無沙汰しとります」

とまどいを隠し、居ずまいを正した。

「それがしは何度か月花楼で見かけたことがあったばい。ただ、あがん場では迂闊に声をかけぬが作法にて」

「女将しゃまから、長崎に戻られたことや大通詞の御役に昇られたことも伺うておりましたばってん、ご無礼ばかりで申し訳なかことでした。遅まきながら、おめでとうございます」

祝いの品は友助に届けさせたものの、本人には会えずじまいであったようだ。もはや何年も前のことで、お政から噂を聞かなくなってからも久しい。

「お手前も、商いが上々の首尾らしかのう。祝着至極」

お慶は内心で首を捻った。若い時分は愛想のよい男ではなかったのだ。テキストルとの間を取り持ってくれた大恩があるとはいえ、常に隔てを置き、こんなふうに親しげに話をするなど思いもよらない。

箱館に赴任したり大政奉還があったりと、このお人も苦労を重ねたのだろうか。首肯すれば品川は連れの二人に先に行くように言い、お慶には「月花楼か」と訊いた。

ば、「ならば同道いたそう」と近くの料理屋の名を口にした。

「そういえば、大浦屋は海援隊と親しゅうしとっとやったのう」

踏み出しかけた爪先を元に戻し、品川を見上げた。

「大通詞たる者、方々と交誼がある。それに、大浦屋が陰で誰に助力しておるか、奉行所はとうに把握しとるばい。いや、案ずるな。政変が立て続いて、一商人を譴責する暇なんぞなか」

それでも、お慶は「うん」とも「いいえ」とも言わずにいた。躰が強張っているせいかもしれない。

「そういえば、坂本とやらが死んで海援隊も向後は難しかのう。船頭を喪うたとやけん」

「お待ちください。今、何と」

品川は「知らんのか」と、訊き返してきた。夕暮れのことで、しかも品川は大きな楠を背にして立っている。肩から上が影になってよく見えない。

「坂本龍馬は京で殺されたらしか」

「殺された。誰にです」

「それは存ぜぬ」

品川が歩き出したので、お慶もその後ろを歩く。階段を上り、番所を通り、軒先に並んだ提灯が照らす石畳の道は濡れたように美しい。しかし品川に何をどう挨拶したものやら、いつのまにかお政の内所で坐っていた。

「お慶しゃん、どげんしたと」

「どうもなかですよ」

「いや、只事やなかよ。紙のごたる顔色たい」

「今夜は何用でしたか。私としたことが、失念しとりますばい」

「岩崎しゃんと会う約束ばしとったじゃなかね。ばってん、大坂からまだ帰れんて文のあって、大浦屋に遣いば出したとよ。入れ違いになってしもうたとか。いや、そがんことはよかけん、あんた、ちと横になりんしゃい」

西洋の香の匂いがふいに迫って、大丸髷が鼻の先にある。毛髱がはみ出していると思った途端、仰向けに寝かされていた。天井が揺れている。

十二月に入って、「王政復古」の大号令が発せられたと町役人によって達しがあった。

その数日後の日暮れ前、横浜からテキストルが訪れた。

上着の肩先から冬の海の匂いがして、胸には白晒をかけた箱を抱いている。テキストルが口にした言葉でお慶は度を失い、奥の座敷に招じ入れて事情を聴くものの、油を弾くように頭に入ってこない。

白い四角い箱を、ただ凝然と見つめた。

どげんなっとっと。友助、あんた、どがんしたと。

ややあって、おみつがおよしに伴われて現れた。製茶場の女中らに縫物仕事を指南する日で、ちょうど針を仕舞い終える時分だとおよしは気丈に言い、ともかく連れてきますけんと小走りになった。おみつは店之間の奉公人らの様子で何事かが出来したと察したようで、座敷の敷居際に腰を下ろした際、すでに頰を強張らせていた。

「テキストルしゃんの家に泊めてもらった翌朝、部屋を覗いたらすでに息を引き取っとったらしか」

事の次第を話して聞かせても、一言も発しない。畳の上の箱に眼差しを落とし、するとみるみるうちに顔から一切の色が抜けた。「何で」と小さく洩らしたのもつかのま、這うようにして箱に取りついた。

「こがんこと、あるわけがなかです。あれほど養生ばしてほしかと頼んだとに、私の申すことに耳ば貸さんやった。申し訳なかです、こがんことになってしもうて、何とお詫びしたらよかか」

主の前で取り乱してはならない、いかなる窮地にあっても大番頭の女房として慎まねばならない。

そんな料簡で己を抑え、詫び言まで口にする。それが不憫でたまらなくなった。

「おみつ、何も遠慮はいらん。長年、病みついた者を見送るのとはわけが違う。何の前触れものう、ふいにこの世から消えた亭主を想うて泣く姿を、私はみっともなかとは思わん」

およしも哀れに思うてか、支えるようにして立たせ、隣室へと引き移らせた。

そうこうするうちに頭が澄んできて、己がさまざまを執り行なうべき立場であることに気が至る。これまでは友助が担ってくれていた事どもだ。まずは友助の在所の兄に遣いを走らせて、弔いはどこで、いかにするかを話し合わねばと、考えを巡らせた。

私は悲しんではおられんと、お慶は洟(はな)を啜った。

テキストルも目の縁を赤く腫らせ、「残念でたまりませんたい」と白箱を見る。

「横浜港で出迎えた時から、顔色が悪かったとです」

本人は「ちと、船酔いばした」と言うのみで、「宿で休んだ方がいい」「何なら、うちの家で」と夫婦で勧めても「久方ぶりの大仕事ですばい。じっとしとられません」と言い張り、着到早々に下調べを始めたという。

「夕餉の際も、横浜で始めるビジネスのことばかり話しとられました。ただ、次に手前どもを訪ねてこられた時は何か考え込んでいるふうで、気になって訊ねたら亜米利加の商会で駿河(するが)産の茶葉の荷を見せられて、宿に帰ってから味見もしたようでした」

隣の座敷からは、おみつの嗚咽(おえつ)が聞こえてくる。およしも慰めながら泣き声だ。

「駿河の茶葉が移出されとるとですか」

「この頃、亜米利加で人気があるのは駿河産だと耳にして、それが気になっていたようです」

テキストルの日本語は昔よりもさらに流暢で、しかも長崎訛りが随分と薄れている。

「駿河産は、卸値が安かとですか」

「私は横浜では生糸しか扱っていないので詳細は知りませんが、駿河から横浜までは長崎よりも遥かに近いですから、長崎から運ぶ手間賃を考えれば、よほど思い切った値をつけねば太刀打ちできぬことは確かでしょう。ただ、友助さんの懸念は値とは別のことではなかったかと思います」

テキストルは胡坐の前の茶碗を手に取り、中を覗き込む。

「駿河と長崎とでは、茶葉の作り方が違うそうですね」

お慶は「そうね」と、うなずいた。

「長崎は釜で炒るばってん、駿河、それから宇治も蒸して揉むとよ。江戸で出回っとる上物も、ほとんどが宇治、駿河の蒸し茶ではなかやろうか」

「そういえばうちの女房も横浜に移って茶葉を購った時、味はやはり長崎の釜炒り茶に馴染んでいるものの、色が綺麗な緑であることに驚いていました」

釜炒り茶は赤茶色が主で、上物は金色を帯びて匂いもそれは香ばしい。一方、蒸し茶は抹茶のごとき色を持ち、生の葉の香りを強く残している。

「いずれが上等などという話ではなかよ。飲み物は好みやけん」

そう言うと、テキストルは茶碗を畳の上に戻し、目を合わせてきた。

「友助さんは、こう推していました。数年前から英吉利経由で駿河産ば口にするようになって、亜米利加人は気がついたとやなかか。緑茶にも種類がある、我々は好みの味を選べるのだ、と」

テキストルは友助の口にしたことを大事そうに、嚙みしめるように話をする。

「以前は長崎の茶葉だけが入ってきとったけん、日本のティーはこがんものじゃと亜米利加人も思うとったのじゃろうと言ってました。ばってん、亜米利加人は種類があることに気づいた。まして太平洋航路が開通した今、近場の駿河産ば仕入れて移出する商会が増えるだろうことは目に見えとる」

お慶は黙って耳を傾ける。

「それから友助さんが何をどう思案したのか、私は承知していません。ただ、帰りに駿河の産地に寄ってみると言うので、今は政情不安ゆえ、今回は船でまっすぐ長崎にお帰りになった方がよかとお止めしました。それもそうだと得心されて、その後は出店のための古家を探したり、亜米利加人が営む交易商を訪ねて回っていたようです」

そして十二月九日の夕刻、友助は上機嫌でテキストルの家に顔を出した。

歩いてさるいたけん、次に女将しゃんと訪れた際は迷わんで案内できるばい。

約束ば果たせる。

さっぱりと晴れた口調であったのでビジネスの目処がついたのかと、テキストルも胸を撫で下ろしたらしい。

友助は菓子や玩具絵、カルタの類を土産として抱えており、テキストルの子供らに与えた。さっそく遊ぶ様子を目を細めて眺め、ささやかな食卓では夫婦と酒を酌み交わして親しく話し込んだ。そして諏訪神社の祭礼の話になれば椅子から立ち上がり、くるくると舞うように回って見せたという。

あの傘はずっしりと重かよ。ばってん、軽か傘を持って回ってもつまらんばい。

笑いながら言い、夜更けになったので泊まるように勧めると素直に「お世話んなります」と頭を下げた。

翌朝、あまりに遅くまで顔を見せぬのでテキストルの女房、おゆうが客間を覗けば、寝台の上で友助はもう冷たかった。すぐさま医者を呼んだものの、以前から心ノ臓が弱っていたか卒中かと、曖昧な診立てだったようだ。

「苦しさの一片も見えず、舞っている時の顔つきのままでした」

榛色の瞳をひたと合わせるようにして告げた。目尻から頬にかけて長い皺が刻まれていて、お慶は黙って辞儀を返した。

テキストルの語る友助の最期を、信じることにした。

慶応四年が明けてまもなく、鳥羽、伏見の地で戦が起こり、幕府軍は新政府軍に敗けた。そして長崎奉行が密かに奉行所を脱出したとの噂が市中を駈け巡り、騒然となった。やがて初夏になって製茶場がまた釜炒りの熱で蒸せ返る頃、江戸城が新政府に明け渡されたらしいとの噂が長崎に入ってきた。

お慶がガラバアの屋敷で詳細を聞いたのは閏(うるう)四月に入ってまもなくのことで、ガラバアやヲルトのみならず、多くの英吉利人や亜米利加人がお慶の顔を見ては「コングラチュレイション」と葡萄酒の洋杯を掲げる。

幕府軍が籠城することなく、新政府軍も攻めかかることをせず、最後の将軍となった徳川慶喜公も今のところは命を奪われていないらしい。それまで押し込みや火付け騒ぎが絶えなかった江戸の市中も、戦場(いくさば)になることだけは免れたようだ。その一部始終が彼らにとっては、奇跡に見えるらしい。

「報復できぬように一族郎党まで根絶やしにするのが、レヴォリュウションの常道だろう。それを一滴の血も流さずして成し遂げるとは恐れ入る」

誰かが興奮交じりに称賛すると、ヲルトは褒め過ぎだとばかりに顔を顰(しか)めた。

「まだわからんとじゃなかか。徳川家への忠義とやらで勇み立つ幕臣は多かと聞くし、幕軍には仏蘭西の軍事顧問団が付いとるばい。東北諸藩の大名らも、このまま黙ってはおらんやろう」

鳥羽、伏見の戦で命を落とした者や、坂本龍馬のように未だに誰に殺されたとも知れぬ志士らは数多(あまた)いる。お慶も「無血だ」と誇る気にはなれない。お慶よりも遥かに深く海援隊にかかわっていた小曽根英四郎などは坂本の没後、茫然自失の態(さま)が続いているようだ。

「仏蘭西がいかに巻き返しを図ろうと、新政府は揺るがんと思うね」と、ガラバアは葉巻に火をつけた。

「何しろ、我が英吉利のパークス公使が女王の信任状を帝にお渡ししとる。西洋諸国の中では初めての正式承認ばい。今さら新政府に倒れられては、英吉利の沽券(こけん)にかかわる」

不敵なほどの笑みを泛べて、煙を薫(くゆ)らせる。

お慶は談笑の場から離れ、窓辺へと移った。近頃、ガラバアやヲルトの言葉を耳にするにつけ、何とも言えぬ不安が頭を擡(もた)げるのだ。

この肌の白い人々は、日本を稀有(けう)な国だと持ち上げる一方で、内心ではどこかで軽(かろ)んじてはいまいか。黄色い肌の人間をやはり見下しているのではないか。そのことに、彼ら自身も気づいていないとしたら。

窓辺の椅子に独り、腰を下ろした。

このところ眉間が詰まったかのように重く、暑さもこたえるようになった。誰にも気(け)

取(ど)られぬようにしているものの、友助を喪って以降、どうにも力が入らない。横浜に出店を出す一件も進めねば申し訳が立たぬような気がするのに、友助の代わりに動ける者がおらず、お慶が出向くにはまだ大浦屋の中が定まらない。

そのうえこの春から父の老いが急に進み、一日の大半を床(とこ)の中で過ごすようになった。寝ているのか起きているのか判然とせず、しかしたまに目を覚ませば「お慶は何で枕許についておらん」と火がついたように怒っておよしに当たる。およしも疲れ果てている。

薄い夏衣の袖に手を入れ、窓の向こうに聳(そび)える蘇鉄(そてつ)を眺めた。辺りを睥睨(へいげい)するかのような巨(おお)きさで、青く艶を帯びた葉が群れるように繁っている。たしか、薩摩の島津侯から贈られたという木だ。

その傍らで、法被をつけた職人らが黙々と立ち働いている。花盛りの園では庚申薔薇(こうしんばら)の花殻(はながら)を摘み、芝草の合間に屈んで草を引く者もいる。その中の一人が、大砲の砲身を布で丹念に磨き始めた。おそらく誰に命じられたわけでもなく、庭の中にあるものだから自ずと磨いているのだろう。

そうと気づくとまた友助のことが思い出されて、目の端が滲(にじ)みそうになる。

野辺(のべ)送りは内輪で、ささやかに執り行なった。大仰な弔いを友助が望むとは、どうしても思えなかったのだ。ただ、友助の兄とおみつの同意を得て、大浦屋の墓所の一隅に小ぶりの墓石を建て、そこに遺骨を葬った。白木の位牌も大浦屋の仏壇に据え、代々の過去帳にも僧侶によって戒名が加えられた。

主家のお墓に入れていただいて、こうして仏間で手厚う菩提を弔っていただくとは、あん人も果報者ですばい。奉公人の分際で畏れ多か、何ゆえ辞退せんやったと、あの世で怒っとるかもしれませんばってん、ここなら淋しゅうなかやろうと思います。あん人も、私も。

おみつは仏壇に手を合わせてから、そんなことを呟いた。向後も製茶場の女衆頭として奉公を続けたいと望んでくれたことが、わずかばかりの慰めだ。

窓辺の椅子から立ち上がり、ガラバアらに暇を告げた。

「大坂の開港はまだか」と誰かが言い、ヲルトが何かを答えるのが聞こえたが口早な英吉利語であったので、解せなかった。

夜の海の中を、精霊舟が星々のように瞬きながら流れてゆく。

一家で一舟を誂えたものは小ぶりだが、中には一間から二間ほどの大舟があり、それは長屋暮らしの者らが催合で作ったものだ。舟はいずれも竹を撓めて藁菰で包んであり、帆柱は細い白木だ。紙を継いだ帆には「極楽丸」や「西方丸」などと墨書してある。

七月十五日の夜は毎年、年寄りから子供までがこの大波止に集まって舟を流すのが古くからの慣いで、今夜も鉦を叩いたり念仏を唱えたりと周囲は賑やかだった。しかし丑の刻までには流し終えて引き上げるので、今、渡頭に残っているのは若精霊、すなわち新仏を出した家々の者のみだ。新盆の精霊流しはとりわけ名残りを惜しむもので、寅の刻になっても、皆、立ち去らないのである。

大浦屋の一行も丁稚や女衆まで五十人ほどが静かに並び、竹舟の艄に艫、帆柱に燈籠を掲げる。お慶も灰を埋めた竹筒に線香を立てた。精霊棚の供物もこの夜にすべて取り下げて舟に積むので、およしは女中らと共に大きな風呂敷包みを解いている。

新盆はおよそ供物が多く、お慶の祖父の際も座敷が埋め尽くされた憶えがあるが、友助へのそれは想像以上だった。町会所と油屋町の衆、佐賀の茂作からも白提燈が届き、ヲルト商会とガラバア商会からは香りの美しい洋蠟燭と葡萄酒が荷車で運ばれてきた。驚いたのは、お慶が見知らぬ者らも多く訪れたことだ。

精霊は年に一度、七月十三日の丑の刻に我が家を目指して帰ってくると信じられている。ゆえに皆は友助に会いに来てくれたのだろう。諏訪神社の祭にかかわる町衆だけでなく、友助を敬慕していたらしき若者や幼い子供までが祭装束をつけて精霊棚の前に並び、神妙に手を合わせた。茶葉を作っている百姓らも嬉野や彼杵、大村のみならず、筑後や肥後、日向の者までがはるばる足を運んできて、そしてヲルト商会の製茶所で働く女衆らも団子と線香を手にして訪れた。

「うちん製茶所に窓ができたとは、大番頭しゃんが掛け合うてくれたおかげやったとです」

女衆頭が頭を下げて言うには、ただでさえ製茶は陽射しの強い夏季が勝負だがヲルト商会の製茶所には窓がないため風が通らず、釜の焦熱が建物じゅうに回ってまさに地獄であったそうだ。意を決して上役に掛け合っても、そんな話に限って日本語が通じない。熱射に茹でられたようになって倒れる者も相次いだが、

「見て見ぬ振りをしとったとですよ。二、三人が辞めても、奉公したか者は仰山おりますけん」

そんな折、偶然、ジョンと共に製茶所の前を通りかかった友助が様子を見て取って、その場でジョンに意見をしたらしい。ジョンは初め、これは西洋ビジネスの風儀であるのか、奉公人をこそ大事にせよとの意がわからなかったようだ。が、やがて面持ちを変え、配下の者を呼んだ。数日後には開閉式の西洋窓が造作され、紗の陽除け布まで取り付けられたという。お慶はその顚末をまったく知らなかった。

ジョンは大坂から帰って後に大浦屋を訪れたので、弔いはすでに済んでいた。墓所に案内すると、墓石の前に膝をついた途端、背中を大きく波打たせた。いつも陽気な亜米利加人がオンオンと、人目も憚らずに慟哭した。

舟の前に屈んだおみつが小さな茶壺を二つ捧げ持ち、帆柱の傍らにのせている。一つは大浦屋の品で最上の茶葉、そしてもう一つはテキストルが横浜から送ってきた供物だ。

女房の手による文には、「駿河の茶葉にて候」としたためてあった。

新仏の舟々が海に下ろされていく。

いよいよだ。友助もこの夜のうちに西方浄土に帰らねばならない。燈籠の灯と線香を足すと店の者らがしめやかに声をかけ合い、波間に浮かべた。

海に流れてゆく。

皆で並んで手を合わせれば、丁稚らがまた泣き声を立てた。と、法被姿の番頭と手代らが海に向かって居並んだ。

「大番頭しゃん」

示し合わせていたのか、綺麗に声が揃っている。

「よいやぁぁぁ」

あの祭の日のように、皆は大きく褒詞(ほうし)を掛けた。

急にこみ上げてきて、お慶はたまらなくなった。目の中が熱くなって、頰から顎へと伝う。けれどそれを拭い捨て、西洋人のごとく手を横に振る。

友助、また来年、帰ってきんしゃい。

それまでしばし、さようなら。

精霊流しの二日後、七月十七日に江戸は「東京」と改称された。

閏四月の下旬からであったか、新政府軍と奥羽越諸藩の対立が深まったらしく、戦が続いている。その勝敗の行方も知れぬ間の改称だった。

そして九月八日、元号が「明治」と改められた。

第五章　逆波(さかなみ)

一

店之間の小座敷で帳面を繰り、算盤を弾く。

六月のことで、中庭に面した障子は開け放し、欅(けやき)を張った広縁には硝子(ガラス)細工の蚊遣(かや)りを置いてある。翠色(みどりいろ)の木漏れ陽が揺れ、時折、蟬が鳴く。

「出荷量のみならず、卸(おろし)の値も落ちとるね」

算盤を畳の上に置いて顔を上げると、番頭と手代は黙って畏(かしこ)まるばかりだ。

床の間を背にしたお慶の傍らには亥之二(いのじ)が並んでいる。今はお慶の長子であり、大浦(おうら)屋(や)の跡継ぎだ。

友助の新盆が過ぎた頃からだったか、父はお慶を枕許に呼んでは口の端に粟粒のごとき涎(よだれ)を溜め、「早(はよ)う跡目相続を」と懇願するようになった。「それは私もちゃんと考えとるけん」と手を握っても、どこにそんな力が残っているものやら、びしりと強く払いのける。お慶としては、あと数年は奉公人に交じって修業をさせてからと心組んでいたのだが、父が老碌して何もわからぬようになる前にと、一昨年、養子縁組に踏み切った。披露目の宴席では寝台ごと座敷に運び入れ、父も盃を手にした。酒はほとんどが零れて胸許から腹まで濡らしていたが、満足そうに目尻を緩めて我が子の晴れ姿を眺めていた。父のあんな穏やかな、嬉しそうな面持ちをお慶は見たことがなかった。

「これで安堵なさって、ぽっくりと往生なさるかもしれませんばい」

およしは戯言めかして囁いたものだ。父とは相変わらず諍いが絶えないが、たまに招く医者は「かほどに親身な介抱は、なかなかできるもんじゃなか」と、およしに感心していた。

父はもはや手水に立てぬので襁褓をあてているが、その世話はお慶と亥之二で引き受けている。尿や便を盥に移して雪隠の穴に捨て、汚れた襁褓は裏庭の井戸端で洗うのだ。およしはそのつど足を運んできて、手を出そうとする。

「女将しゃまがなさることじゃなかですたい」

「いや、他のことはお前たちに頼っとるけん、これだけは私と亥之二でする」

そして西洋の高価なシャボンを山と買い込み、襁褓の洗濯に使っている。およしは「もったいなか」と言わんばかりの顔つきだが、臭くやるせない仕事であるからこそ己が腐らぬように工夫するのだ。そのために遣う銀子のどこが惜しかろう。

亥之二は亡くなった母親の介抱で慣れているのか、干し方も堂に入ったもので、お慶の干し方を注意するほどだ。

「布を両手で叩いて伸ばさんと、皺くちゃになりますばい。いや、そうじゃのうて、こう」

父の太平次の願いをかなえたことで、肩の荷が少し下りた。

「出荷量が落ちて値崩れも起こしとる理由は、やはり駿河産の茶葉に押されてのことか。お前たちはどう捉えとると」

責め口調にならぬように訊ねても、番頭と手代は俯いたままだ。隣の亥之二が天井を向いて腕を組む。

「やはりジョンがおらんようになったことが、響いとりましょう」

今さら教えられなくても、それは丁稚でも承知していることだ。

三年前、明治に改元されてまもなくの九月に、ジョンの主であるヲルトが大阪に引き移った。知らされたのはその直前で、商会に呼ばれていきなり切り出された。

「大阪に出店を作られるとですか」

「いや、私が移る。大阪に来るなら世話ばすると岩崎が言うけん、長崎から引き上げることにしたばい」

ヲルトは岩崎弥太郎と懇意であるので、その伝手であるらしい。

「となれば、ヲルト商会を大阪に移転するとですか」

「いや、商会は他人にまかせて、私の一家だけが引き移る」

淡々とした口調で、むろんこちらも引き止める立場にはない。ただ、寝耳に水の話で、顔色を変えぬように己を保つのが精一杯だった。

共に危ない橋を渡り、茶葉交易に打って出た。互いに意を通じ合い、妻子とも交際してきた間柄だ。その信も情も、サラサラと崩れてかき消えたような気がした。番頭のジョンもお慶の隣に坐っていたが、うなだれて一言も口をきかなかった。

その後、ヲルトは残務があるとかで時折、単身で来崎していたが、昨年の末にすべての整理をつけ、製茶所も閉じた。ヲルト商会の看板はそのままに、今はハントという男が経営している。ジョンは昨冬に辞め、上海の商社へと移った。友助が亡くなってから意気消沈したままで、最後に挨拶に訪れた際も鼻を赤くしていた。

以来、ヲルト商会との取引は漸減している。

気を戻し、今朝、テキストルから届いた文を懐から出して示した。

「横浜からの茶葉移出量は長崎の倍以上、しかも百斤につき三十ドルの値を保っとるらしか」

番頭は「あんまりですばい」と、声を荒らげた。

「うちの卸値は、十七ドルを切っとるとですよ」

「憤慨しても仕方なか。駿河茶は高うてもよう売れる、そのことば念を入れて考えんと」

すると亥之二は大仰な息を吐き、「もっと早う、横浜に出店ば出しとったら」と詮無いことを口にする。かといって自らが横浜に行くとは言わず、お慶もとてもではないが任せる気になれない。

「横浜より、先に駿河じゃなかか」

投げかけても三人とも黙したままだ。そしてお慶も後の言葉を継げない。友助が没した後、ずっと考えてきたのだ。蒸し茶の製法を駿河に学びに行くのが先決かもしれない、茶畑を見て回るべきだ、と。

その景色を想像するうち、とんでもないことに気がついた。もし、茶ノ木の種類や育て方が異なるものであればどうなる。各地の百姓らを説き伏せ、また何年もかけて栽培してくれと、私は頼めるのか。よしんば種類や育て方が同じであったにしろ、大浦屋の製茶場で蒸し茶を作れるようになるまで何年かかるだろう。

まさか、一から出直さんばいけんとか。

佐賀の茂作を訪ねて相談しようかと旅支度をしかかったが、茂作は隠居して久しい身だ。駿河の事情がわからぬまま話をしても、跡を継いでいる夫婦を不安にさせるだけだろう。そんな思案を編んでは解くを繰り返すうち、かほどに時を費やしていた。

情けなかと、奥歯を噛みしめる。若い時分は後先を考えずに動いたのだ。何がどうなろうと目算が立たぬぶん、がむしゃらに突き進んだ。しかし今は先を読んでしまう。こうすればああなると考えだけが走り、もはや雁字搦めだ。

そのうえ、昨年はガラバア商会が破産を宣告された。青に乗ってあの石階段を駈け上がった時、かつて「一本松」と呼ばれた屋敷は同じ居留地の外商の手に渡った後だった。御一新後、武器、弾薬がさほど売れなくなり、諸藩からの資金回収も相当滞っていたらしい。破産後、ガラバアは倒幕派を支援する一方で幕府軍にも密かに武器を売っていたのだと噂された。「版籍奉還」まで成された今であればこそ倒幕派への支援が称賛されるが、ほんの数年前までは命懸けであったのだ。幕府から疑われぬためにも、求められれば銃砲を売ることはしただろう。

お慶もしばしば肚の底が知れぬと思うことはあったけれども、山上から長崎造船所や小菅修船場の雄々しい屋根や赤い煉瓦壁を眺めれば、胸が一杯になった。

技術についてはお慶にはわからぬと思ったのか直にはあまり語ることがなかったが、ガラバアは日本の造船の技術向上に心血を注いでくれたらしい。六年前の元治二年には、上海から取り寄せた蒸気機関車を日本で初めて試走させもした。

今では政府の肝煎りで横浜と新橋間に鉄道を本格的に走らせるべく工事が進められているとテキストルの手紙に記されていたことがあったが、開業にはまだ漕ぎつけていないようだ。

松樹は何にも動じぬとばかりに、恬淡と空に聳えていた。が、ガラバアとは顔を合わせぬままだ。日本人の妻と子供がいるのでまだ長崎にいる、いや大阪に移ったらしいとの噂もある。岩崎が明治二年に大阪商会に転出して繁盛を極めているらしいのでガラバアも岩崎を頼ったのか、それとも薩摩との縁かもしれない。

かつては諸国から武家も商人も続々と集まって長崎は坩堝のごとくであったというのに、横浜へ東京へ、そして大阪へと、志を持つ男たちが移っていく。岩崎からも以前は忘れた頃に短い文が届いたものだったが、この頃は音沙汰が途切れたままだ。

それにしても、ガラバアしゃんも破産の憂き目に遭う前に、何で私に相談してくれんかったとやろう。

ヲルトといいガラバアといい、ああも親しく交際していたのに水臭い。お慶は少しばかりそれが淋しい。

中庭に目を投げると、蟬の声が耳に戻ってくる。

気配がして顔を回らせば、帳場のある板間に手代が膝をつき、客の来訪を告げた。

「品川しゃんと、遠山しゃんがお見えです」

大通詞であった品川藤十郎は幕府の瓦解後、外商とビジネスをしたい日本商人に通弁として雇われて上首尾らしい。蘭語に拘泥することなく、箱館勤めの間に英語を学んだことが功を奏したようだ。

先月も品川は遠山を伴って訪れた。遠山一也はかつて長崎の藩邸に詰めていた熊本藩士で、当人が言うにはお慶とは以前からの見知りであるらしい。覚えがなかったが、近頃は大して言葉を交わしたこともないのに大浦屋と懇意だと触れ回る者も多く、訂正するのも面倒なので聞き流している。遠山は版籍奉還後は俸禄が激減して逼迫しているのだと、貧乏話を面白可笑しく繰り広げていた。今日は何用だろうと訝しみつつも、世が改まって「士族」や「卒」の身分になった人々の窮状は察するに余りある。

首を伸ばすと二人はもう土間に入っていて、笠を取っている様子が柱の向こうでちらりと見えた。奥へ通すように指図し、亥之二と番頭、手代には「方策を考えてみんしゃい」と言い置いて腰を上げた。

私がいつまでも踏ん張っておっては、己で考える癖がつかんばい。

客間に近づけば、客二人の談笑が広縁にまで響いている。屈託のない明るい声だ。

お慶が腰を下ろしても品川と遠山は「活版印刷」なるものの話に興じている。文字を版木に手彫りするのではなく一文字ずつ鋳造することで、書物は鮮明に、しかも大量に刷れるのだという。

「西洋ではもはや当たり前の印刷術で、知識の近代化には欠かせぬ術ばい。それがしも本木殿に請われて、事業に千両出資いたした」

本木昌造（しょうぞう）の名はお慶も知っている。本木家は阿蘭陀通詞でも由緒を誇る家柄であるので、品川はその縁もあって出資したのだろう。

「それにしても品川しゃま、千両とは肝の太かですこと」

「なあに、本木殿が長年、苦心惨憺（さんたん）されてきたのを知っておるゆえの。去年は五代才助（ごだいさいすけ）殿からも要請があって大阪に活版所を設立したゆえ、新政府からもいずれ声がかかろう。向後は有望たい」

「五代しゃまとは、あの、薩摩の」

ガラバアはその五代という男と親しかったはずだ。伊良林の西洋料理屋、自由亭でお慶も何度か共に会食したことがある。陽気で率直な話し方をする男だった。

「いかにも。本木殿はフルベッキ先生の洋学所にも出入りしておられたゆえ、佐賀の大隈殿とも見知りばい」

そういえば、大隈八太郎は英語の習得に熱心で、堪能だった記憶がある。

「大隈しゃまは息災にしておられるとですか」

「大浦屋、見知りか」

「もう随分とご無沙汰しとりますけど」

三年前の明治元年、新政府に召し出された大隈は外国事務局判事に任命されて長崎に在勤していた。激務であるようでここには滅多と顔を見せなかったが、ふいに訪れたかと思えば「東京に移ることとんなった」と告げられた。お慶が「淋しゅうなります」と神妙になると、「嘘をつけ」と豪快に笑っていた。

「今は、政府で参議なる御役に就いておられるとじゃなかったかな」

「それはご出世ですたい。嬉しか」

品川は「何の、その方こそ」と、煙草盆を引き寄せた。

「外国商人が大浦屋を信用すること一方ならず、新政府をしのぐのではあるまいか」

品川の言に遠山は盛んにうなずき、お慶に向けて笑みを広げる。

「ご冗談を」と笑いのめした時に女中が二人現れ、茶と水菓子を供した。品川は煙管に火をつけ、遠山はさっそく皿を持ち上げた。

「こがんとは、珍しかですなあ」

伊太利から渡った細工の細かな硝子製で、旬の枇杷を甘煮にしてある。遠山は啜るように平らげ、茶をも飲み干した。そろそろ用件を訊ねる頃合いかと口を開きかけた時、品川が煙を吐いた。

「その信用で、この遠山殿を援けてやってくれぬか」

黙って先を促せば、遠山が切り出した。

「先だって申したばってんが、肥後は煙草葉の産地ばい。それがしはどがんしたっちゃ、煙草葉ば移出したかとよ。そっで外商に見本ば見せち回ったら、大概気に入らした社んあって、取引ばすっこつに相成った」

「それは、おめでとうございます」

「ばってん」と、遠山は首筋に手をやる。

「商談ば進めるについてん、長崎のしかるべき商人の請判が欲しかつ申しとったい」

「お待ちください」と、お慶は声を低めた。

「その儀については、お断り申したはずです」

先月、品川と共に訪れた遠山は外商との取引に一枚嚙んでくれぬかと言ったのだ。英吉利のリンカ商会というコンパニイとの商談に漕ぎ着けたものの、いざ約定書を交わす段になって先方が渋った。士族だけでは心許ない、交易に慣れた商人を加えてくれと条件を付けられたらしい。だがこちらもリンカ商会とは取引をしたことがない。他を当たって欲しいと、お慶は断ったのである。

「あれは破談になった。此度は別件、取引相手も違う」と、品川が言い添える。

「どちらです」

「ヲルト商会ばい」

思わぬ名が出て、中庭へ眼差しを投げた。しばし考えて、手を打ち鳴らした。顔を見せた女中に、亥之二を奥へ来させるようにと命じた。

ほどなく現れた亥之二が挨拶を済ませ、中庭に面した広縁を背にして居ずまいを正した。お慶は反対の襖側に坐し、品川と遠山は床の間を背にした上座だ。女中が新しい茶を運んできて、遠山は亥之二に同じ説明をした。

「なるほど、ヲルト商会なら取引が長かですたい。先方も、手前どもなら安心しなさるとでしょう。して、煙草はいかほどお納めになるお約束です」

「まずは十五万斤、先方は手付を三千両ほど預けるち言うちおります」

亥之二は「ほう」と、感じ入ったように眉を上げる。

「煙草葉は、そがん値で売れるとですか」

「そがん太か声でん申せんばってんが、我が藩も存亡ば懸けちおるもんだけん」

「御家を挙げてのビジネス、にござりますか」

遠山は黙って首肯する。亥之二は何かを引き当てたように顔を上気させ、身を乗り出した。まったく肚の中が丸見えじゃなかかと、お慶はつい渋い顔になる。

甲高い音がして、品川が煙管の雁首を灰吹きに打ちつけていた。そして右手で遠山の茶碗を摑み、左手で己の茶碗を持ち上げた。

「今、我が国と外国の交易はこがんことになっとる」

右肘を下げ、左肘を高く掲げる。

「我が国は買う一方ばい」

それはお慶が茶葉ビジネスを始める前からのことだ。

「蒸気船ば造る機械から活版印刷機、鉄道、汽車、それを動かす知識も外国に頼らんと、どうにもならん。近代化のためには肚ば括って、購い続けんばならんと。ばってん、金銀ば払うばかりじゃ国が傾くは必定たい。茶と生糸だけではあまりにも心細か。そこで遠山殿は煙草を交易の新しか柱にしようと、志ばお立てになったと。のう、大浦屋、万国通商のために助力をしてはどげんじゃ」

品川も国の将来を案じているのだ。それはわかるが、さてどうしたものかと、お慶は口を引き結ぶ。

「もう一度、国家の難事に力を尽くしてみんか。ヲルト商会は、その方が後ろ盾になれば取引ば始めたかと言うとるとぞ」

また蟬がしぐれ始めて、いくつもの面影を想った。

宗次郎に坂本、そして友助だ。

逝ってしまった男たちの声や気配は去ることがなく、むしろこうしてふいに、ありありと立ち昇る。

遠山が懐から何かを取り出した。家紋入りの小袱紗のようだ。

「実はこがんして、預かっちおります」

亥之二が首を傾げ、数瞬の後、やはり小声で訊ねる。

「藩印にござりますか」

遠山は重々しく首肯した。

二人が引き取った後も、お慶は奥座敷を動かずにいる。

「これは好機たい。何をためろうておられるとです。姉しゃんらしゅうもなかね」

亥之二は大乗り気だ。そこが引っ掛かる。

「ヲルト商会との取引も、これで盛り返せるとでしょう。なにせ、先方からの御指名ですけんね。それに、向後は熊本藩との取引も開けるかもしれんとですよ。いっそ大浦屋も煙草の商いばしたらどがんでしょう。茶も煙草も同じ葉もの、うちの者らも扱いは慣れとります」

たしかに、蒸し茶作りに挑む間の凌ぎにはなる。

「ばってん」と、お慶は息を吐いた。

「ヲルト商会も、三千両もの手付金をよう渡す気になったもんたい。万一、それこそまた戦でも起きたら煙草葉を納められんようになるとに」

「昔、姉しゃんも同じことばしたじゃなかですか」

亥之二が弾むように笑った。どうやら、ヲルトから莫大な前渡し銀を預かって九州じゅうを駈けずり回ったことを知っているらしい。

「誰が喋ったと。友助か」

「弥右衛門ですばい。昔、お父しゃんに愚痴ってるのを耳にしたことがあると。ばってん、わしには自慢しとるように聞こえたとですけどね」

お慶は腕組みを解いた。

「なら、明日にでも遠山しゃまの宿ば訪ねて、もう一人、肥後商人の請人ば付けられるか訊いてみんしゃい」

「もう一人」

「そうたい。連名でなら、判ば捺そう」

亥之二は「承知」と勢いよく応え、店之間へと引き上げた。

誰かに頼られると、無闇に力が湧いてくるのだ。

きょうだいは妙なところが似るもんたいと、お慶は苦笑を零した。

二

六月十二日、遠山、そして亥之二と共に海岸沿いのヲルト商会に出向いた。

洋館の最上階では、番頭のクリフという男が出迎えた。品川はすでに着到して、お慶の姿を認めるなり立ち上がって握手を求めてきた。

用意されていた約定書は和文、英文の二通りで、すでに遠山一也とヲルト商会との間で内容はまとまっていた。お慶は事前にそれを聞き、品川藤十郎と共に相談を受けもしたが、もう一度念を入れて見返す。

まずは、八月半ばから九月末までの間に壱番、弐番、参番の煙草葉を納めると記してある。締めて十五万斤もの量だ。壱から参という種類は上中下の質を示しており、ヲルト商会はその品定めをして、手付金の三千両を超える代価となった場合、差額の半分は手付金に含め、残り半分を精算する方式だ。

これは遠山の発案で、すなわち差額の半分のみ支払ってもらい、あとの半分は受け取らずともよいという。最初に大盤振舞いをすると後がやりにくくなると意見したが、遠山は聞き入れない。

「初取引に際してん、心づけたい」

これが武家の商法なのだろうと、お慶も引き下がった。壱番の品は百斤あたり七両二分という高値で決まったようで、何はともあれ、相当な利を見込めるらしかった。

約定書にはさらに、「納めた品が見本よりも質が劣っていた場合は相応に値引きすること、逆に優っている場合は値を上げる」という条も記されている。

これはお慶が加えた方がいいと指南し、遠山が受け容れた一文だ。茶葉も見本通りの品を揃えるのは容易でなく、見本の質を上回ったり下回ったりする。そして末尾には、ヲルト商会からの求めに応じて加えた一文がある。

万一、ヲルト商会が品物を受け取らなかった場合は手付金を返さない。

また当方が品物を納められなかった場合、二倍の六千両を弁済する。

御一新後、日本の商人との揉め事が少なからずあることを受けているらしい。遠山は疑われたような気がするのか不服げであったが、「慣習の違い、ただの念押しだ」と品川が宥めていた。

約定書にはすでに、肥後軍備方御用達、津崎庄次郎代人、福田屋喜五郎の名と印がある。遠山が立てたもう一人の請人だ。

その脇に小筆で「大浦慶」と記し、判を捺いた。商いの当人である遠山も同様にする。少し緊張しているようで、いつもの多弁が鳴りを潜めている。立会人である品川は英文の約定書に目を通し、うなずいてよこしたのでそれにも名を記し、捺印した。

ヲルト商会の番頭、クリフは葉巻きの煙草を口に咥えたまま各人の署名と印を確認し、「オーケイ」と告げた。遠山が片言の英語で礼を述べている。

六月十二日、商談が正式に成立した。手付金の三千両は洋銀で二千九百八十五枚だ。洋卓の上に並べられ、請人であるお慶に渡された。

皆が立ち上がって握手を交わすと、窓の外で船の汽笛が聞こえた。

この瞬間は何度味わっても、総身が熱くなる。

品川と遠山と共に大浦屋に戻り、奥座敷で洋銀のすべてをいくつもの三方に積み上げた。

「ご商運、お祈りしますばい」

差し出すと、遠山は安堵の心持ちを満面に広げた。「さて」と掌で膝を叩き、三方に目をやる。

「半金ば品川殿に渡してくれ。残りは数日で受け取りにくるけん、こんまま置いといちくれんか」

「それは、やぶさかではござりませんが」

品川に渡せという指図が、何とはなしに不得要領だ。遠山は茶をがぶりと飲み干す。

「それがしは荷の手配りばしに国に帰らにゃいかんけん、気心ん知れた品川殿に預かっちもらう約束ばしとったい」

遠山殿は熊本藩のためにビジネスを始める、いずれは海外への移出品の柱にしたいとの志もあると、品川は以前も口にしたことを再び念を押すように言った。

「かしこまりました」

そもそもは品川に説かれて請人を引き受けたのだ。

洋銀千五百枚を亥之二に包ませて品川に渡し、お慶宛ての受取も品川が書いた。

三日の後、遠山は再び品川と連れ立って訪れ、手付金の受取証文を差し出した。もう一人の請人である肥後軍備方御用達の代人と、遠山との連名になっている。そこに一文が添えてある。

　万一、煙草葉の納めが延引の際は熊本支配頭(しはいがしら)が取り捌き、大浦屋にはいささかの難渋も掛けぬ。

　以上、後日の証(しょう)のため一札差し入れ置き候。

支配頭が責任を持つとの、いわば藩庁のお墨付きだ。「畏れ多かことにございます」と、証文を押しいただいた。

「ちなみに、御支配頭様は何というお方でございましょう」

「ん。村上久太郎様ばい。そがんいえば村上様も添状(そえじょう)ば書いてくんなはったけん、まもなく届くはずばい。大浦屋の助力、たいそう歓んどんなはるとの由、それがしの面目も立ち申した」

手付については此度も品川が洋銀千百八十五枚を持ち帰ることになり、預りは洋銀三百枚となった。

そして翌日、遠山が訪れて「明日、熊本さん帰る船ん乗る。残銀は日本の金子でくれんか」と言うので、三百両の手形と一両二分の正金(しょうきん)に替えて渡した。

「お慶殿、世話んなった」

暖簾前で見送ると、大浦屋ではなく、お慶の名を呼んで礼を述べた。亥之二が数歩進み出て親しげに声をかける。

「品納めがお済みになったら一席設けますばい。月花楼に繰り出しましょうぞ」

振り向いた遠山は笠を持つ手を意気揚々と上げた。

お慶は蚊帳(かや)の中で、暗い天井を睨む。

あれは筋目の確かな、何しろ熊本藩庁の商いたい。藩の御支配頭が後ろ盾になっておられる。亥之二などは、寝たきりの父に向かって胸を張ったものだ。

「熊本藩に恩ば売ったとよ」

その通り、間違いなか、大丈夫ばいと己に言い聞かせるうち、目が冴えてくる。もう十日ほども、こんな寝苦しい夜を過ごしている。蚊帳の中でまんじりともせずに白々と朝を迎え、身を起こした。

私はいったい、何を懸念しとると。

助力を引き受けた限りは快く振る舞うべきだと、料簡していた。けれどその後、妙なものが胸にある。夜の金魚鉢の水草のように、蒼黒い翳(かげ)がゆらりと動くのだ。何だろうと己に問うてもわからない。

勘を磨け。

祖父の言葉がしきりと思い出されてならない。

ばってん祖父しゃま、わからんとよ。何でこうも落ち着かんとか、己でもわからん。

枕許に置かれた水を硝子の洋杯で飲み干し、盆の上に戻した。コトリと音がして、思いついた。

　あくる日、番頭と手代らに告げた。

「熊本の藩庁にご挨拶ばしに行く。明日、発つばい」

「急なことで」と番頭らはとまどいを隠さない。父の介抱をおよしに頼み、青の世話を丁稚に頼み、旅の支度をした。亥之二には供を命じたので、早や浮き立っている。

「お父しゃん、よか商談をまとめて帰るけん、楽しみに待っとくがよかぞ」

父は床の中で「ご苦労さんじゃのう」と目を細め、「水に気ぃばつけろ、薬を忘れるな」と旅の指南をしている。

　次の日の早朝、船に乗った。

　熊本に到着したのは夕方で、旅籠で草鞋を脱ぎ、翌朝、遠山の家を訪ねた。痩せた妻女が出てきて、久住という地に煙草葉の仕入れに出ているという。「仕入れ」と聞いてほっと胸を撫で下ろし、そんな己をお慶は訝しんだ。

　翌日の朝、旅籠に遠山が訪ねてきた。

「よう来らしたな。御支配頭の添状は、まだ届かんとか」

「まだにござりますが、何も心配しておりません。私も長年商い一筋に来ましたけん、草臥れが激しかとです。こちらには湯治を兼ねて参ったとですよ」

「そがんか」と遠山は笑みつつ、「ばってん」と継いだ。

「此度の成り行きは、藩庁と御支配頭にしっかと届け置いち来たぞ。安心いたせ」

遠山を見送ってしばらくの後、旅籠の窓辺で考え込んだ。

「亥之二、明日、出かけるばい」

「温泉か」

「違う。御支配頭の屋敷たい」

「温泉にはいつ行くとね」

道々も訊ねてくる。うるさいので相手にせず、黙々と足を運ぶ。外は陽射しがきつく、鍋底のように炒られそうだ。遠山に「湯治」と話したのは咄嗟のことだ。なぜか、本意を告げぬ方がよいと思った。

熊本藩の支配頭、村上久太郎の屋敷を探して門番に訪いを告げると、裏玄関に回された。取り次ぎに出てきたのは用人だ。

「此度、遠山様の煙草葉商いで請人をお引き受け申しました長崎の大浦屋にござります。御支配頭様にご挨拶に参じました」

用向きを話して面会を求めた。式台に坐した用人はお慶を一瞥するや、苦々しく眉根を寄せる。話がまるで通じず、お慶は懐から手付金三千両の受取証文を出した。

「これこの通り、御支配頭様が一札をお差し入れ下された御事、誠に有難かことと存じまして御礼に参上つかまつったのでござります。何とぞ、ご面会を賜れんでしょうか」

「しばし待て」

用人は写しを手にして腰を上げ、四半刻ほどしてようやく戻ってきた。

「こん件、いっちょん承知しとんなはらんぞ。怪しかこつと仰せばい」

「そがん馬鹿な。何かのお間違いやなかですか」

背後の亥之二が取り縋ったが、用人は「ああ、ああ、商いなんぞの些事で当家に参るな。藩庁に行け」と言い捨てて姿を消した。まるで塵っ葉を掃くような追い払われ方だ。

お慶は黙したまま、屋敷内の薄暗がりを見た。

「あの用人、ちゃんと取り次がんかったとやなかですか」

旅籠に引き返す道中も亥之二は言い騒ぐが、やがて蟬の声に紛れた。夏木立が落とす影は濃く短く、汗が噴き出してくる。

「亥之二、もし遠山しゃまが旅籠に来らしてもこの件は口にせんように」

「姉しゃん、そんくらいわしも心得とるとよ。こげん行き違いを言い立てて、遠山しゃんの機嫌を損じるわけにはいかんもんな。それより何ね、この暑さ。なあ、温泉にはいつ行くと」

亥之二はやはり、事の重大さに気づいていない。

どうしようかと、お慶は逡巡した。夕餉の膳を摂りながらも考え、夜になっても窓辺で煙管を手にして思案する。いきなり役所に駆け込んでは事を荒立て過ぎる。まずは遠山本人に事の次第を糺すべきか。

翌朝、遠山を訪ねたが、妻女は「まだ帰ってきていない」と繰り返すばかりだ。その足で、もう一人の請人である福田屋喜五郎を訪ねたが、ここも当人は不在で、番頭と話をしても要領を得ない。不吉な予感が胸をしめつけて、夜も目が冴えて仕方がない。ようやくうとうととしかかった朝、旅籠に遣いが訪れた。六新町の役人宅への呼び出しだった。

庭に面した板間の小部屋で待たされ、亥之二は溜息を吐き通しだ。まもなくして左の裏手で気配がした。顔を回らせば、後ろ手に縛られた男が庭に引っ立てられてくる。亥之二はその姿を目にするや、ひゃっと妙な声を洩らした。お慶も唖然として両膝立ちになった。

「いや、お慶殿。味なこつになり申したばい」

居直ってか、口の端を上げた。

役人の手下に促されるまま、広縁へと移った。

目前には大きな畳間が広がり、奥の襖絵は墨で描いた竹林の七賢図だ。遠山は縄を打たれたままの姿で同じ広縁に引き据えられている。傍らに坐した武家は同心であるのか目つきが鋭く、亥之二が少し身を動かしても「神妙にせんか」と威嚇してくる。

やがて畳間に三人の役人が現れ、列座した。同心の口ぶりからして藩庁の与力らしい。

「大浦屋、なして熊本に来たとや」

右端の若侍が、居丈高に問いを発した。

「御家肝煎りの御商いと遠山しゃまより伺うておりましたゆえ、御支配頭の村上様にご挨拶に伺いましてござります。ばってん、御支配頭は何も与り知らぬ、藩庁に行けと仰せになりました」

しかしお慶は藩庁に駈け込まなかった。にもかかわらず遠山は捕縛されている。となれば、支配頭の村上が何かしらを不審に感じて藩庁に伝えたとしか考えられない。

「手付金の受取証文ば持っとっとやろ。差し出さんか」

やはり村上から話が通っている。お慶は懐から証文を出して同心に渡した。同心は膝行し、中央の与力に差し出した。三人が順に目を通している。

お慶は遠山の姿を横目で見やり、情けなかと思った。おそらく、御支配頭の名を勝手に持ち出したのだ。すなわち、偽書を作成した。

まったく、何ゆえかようなことをされた。私はあなた様の依頼に応じて我が名を記し、判も捺いたじゃなかか。それが商人の「信」の示し方たい。それをわざわざ余計な物ば作って、いったい何を怖がっておったと。

若侍が二人に小声で相談し、躰の向きを戻してから「大浦屋」と呼ばわる。

「証文には、八月、九月限りの商いて記してあっとじゃなかか。日限に至らんとに不都合ば申し立つっとは、ぬしゃ、熊本藩ば何と心得とっとか。期日に至って万一のこつあったら吟味もするばってんが、急きよってから」

きつい口調の叱責だ。そうか、私が御支配頭の屋敷を訪ねたためにご家中を捕縛せざるを得なくなった、それをお怒りなのだと察した。

「手前の本意は、御支配頭様にご挨拶を申し上げたかったのみにござります。ですが万一の事があれば御藩庁が吟味下さるとの由、かほどに心強かことはござりません」

若侍の顔色が変わった。お慶が言質を取ったことに気づいたらしい。また三人で話し合っている。潜め声だが、「村上殿が調べ損のうた」と聞こえた。

「大浦屋、この証文は預かっちおくぞ」

「結構にござります。写しにござりますゆえ」

「何てや」と、今度は年嵩の与力が目を剝いた。

「そんなら、本書ば出さんか」

「恐れながら」と、お慶は膝前に手をつく。

「証文の本書は商人の命綱にございます。そればかりは、お渡しするわけにはまいりませんたい」

三人の与力は憮然として顔を見合わせた。

その後、毎日のように旅籠に役人が訪れ、同じことを命じる。

万一、煙草葉の納めが延引の際は熊本支配頭が取り捌き、大浦屋にはいささかの難渋も掛けぬ。

この文言に墨を引けというのだ。当然、受け容れられることではなく、お慶は「お断り申します」と斥け続ける。そのうち遠山を伴って訪ねてきた。何ゆえ縄を解かれたのかは不明なままで、しかも詫びの一言も口にせず「取り除かんね」と言う。

「証文から、御支配頭ん条ば外しちはいよ」

「かような成り行きに至って頼み事とは、面の皮が千枚張りにございますな」

亥之二は押し黙ったままだ。役宅に呼び出されて以降、溜息しか吐かない。

「大浦屋」と役人は遠山を押しのけ、わざとらしい作り笑いを泛べた。

「墨で塗ったくればよかだけのこったい」

「ならば、請人たる私の名も取り除かせていただきます。よろしかですね」

「いや、それはならん」

「それは平仄が合いませんたい。それでも是非にと仰せになるなら、遠山殿がお受け取りになった手付金の三千両、あの金子銀子をお戻しいただきたかです。私がご当地のしかるべき問屋で煙草葉を仕入れ、取引先にお納め申しましょう。かように取り計らえば、藩の御名がすたることもありませんばい」

役人相手に脅しめいた言いようになったが、お慶は高々と顔を上げて向き直った。

「十五万斤の煙草葉を約束の通り納める、これが先決ですばい。さもなくば、日本商人の名がすたる」

しかし相手も折れず、物別れに終わった。やがて七月半ばになって「廃藩置県」なる詔が発せられたようで、熊本藩は熊本県になった。お慶の前に訪れる役人の顔ぶれも変わり、けれど同じやりとりを繰り返す。

その最中、父の太平次の具合が悪いとの文がおよしから届いた。いったんは長崎に帰りたいと申し出たが、役人は「支配頭の条を除け」と権柄尽くだ。こなたも頑として撥ねつける。すると「こんダラが。おなごの分際で賢しらな」と責め立てる。

旧幕時代、長崎は長年の天領地であり、長崎奉行や上級諸役の顔ぶれはしじゅう入れ替わったものだ。ゆえに町人は自らの手で町を治めてきた。上から抑えつけられることが少なかったぶん、気風は闊達で武家にも恐れ入ることがない。

いや、真にそうであっただろうかと、役人の肩越しに窓外を見やった。若い時分、油商仲間の親爺どもから頭ごなしにやられたものだ。私はいくつになっても、生意気だと叩かれる。

「何ば笑いよっとか。県庁ば侮りよっとや」

相手は顔色を変えているが、呆れ半分で懐かしかった。

結句は亥之二だけを先に長崎に帰し、お慶は八月に入ってから熊本を出立した。事態は膠着したままだが、納品期限まではまだ日数はある。偽書の件は役所が相応の咎を問えばよいと、考えを分けた。

「期限までに必ず煙草葉を納めてくださいよ。よかですね」

遠山に低声で念押しして船に乗った。

港から駕籠を走らせて着到し、大浦屋の暖簾を潜った。出迎えた番頭や手代の顔色ですぐに察しがついた。離屋を覗くと、父は北枕で仰臥していた。

「お父しゃん」と叫ぶなり亥之二は泣き崩れ、手がつけられない。

お慶は通夜と葬儀の段取りを考えた。

四十九日の法要を終え、納品期限の九月末がいよいよ近づいた。

まだ一斤たりとも長崎に届かず、しかし遠山は「八十万斤の煙草葉ば買い取らんか、商会に訊いちくれ」などと文をよこす。納品もせずに別の商談を持ち出すなど、正気の沙汰ではない。

お慶は業を煮やし、今度は手代を連れて熊本に足を運んだ。ヲルト商会の社長であるハントも同道して遠山と掛け合えば、「ちょうど五百俵、長崎ん五島町に送ったとこばい」と言ってのける。しかし番頭のクリフがその荷受け先に問い合わせれば何も届いていないばかりか、「煙草なんぞ知らぬ」との返答だ。大浦屋の手代が総出で町じゅうの廻船問屋と蔵を探ったが、やはり一俵も見えないと、文が届いた。

ついに期限が過ぎ、十月に入った。

「一日待ってくれんね。あと一日で十五万斤揃うとたい」

遠山は言を左右にして埒が明かない。手代を熊本に残し、お慶は長崎に引き返した。品川藤十郎に相談するしかないと考えたゆえだったが、大阪に出向いて留守だという。それからも遠山に文で問い合わせるたび、逃げ口上だ。ある日は遠山の遣いだという男が訪れて、信じられぬことを言った。

「百俵、茂木ん浦までは積んできた。ばってん長崎までん船賃が不足して荷が止まりよったい。ちいとばかり融通してもらわんと、荷ば引き渡せん」

問い詰めれば、明らかな虚言だ。暖簾の外へ叩き出した。

眠れぬ夜が続いた。およしは粥を用意したり、西洋料理のソップを取り寄せたりする。匙を持つものの吐き気がして、すぐ厭になる。やがて枕から頭が上がらぬようになった。

「女将しゃま、しっかりなさってください」

「縁起でもなかねえ。まだ死なんばい」と笑って見せるが、声が嗄(か)れている。それでも考えを巡らせて書状を作り、番頭を奥へ呼んだ。

「私の代人としてこの書状ば持って、御支配頭の村上様と熊本県庁に経緯を申し立ててきんしゃい」

万一の際は吟味してやるとの言質は取ってある。支配頭は遠山を出頭させれば吟味すると返答してきた。が、当人は長崎に来ていて動こうとしない。

十一月も末、ヲルト商会のハントが訪れた。目の端を吊り上げ、捲(まく)し立てる。早口の英語でよく解せない。ヲルトやガラバアがいかに配慮して喋ってくれていたか、今頃になって身に沁みる。

ただ、ハントがいかほど肚に据えかねているかは察せられるのだ。

お慶は毎夜、鳩尾(みぞおち)を押さえ、何とかせねばと呻(うめ)き続ける。

だが師走に入っても煙草葉は一俵たりとも届かず、遠山はその場限りの理由を述べ立てるばかりだ。

大阪から戻ってきた品川藤十郎にやっと同道を頼み、ヲルト商会に出向いた。

「何としてでも品物は納めさせますけん、二十日までお待ちいただきたかです」

頭を下げ、品川がそれを通弁してくれた。しかし社長のハントは言下に「ノウ」と唱える。顔を上げれば、傍らに坐した番頭のクリフも見下げ果てたような目つきだ。ハントは両の肘を曲げて掌を見せる異人独特の手振りをしながら、激しく言い立てた。

品川が、「もう要らん」と通弁した。

「予定していた船に荷が間に合わんかった。英吉利の相手方には、取引ば白紙に戻して欲しかと連絡する」

「お待ちくださ い」と、お慶は洋卓に手をついて頭を下げた。

「あとしばらくの日数をいただきたかです。この通り、後生にござりますばい」

品川の口添えもあって、ハントは不承不承ながらも待つことに同意した。

だが、遠山はどう催促しても荷を納めない。そして長崎市中の滞在先から、ふいに姿を消した。

「何としてでも、長崎に連れてきんしゃい」

熊本に手代を差し向けて遠山の自邸を訪ねさせ、お慶は支配頭と県庁に嘆願の文を出し続けた。胃ノ腑がギシギシと痛むが、床に臥してはいられない。煙草葉の問屋に分けてくれる品はないかと訪ね回り、しかし収穫期は晩夏から秋にかけてだ。いずこも取引を終え、余剰を抱えていなかった。

このままでは重大な約定破りになる。

お慶はまた、支配頭の村上に文を書いた。

約束の品を期日までに納めざるは言語道断の仕儀にて候。かくなる上は手付金として受け取りし三千両を返すよう遠山殿にお命じ下されたく、伏して願い上げ奉り候。

数日の後に文が届き、しかし差出人はヲルトだ。誰かに頼んだのか、日本語で書かれている。

体調が優れず、英吉利に帰ることにした。向後も大浦屋の弥栄(いやさか)を祈る。

いつだったか、品川が口にしていたことがある。

長崎の異人で最も稼いだのは、ヲルトだろうて噂ばい。ガラバアのごと情に流されん、冷徹なところのあったけん。

微かに非難めいた響きを感じたが、言いたか者には言わせておけばよかと思った。着の身着のまま船に乗った若者が己の才だけを頼りに海を渡り、巨万の富を築いたのだ。その財と、可愛い妻子を伴って母国に帰る。

ヲルトしゃんはさぞ、誇らしかろう。

煙草葉について何も触れていないのは耳に入っていないのか、もはや関心がないのか。いずれにしても安堵した。市中ではもう口の端に上っているようなのだ。

あの大浦屋が、えらかことになっとるらしか。

顔色を変えて問屋を訪ね回り、しじゅう熊本に通っているので無理もない。しかも亥之二は近所や出入りの者をつかまえては愚痴を吐いているらしい。他人の難儀が大好物の町雀に絶好の餌を撒く。

お慶はヲルトの手紙を畳み、文箱に仕舞った。

熊本県庁から呼び出しがあり、寒風が吹きすさぶ中を船で向かった。

姿を現した遠山はさらに居直ってか、まるで他人事のように澄ましている。摑みかかりたくなる気持ちをお慶は何度も抑え、息が荒くなるほどだ。上座についたのは二人の武家で、一人はどうやら支配頭の村上久太郎であるようだ。

「遠山を糾問いたしたが、全くはかばかしい返答を得ぬ。納期までに処理するのは覚束なかろう」

覚悟はしていたものの、肩が落ちる。

「よって、遠山の家禄五カ年分を召し上げて渡す。取っておけ」

暮れが迫ってから、藩札で七十一貫九百二十匁を下げ渡された。そのまま当地で明治五年の正月を迎え、両替商で正金に替えた。三百五十二両一分と二朱半だ。

手付の三千両には遥かに及ばぬがすぐさま長崎に帰り、すると通詞だった西田圭介が大浦屋に訪れていた。英吉利にしばらく留学していたらしく、頭は断髪で洋装だ。

「明日、東京に発ちますけん、大浦屋しゃんに、ちと挨拶をと思うたとです。ばってん、何事です。顔色がお悪かですよ」

短い眉を心配げに下げる。

「西田しゃん、せっかくおいでいただいたとに申し訳なかけど、ヲルト商会に同道してくれんね」

理由を手短かに話して通弁を頼むと、すぐに「よかですよ」と腰を上げてくれた。

商会に着くや応接室に通され、まもなくハントが現れた。洋卓の上に金子をそっくり置き、事情を西田に通弁してもらった。ハントは最後まで聴き取らぬうちに血相を変え、何かを払いのけるように右腕を大きく動かした。

「大浦屋しゃん、こんな端金、受け取れんと言っています」

西田が遠慮がちに通弁するので、「よかです。全部、ありのままに通弁してほしか。そして私の申すことも間違いのう伝えてください」と頼んだ。そして背筋を立て直し、ハントに頭を下げた。

「熊本の御支配頭も、随分とお骨折りくださったとです。手前もただ手をこまねいておったとではなかです。幾度も熊本に行き来して、それでようやく得た金子ですたい。これが今の精一杯にござりますゆえ、どうかお収めください」

西田は伝えた。しかしハントは逆上して激しく言い立てている。西田はそれを通弁せずに何かを訊いた。ハントは掌で洋卓を叩く。お慶は二人のやりとりを、固唾を呑んで見つめるだけだ。

西田がようやく視線を戻した。

「あなたが請人なのですか」

「さようです」

「ハント氏は、手付金と違約金、合わせて六千両を払えと言っています。そういう約束になっていると」

「そんな」と、声が途切れた。

「たしかに約定書にはそう記してありましたばってん、そがん大金、払えるわけがなかです」

「あなたが請人に立ったゆえこのビジネスに乗ったのだ、あなたに手付金を騙し取られたも同然だと言っています。私には信じられません。いったい何が起きたとです」

手付の三千両は、どこに消えたのだろう。

遠山が密かに隠し持っているのではと疑っていたが、そうであれば家禄を召し上げられるという事態は避けられたはずだ。武家としては不面目の極み、真っ当な身分を失ったに等しい。

「西田しゃん、お願いします。向後のことは力を尽くしますけん、まずはこの三百五十二両一分と二朱半、受け取ってほしかと伝えてください」

西田は言葉を尽くし、ハントは憤懣やるかたない面持ちながらもやがて承知し、受取に署名をした。お慶を一顧だにせず、署名した後、まるで汚いものに触ったかのようにペンを放り投げた。

商会の白い建物を西田と共に出て礼を言うと、「お力になりたかとは山々ですが、明日には横浜行きの船に乗ることになっとるとです」と眉間を曇らせる。

「誰かしかるべき人を、間に立てた方がよかですよ。あの社長の憤り方は尋常じゃなかです。大浦屋しゃんがいかほど真っ当な商人であるか、口添えはしておきましたが」

それには答えようもなく、「上京前に、申し訳なかことをお頼み申しました。ほんに助かりました」と頭を下げた。互いの無事を願い合い、居留地で別れた。

家に帰ってまた文を書いた。

真相の究明を熊本県庁に頼んで、手付金を取り戻すしかない。

まもなく呼び出しを受けた。ただし熊本県庁ではなく長崎県庁からだ。すぐさま亥之二と番頭を連れて赴くと、役人から思いもよらぬことを通告された。

ヲルト商会が遠山と福田屋喜五郎、そして大浦慶を相手取って出訴に及んだのである。

六千両から遠山の家禄を差し引いた残金、五千六百四十七両余を弁済せよ。

英文の訴状にはそう申し立ててあるらしい。

大浦屋に戻っても、亥之二と番頭は「どがんしましょう」と声を震わせるばかりだ。

雁首揃えて蒼褪めて、どうするとお慶に迫る。

目を閉じ、息を吸う。ゆっくりと吐く。目を開いて、二人を見返した。

「私も訴える」

遠山と福田屋喜五郎に対し、手付三千両の返金を求める訴えを起こした。

二月に入ってまもなく、突如、雪崩(なだれ)を打つように物々しい連中が表から入ってきた。

「神妙にいたせぇい。さもなくば、縄を打つぞ」

蛮声を張り上げる。小座敷で書状を書いていたお慶は立ち上がり、十人ほどの役人の先頭に向けて負けじと大声で問うた。

「お間違えではござりませぬか。ここは茶葉商、大浦屋ですたい」

「いかにも。その大浦屋の家財道具、今より差し押さえる」

言い返すが早いか、「かかれぇ」と軍配団扇(ぐんばいうちわ)を振り上げた。奥からおよしや女中らが出てきて、しかし役人衆は草鞋履きのまま方々に踏み込み、店之間の道具に次々と紙を貼って封印していく。若い奉公人や女中らは怖がって震え上がり、泣き声も上がって大騒ぎになった。

「姉しゃん、差し押さえられたらどがんなると」

亥之二は情けない声を出してお慶の背中に取りつき、およしが「若旦那」と叱りつけている。おみつが製茶場から女衆らを連れて出てきたが、「大丈夫やけん。静かに」と背後の皆に言い含めた。

奥に進む役人らを、お慶は追いかけた。座敷が踏み荒らされ、調度のたぐいが封印されていく。広縁を伝い、陣頭指揮を執る役人を見つけて前に回り込んだ。

「これは、いかなる御沙汰によるものでござりましょうか。ヲルト商会の訴についてはまだ御取り調べの最中にござりましょう。裁決も出ておらぬうちに差し押さえとは、あまりなご無体をお働きになる」

「であればその旨、相手方に申し立てよ」

役人は目の端を尖らせた。

「手前らも伊達や酔狂で踏み込んだわけではない。異人に対して、恥ずかしゅうて堪らぬわ」

吐き捨てられた。

畳が揺れるほど役人が行き交う中で、お慶は文机の硯と筆、墨を広縁に持ち出した。

　裁決が出るまでは何とぞ差し押さえの儀はご猶予下さりたく、ヲルト商会に料簡を仰せつけ下さるよう伏して願い上げ候。

その後も毎日、封印された家財に囲まれて役所への嘆願状を書き、届け続けた。店之間では書類簞笥のみならず火鉢や算盤、製茶場では釜と茶箱も封印された。誰も仕事ができないが、皆に厳と言い渡した。

「今はただ、何にも触れんごと」

使おうとすれば封印を破らねばならず、すると牢屋行きだ。縄つきを出すわけにはいかない。

嘆願状を何十も出して、差し押さえの儀はようやく解かれた。お慶の訴えについての吟味はさらに続き、何度も呼び出されて口書を取られるものの一向に裁決が出ない。ヲルト商会は頑として、お慶に償わせたがる。ついに英吉利の領事館に訴え出て、領事館が長崎県庁に対して迅速な解決を文書で要求したという。

契約書にあるごとく、商人大浦慶の推薦によってヲルト商会は三千両を前渡しした。その後、ありとあらゆる努力を試みたが、成果は得られなかった。

どこから洩れたのか、そんな内容であるらしいと、旧知の茶葉屋、堺屋がおよしに耳打ちしたらしい。

「女将しゃま、まだ結着のつかんとですか」

およしもさすがに不安な声を出す。本業の茶葉商いがいよいよ傾いているのだ。外商の中には従来の取引量を大幅に減らし、止めてきたコンパニイもある。

「私の訴えは、まだ役所が吟味しとらす最中たい。ここで折れたら、三千両の行方も事の経緯も不明のままになる」

三月、産地から続々と茶葉が届き始めた。おみつが店之間に入ってきた。

「全部、炒ってしもうてもよろしかでしょうか」

「産地が丹精してくれた茶葉に黴ば生やすわけにはいかんやろう」

「かしこまりました」と、おみつは引き受けた。

五月も半ばを過ぎた頃、遠山が熊本から長崎に身柄を移されてきた。英吉利領事館に急かされた長崎県が「解決が停滞いたさば、外交上、由々しき事件になる」と、熊本県に強く迫ったらしい。

遠山は牢に収監され、ようやく本格的な詮議が始まった。経緯がお慶にも明かされたのは、七月に入ってからだ。

遠山はそもそも反物商いに手を出して失敗し、借金を作った。その返済に難渋して、煙草葉商いを企てたのだという。最初はリンカ商会に話を持ち込んだが破談して、ヲルト商会を相手にすることにした。

受け取った手付金は借金返済にすぐさま充てたが、その返済先の一件として役人は思わぬ名を挙げた。

品川藤十郎である。

線香と菊花を供えてから数珠(じゅず)を持ち直して墓前に屈み、合掌した。

先祖と両親の冥福を祈り、墓を見上げる。九月の空はしみじみと青く、鰯雲(いわしぐも)が流れてゆく。溜息を吐くかわりに先祖と祖父に詫びる。

こがん破目に陥ってしもうて、ほんなこつ申し訳なかです。

この秋、役所による調べと吟味が落着を見て、お慶は真の顚末(てんまつ)を知ることになった。

三

すべては、二年以上も前に始まっていた。

明治三年の夏、熊本藩士遠山一也は長崎の地で知人と組み、瑞典(スウェーデン)の商人から反物を仕入れて熊本で売り捌く商いを始めたようだ。元手金は乏しく、預かった反物を売り捌いてから代金を後払いするという危ない綱渡りで、その際、通弁に立ったのがかねてよりの見知りであった品川藤十郎だった。

商いは最初はうまく行ったものの、反物の相場が下がったことで外商への支払い代金が揃えられなくなった。反物を質に入れて相場が上がるのを待ったが下がる一方で、外商からは支払いを厳しく迫られる。

明くる正月、遠山は品川に頼んで千両を借り受け、急場を凌(しの)いだ。しかしやがて損金は二千六百両にも及び、外商にも品川にも返済の目処が立たない。進退窮まったその頃、旨い話を耳にした。煙草葉の商いだ。煙草葉は利鞘が大きく、ことに外国人が好むという。しかも移出の場合、まず手付金を受け取り、品物を納めた際に実際の質と量によって精算を行なうのが尋常で、これは茶葉でも同じ方式だ。

その時は煙草葉の仕入れ先も確保したようだ。品川に通弁を頼んで商談を持ちかけた相手は英吉利商人であるリンカ商会で、商会は念の為、「この取引に応じてもよいか」と外務局に問い合わせた。外務局からはこう返答があった。

士族と商いを行なう場合、所属の藩庁から長崎の役所に対し、この者は確かな人物であると保証させる必要がある。それがなければ認可はできない。

熊本藩から折紙をつけてもらうには日数がかかり、それがいかに難しいことかを遠山は承知している。慣れぬ商いに手を出した家中の人物保証をすれば、万一の場合、藩が火の粉を被るからだ。遠山は商会に掛け合い、「信用のおける商人が加われば」との条件を引き出した。

それで、品川と二人して大浦屋を訪ねてきたのである。しかしお慶はリンカ商会とは取引をしたことがないとの理由で断った。そして遠山はごくあっさりと引き下がったのだ。品川と朗らかに話をして、切迫さなど微塵も感じさせなかった。実際には、反物を預かっていた瑞典商人から支払いを迫られ、品川からも借金の返済を迫られていた。

あの日、遠山は、もしくは品川は、絶好の思案を思いついたのではないか。取引をしたことがない相手だとの理由で、大浦屋は断りおった。となれば、取引のある外商なら引き受けるかもしれぬ。

大浦屋といえば、ヲルト商会だ。そこで商会に赴き、煙草葉のビジネスを持ちかけた。やはり請人を求められたので、遠山はまたも品川と共に大浦屋を訪れた。あの日のさまを思い返すと、お慶は今も奥歯が鳴るほどに腹立たしい。

遠山の陳述によれば、大浦屋が請人になることでヲルト商会からまず手付金が得られる。その金で瑞典商人への支払いを済ませ、品川に借金を返し、質屋から反物を請け出すという絵図を描いた。反物を売り捌いた金で煙草葉を仕入れ、ヲルト商会へ納めれば八方丸く収まるはずだった。だが反物の請け出し期限に間に合わず質草は流れ、つまり煙草葉の仕入れに充当するつもりの金子を作れなかったことで目論見は破綻した。

遠山の言い分が真であるかどうか確かめる術がなく、虚言を弄した者の陳述を今さら丸呑みする気にはなれない。支配頭の「大浦屋には難渋をかけぬ」という文書が虚偽なら、もう一人の請人、福田屋喜五郎の名も全くの別人に書かせたものだったのだ。

遠山は端から、煙草葉商いをする気などなかったのではあるまいか。

手付金目当てに品川と示し合わせ、私を狙ったのではないか。

そして私は彼らの意図通り、助力した。熊本藩と商いができる、また大きな商いになるかもしれぬという欲は亥之二だけではない、自身にもあった。何よりも、品川を信じていた。かつての大通詞であり、長崎製鉄所の頭取助役の一人として名を連ねていた名士だ。

そして月花楼のあの離屋(はなれ)でテキストルに茶葉を預けた時、通弁してくれたのは他の誰でもない、品川だった。その巡り合わせを信じていた。

いや、私は過信していたのだ。己の運を。

品川は遠山から、己が貸していた千両とその利息をまず回収した。あの時、手付金の一部を品川に渡してくれと遠山から言われた時、少し妙な気がしたことは憶えている。

だが疑念とまでは行かず、言うがままに残金も渡した。

遠山と品川は手付金さえ手に入れば、請人である私が後難を負うことになろうとかまわなかったのだ。

大浦屋は何の苦労もなく、外商相手に濡れ手で粟の儲け方をしてきた。違約金を含めて六千両になろうと、どうとでもなろう。しかも、所詮はおなごの商人だ。藩庁もまともに取り合うまい。

お慶がこれほど役所に掛け合い、出訴もするとは予想していなかった節もある。七月に出た裁きでは、遠山は「三千両を詐取した廉(かど)により士族の身分を除籍、刑罰は準流十年、身代のすべてを商会へ渡すように」と申しつけられた。

品川に対しては、「遠山から受け取った金子はヲルト商会より不当に得たものであるので、千百二十両を取り上げる」との裁きが下された。

そしてお慶は、こう申しつけられた。

遠山から体裁よく説明された商談を信じ、虚偽の文書とは知らぬこととはいえ、確かに請人として連印した。

よって、ヲルトへの弁済額の不足を支払え。

遠山の身代は何ほどの額にもならず、五十数坪の家屋敷の他は刀一本しか所持していなかった。ゆえに弁済金のほとんどすべて、千四百九十二両一分永百十七文がお慶の負担とされた。つまり品川と遠山には取り上げが可能な金高を命じ、不足分をお慶に回した裁決だ。さらに違約金三千両も加えられる。

墓前でそろそろと立ち上がり、西の彼方を見る。長崎の港は今日はやけに静かだ。

背後で気配がしたような気がして振り向けば、懐かしい顔がそこにあった。白い頭を下げている。

生きていた。

刹那、そう思った。姿を消してからもう六年ほどになる。

「幽霊やなかですよ」

真面目腐って剽げたことを言うので、向かっ腹が立った。

「何も言わんと消えてしもうて、どこに雲隠れしとったと」

「旅に出とったとですよ。大阪にも足を運んだとです。躰はまだ丈夫ですけん、寺や百姓の家に住み込んで下男などをさせてもらいましてな。河内の菜種畑はさすがに、よか油を産しておりました」

何百年も前の大浦屋の出跡を訪ねたらしい。

墓所の隅に建ててある小さな墓石の前で、共に屈んだ。香華を手向け、手を合わせる。傍らを見やればまだ瞑目し、両手の指を揉むように合わせている。

友助、弥右衛門がお参りに来てくれたとよ。

線香の煙が目に沁みて滲む。

「女将しゃん、例の件は落着したとですか」

屈んだまま、さらりと訊いてきた。領事館をも巻き込む訴訟騒ぎになったので、誰の耳に入っていても不思議はない。お慶は「そうたい」と、立ち上がった。

「弁済金の不足は私が払うことになった」

弥右衛門も腰を上げ、水桶を手にした。

「やはり、真正面に引き受けられたとですか」

「いや、言われるがまま違約金三千両まで払うては負け戦が過ぎる。それは容赦してくれるようヲルト商会に交渉してほしかと、役所に談判した」

「先方の返答は」

「油屋町の戸長も役所に嘆願ば添えてくれたしね。役所から英吉利の領事館を通じても説得してくれたらしゅうて、何とか断念してくれた」

「ばってん、不足分はお払いになるとですね」

「それも交渉して、すぐに用意できんやった分は月払いにしてもろうたとよ」

「ということは、家屋敷を抵当にお入れになったとですか。して、いかほど」

「千二百五十両」

二人で墓所を出て、秋草の生う細い坂道を下る。

月賦金証文は明治五年九月の日付で、外務局に差し出した。

月賦金証文のこと

一　金三千両　うち、一七五〇両は当座に納入

残額　金一二五〇両

右の抵当として

家屋敷　表口　二四間六尺二寸　裏口　二七間四尺

奥行　左側　十三間二尺三寸　右側　十三間三尺八寸

坪数　三五四坪三勺

土蔵　三軒

その証文には、添書きをするよう求められた。

熊本県士族遠山一也がイギリス商人ヲルト商会から煙草商売として手付金三千両を騙し取った件に際し、私も約定書に連署した責任により弁償することになったため、今回取り決めた割合の通りに必ずお支払いいたします。万一、一ヶ月でも支払いが滞り、ヲルト商会から訴え出られる仕儀に至りましたら、抵当の家屋敷と土蔵はすぐに没収されても異議を申し立ていたしません。

差出人は大浦慶、跡取りとして亥之二も連名、捺印は免れなかった。そこに同じ町内で保証人として立った町人が「前書の通り、少しも相違ございません。支払いが滞った場合、私が引き受けて、お約束の家屋敷と土蔵を共に差し上げます」と添書きした。お慶が万一、返済を滞らせた場合、当人に代わって抵当物件を差し出す、その執行を受け持つのが保証人だ。戸長も同様に、「万一問題が生じた場合、家屋敷を引き渡します」と連署した。

月払いは今月の九月から始まる。今の大浦屋にとって、毎月六十二両二分は途方もない高だ。それがこれから二十カ月続く。

「ここで逃げたら、商法の道に外れるけんね。日本商人の信用も地に墜ちる」

「女将しゃん、大浦屋に戻らせてもらえませんか」

足が止まった。

「あんた、何ば言いよっと」

「こがん年寄りでも、まだ算盤は弾けますばい」

「いけん。お父しゃんがあんたにどげん迷惑ばかけたことか。その詫びもできとらんままばい」

「いいえ。手前の浅慮が、あんお方の性根ば曲げてしもうたとです。真っ当に生きる道筋を、手前のお渡し申した銀子が塞いだようなもんですばい。女将しゃんにあまりに申し訳のうて、こん町から逃げたとです。どげんしたら償えるものか、考えて考えて。ばってん、わかりませんでした。此度の一件は大阪で耳にしたとです。居ても立ってもおられん心地になりました」

息を呑み、皺深い顔を見つめる。

「沈みかかった船に、乗ってくれるとか」

「沈ませません」

弥右衛門は渋辛い声で返し、また歩き始めた。

九月、十月と、最初のふた月は弁済金を何とか工面した。

だが覚悟はしていたものの、お慶が背負った借財の噂は瞬く間に市中を巡り、手形を扱う両替商や出入りの商人らが蝗(いなご)のように押し寄せてくる。千二百五十両もの負債とは、大浦屋も終いじゃ。破産する前に、取れるだけは取っておかねばならん。

「すぐさま払(はろ)うてくれ」

「わしんとこもじゃ。何とかしてもらうまで、今日は帰らんばい」

「そうたい。すぐに清算してもらわんことには共倒れ、いや、こっちが先に潰れかねん」

お慶は店之間の土間に膝を畳み、身を二ツに折るようにして頭を下げる。

「必ず金子ば調えてお持ちしますけん、しばらく待ってもらえんですか」

「女将しゃん、そがん真似ばなさっても無駄たい」

「うちの帳面も綺麗にしてもらいたか」

「そうじゃ、ぐずぐずしとらんと、ここに銭箱ば持ってこんか」

大声でわめき、番頭や手代らが詫びて宥めても詰め寄ってくる。暖簾の前は大変な人だかりで、丁稚らは棒立ちだ。亥之二は奥にいるのか、姿を見せない。

弥右衛門がお慶の隣に並んで土間に跪(ひざまず)き、頭を下げた。

「この大浦屋、逃げも隠れもいたしませんばい。そがん魂胆のある店に、わしんごたる古びた人間が舞い戻るわけがなかでしょう」

「弥右衛門しゃん。あんたがどがん言おうと、こればかりは引き下がれん」

結句、売れるものはすべて売って払いに充てた。書画に屏風はもちろん、簞笥に長持、小袖、銘物の茶碗から家紋入りの漆器、伊万里や色鍋島の鉢や皿、ぎやまんの人形に虫籠、扇一本に至るまでだ。夥しい家財道具が屋敷と蔵から運び出された。

ガラバアから贈られた青も、お慶は手放した。いまだ西洋馬は珍しいので、新興の船具商人が「譲らんか」と持ちかけてきたのだ。飼葉代は何をどうしても工面するつもりだったが、こんな渦中にあっては走らせてやることができない。馬は走ってこそだと、別れを決めた。最後にブラシをかけて撫でさすり、「ソーリー」と詫びた。青は暴れもせず、新しい家へと手綱を引かれて行った。

思わぬ高値がついたのは、亥之二の丹精していた盆栽だった。もとは父から教えられて弥右衛門の植木を世話したのが契機で、その後、松柏や梅、万年青などを手掛け、金子も随分と注ぎ込んでいたらしい。好事家の間でも評判の鉢を揃えていたようで、それらを売り払った日は荒れに荒れた。

「こがん家、帰ってくるんやなかった。いつも偉そうに指図して、奉公人までわしを馬鹿にしくさって、挙句がこのざまたい。姉しゃん、あんたは親父もないがしろにして、死に目にも傍におらんかったやなかか。商才なんぞこれっぱかしもなかくせに手ぇば拡げて、素性のようわからん者らにねだられるまま何千両と振る舞うて、何が国事じゃ。

利用されるだけされて、姉しゃんはとうとう大浦屋の身代を潰してしもうた」

二十を超える奥の座敷からはやがて花入れもなくなって、およしと共に坐り込んだ。互いに一言も発せず、床の間の空虚を眺めた。

四

師走に入ってまもなく明治六年になった。

政府が「改暦ノ布告」なるものを発して西洋の暦に変えたためで、本来であれば十二月三日である日が元日である。まだ梅も匂わず、暖簾は寒風にあおられて乾いた音を立てるばかりだ。

奇妙な正月に、お慶は頭を抱えた。改暦によって、十二月と一月分の弁済金をひと月で用意しなければならない。三が日が明けて早々に亥之二を連れて、新興の外商を訪ねることにした。これまでつきあいのあった外商は取引を止めてきて、今年の出荷の目算が立たない。茶葉が届く季節までに手を打っておかねば、仕入れ量にかかわる。

だが、いずこもお慶の名札を見るなり口の端を曲げ、まれに商談に乗ってくれる会社があっても足許を見て、途方もない安値を差してくる。

店に帰るなり、亥之二は泣き言だ。

「毎月六十二両二分の返済なんぞ、土台が無理な話じゃ。できん約束ばするから苦労ばい」

奉公人の前でも平気で責め口調を遣う。

「外商が買うてくれんかったら、茶葉商いなんぞ成り立たん。姉しゃん、どげんすると」

つと、帳場格子の中の弥右衛門が目を上げ、小座敷の畳間に上がってきた。

「若旦那、今、何と仰せになりました」

「商いが成り立たんと言うたばってん、それが悪かか。本当のことじゃなかか」

「いや、その前ですたい。外商が買うてくれん、移出ができんとなれば、どうなさる」

「どうもこうもできんから、切羽詰まっとるったい。毎日、日暮れまで足を棒にして歩いても行く先々でけんもほろろに扱われて、どがん惨めなことか」

「なら、日本人がおるじゃなかですか」

亥之二は「何ば言うとると」と舌打ちをするが、お慶は弥右衛門を見返した。

「外国人が駄目なら、日本人を相手にしてみるということか」

弥右衛門と目を合わせ、素早く考えを巡らせた。

「ばってん、うちが入り込める隙があるかどうか。今はうちの暖簾も信用がなかし、それに茶葉にも商い仲間がある。卸から仲買、小売りまで、びっしりと網の目のように組んどるとよ」

旧幕時代に大浦屋が茶葉に乗り出せたのは、外商相手の交易だったからだ。それは今も変わらず、新たに商いを始める者は、あの遠山のようにまず外商相手のビジネスを考える。当たれば儲けが大きいからだが、既存の商い仲間にはなかなか参入させてもらえぬという壁があるのも理由だ。

弥右衛門は「女将しゃんらしゅうもなかですな」と、膝を前に進めた。

「わしは大浦屋の茶葉は天下一じゃと思うとりますばい。身贔屓で言うとるわけじゃなかです。ここに戻って、茶はこがん旨かものかと唸ったとですよ。茶の味になんぞ頓着したことがなかったとに、しかもこがん窮地にあっても旨かなんぞと思わされるとは尋常じゃなかですたい」

それで弥右衛門は、およしに訊ねてみたらしい。売り物にはできない茶葉だと聞かされて、なお驚いた。であれば淹れ方が違うのかと思い、それも確かめた。むろん、変わった仕方ではない。

「やはり、茶葉そのものが違うとです」

亥之二は欠伸を噛み殺している。弥右衛門が「若旦那」と、目だけを動かした。

「明日から茶葉屋を回りますけん、よろしゅう」

「わしがか」と、半身を逸らしている。

「他に誰がおられるとですか」

弥右衛門はすぐさまおみつを呼んで、「見本を用意してくれ」と命じた。

竈に据えた釜で、生の茶葉を炒ってゆく。左右の手に大しゃもじを握り、焦がさぬように茶葉を常に躍らせねばならない。釜の熱はかっと顔を灼き、茶葉から立つ水気も凄まじい。夏の蒸し暑さの中で、製茶場の女衆らは半裸で立ち働いている。

お慶も薄い衣一枚で竈の前に踏ん張り、上下左右に腕を動かし続ける。汗が噴き出して目の中に入る。首にかけた手拭いで拭きたいが、今は手を止められない。

「女将しゃま、もうよかです」

背後から、おみつの指図が聞こえた。おみつは一々釜の中を確かめずとも、匂いだけで頃合いを判ずる。お慶は大しゃもじの柄を前垂れの紐に差し、「そうれ」と声を出しながら釜を持ち上げた。広げた莚の上に、釜の中をざっとあける。おみつはその前に両膝をつき、すぐさま茶葉を広げた。そして両の手で丹念に揉み始める。いつからこの揉捻の手間を加えるようになったのか、お慶は知らない。おみつが自ら工夫していたのだ。ひと手間増えるので余分な仕事である。

お慶も莚の前に屈みこみ、丁寧に揉んでいく。炒ったばかりであるので、茶葉は大変な熱さだ。掌は火膨れを繰り返し、瓦のごとき硬さになっている。しかしこうしていったん揉んでから乾かすことで、茶葉の甘味と香りは格段に増す。

おかげで、長崎の茶葉屋が仕入れてくれるようになった。十七年前、ヲルトから初めて大量の注文を受けた時に助力してくれた堺屋もその一軒で、主家から暖簾分けを受けて今は独立を果たしている。

弥右衛門が訪ねると倅と共に応対してくれ、見本の味見をするなり目を瞠ったらしい。

「こがん良品を異国にばかり移出しておったとは、勿体なかことでした。もっと、日本人に味おうてもらいましょう」

値組みは厳しく、外商相手の取引と比べれば三分の一の利鞘だ。が、この売上げがなければたちまち手許が詰まる。奉公人も櫛の歯が欠けるように去り、今では往時の半数以下だ。年季代わりの際に辞めた者もあれば、番頭や手代の中には弥右衛門の昔ながらの厳しさについていけない者もあった。

残った者は共に、死に物狂いで働いてくれている。お慶もこうして製茶場に入れば、荷詰めもする。掌だけでなく、腕の内側には釜に触って火傷をした痕が方々に残っている。水膨れを起こし、破裂し、醜く引き攣れている。

「おみつしゃん」

女衆の一人が呼びにきて、何やら相談している。

「いや、今日、納めることになっとるとよ。丁稚もおらんとね」

「歳若の者はおりますばってん、あの者らでは危なっかしゅうて荷車ば曳かせられません」

お慶は手を動かしながら、「どげんしたと」と首を伸ばした。

「皆、出払っとりまして、品納めに出る者がおらんとですよ」

近頃は手が足りず、弥右衛門も朝から亥之二を連れて商談に出ているという。たとえ十斤に満たぬ注文でもこまめに対応して、取引先を増やしていくしかない。

「どことどこに納めると」

おみつが何軒かの茶葉屋の名を口にしたので、「なら、私が行くたい」と答えた。

「女将しゃまが。とんでもなかことです。それなら、私が参りますけん」

「いや、近場やけん、どうということはなかよ」

「およししゃんに叱られますたい」

「今さら、どうも言うわけはなか。それよりあんたは女衆らに目配りして、茶葉の仕上げに専念すること。さ、丁稚らを呼んで、早う荷を積ませんね」

お慶は開け放した窓の向こうに空を見て、製茶場の机の上に畳んであった法被に腕を通す。朝は晴れ渡っていたというのに、雲の薄灰色が増えつつある。

荷積みのできた荷車の曳き棒を両手で持ち上げると、掌に裂けるような痛みが走る。ぐっと指に力を籠め、握り締める。

「女将しゃん、よかですか。押します」

「ああ、しっかりな。よぉいとせッ」

丁稚らが背後から車を押す。車輪がギシとなる。

「こんくらいの荷なら私一人でよかけん、あんたらは製茶場の手伝いをしんしゃい」

川沿いの通りを、お慶は車を曳く。今日は川面も濁って、なお蒸し暑い。

前のめりになって一歩、また一歩と進む。たちまち汗みずくになる。大股で行くので薄物の裾が割れ、湯文字もはみ出している。釜が発する熱を受けてか、首から上はすっかりと茶葉色だ。こんな四十半ばの黒いおなごが必死の形相で車を曳く姿はさすがに珍しいのだろう、目を剝く者がいるがすぐに興味を失ってか、足早に通り過ぎていく。たまに見知りの者とも行き会うが、相手は気づいていないふうだ。

「大浦屋にございます。品納めに伺いました」

茶葉屋の手代らしき者に声をかけると一瞥をくれ、「裏に回れ」と顎をしゃくられた。黙々とそれに従う。次の店も、その次の店も同様だ。誰も女将だとは気づかぬようで、こちらも名乗りはしない。まして今や、「大浦屋」の名に一筋の重みもない。

「有難う存じました。またよろしゅう願います」

車を曳き、次へと向かう。

こうして前へ進むしかないのだ。ひとたび弁済をしくじれば家屋敷を取られ、商いができなくなる。奉公人を路頭に迷わせることになる。

毎月、残債は減っていくけんね。

皆の前では強気なことを口にし続けている。しかし夜、奥の自室に独りでいると、今月こそ返済できんかもしれん、もう終いかもしれんと、恐ろしい不安に駆られる。

傘鉾町人と謳(うた)われて傲(おご)り高ぶって、あのざまじゃ。信じていた者に騙された、まんまと詐欺に引っ掛かった。

長崎じゅうに指を差されて嗤(わら)われている。

ひとたびそんな想像に囚われると、とめどがなくなるのだ。

あの、悪質で手が込んだ、そして途中からは全く杜撰(ずさん)な事件にかかわることになった己の失敗に苛(さいな)まれる。

自身で思う以上に、胸の裡の傷は深かった。無念、無念と、拳で畳の上を叩き続ける。

日中、こうして働くことで、お慶はようやっと己を支えている。悔いと口惜しさを追い払い、夜はまた火だるまのごとき心地でのたうち回る。その繰り返しだ。しかし歯を喰いしばって足を踏み出す。

逃げようとは思わない。

己の失敗を総身で味わって、毎日、薄皮を剥いでいく。後悔や恨み、惨めさにおさらばしていく。

最後の一軒は寺町界隈で、荷を下ろし終えた直後に降り出した。

雨脚が太い。ふだんは夏木立が青々としているのに、何もかもが白く煙っている。たちまちずぶ濡れになるが、車を曳き続ける。と、泥道の窪みに車輪がはまって二進も三進も行かなくなった。辺りを見回しても人影一つない。雨ばかりだ。

お慶は泥濘の中に膝をつき、車輪を持ち上げる。居ついたようになって動かない。腰も背中も軋む。

「今こそが私の正念場、戦たい」

雨の中で大声を発していた。

第六章　波濤

一

明治七年も新茶の季節を迎えた。

「女将しゃま、そろそろお越しです」

およしが製茶場の戸口まで呼びにきた。後をおみつに頼み、庭伝いに奥へと上がる。釜炒りの匂いがしみついた縞の仕着せを脱いで素裸になり、濡れ手拭いで躰と顔を拭き上げる。およしが背後に立って髷を整えてくれるが、櫛一枚手許に残していないので元結を結わえ直すのみだ。着物もこの季節に着るものとしては一張羅になった白紬に袖を通し、濃鼠色の帯を締めた。

姿見をちらと覗けば四十七歳の女がいる。野良に精を出す百姓女のごとき肌色をして、もはや草臥れを越えて頑丈そのもの、ふてぶてしい面構えができてしもうたと片頬で己を笑う。白粉や紅はもともとつけぬので素顔のまま、帯の横腹をポンと叩いてから座敷へ向かった。

　広縁で、懐かしい姿が庭を眺めている。お慶は敷居前に進んで膝を畳み、手をつかえた。

「お久しゅうございます」

「こちらこそ、ご無沙汰しましたな」

　茂作もさすがに寄る年波には勝てぬのか、背中が少々丸まって瞼も弛んでいる。前に大浦屋に訪れたのは元治二年の春であるので、かれこれ九年ぶりの再会になろうか。お慶より二十ほど歳嵩であるから、六十七、八のはずだ。あの一件が起きるまでは折々に文を交わしていたので、かほどの年数を経たとは思えない。

　ただ、かつて茂作が賞でてくれた庭は様変わりした。織部好みの石燈籠や名木の類も売り払い、今は楠の大木と楓、あとは灌木と下草ばかりだ。しかし草のたぐいも花を咲かせれば実もつけて、つぐみや目白が両足で飛び跳ねたり土の中に嘴を突っ込んで何やら食べているさまには心慰められる。

「今年の新茶も上々の出来ですたい。有難うございます」

　二月に佐賀の不平士族が蜂起するという変事が起き、一時は茶葉の入荷を危ぶんだのである。茂作は士族とも交誼が広いので、政府に鎮圧されて処刑された江藤新平一派の中にも知友がいるのではないかとお慶は案じたものだ。しかし佐賀の役について文で触れたことはなく、目前でもゆるりと頰を下げて煙管の吸口を咥える。

「大浦屋さんの商いは、暦が変わって厄介なことはなかね」

「手前どもは外商との取引に西洋の暦も併用しとりましたけん、慣れております。ばってん、市中では混乱しとるらしかですね」

「百姓がいちばん迷惑しとる。昔の暦は季節に合うとったけん、四月一日は春から夏に変わる節目、こん時分に摘んだ茶葉が最も旨かとはっきりしとったとよ。ばってん新しか暦はひと月ほども早かし閏月もなかけん、肥料やりの時期や量もいちいち日取りを計算せんばならん。旧か暦もこっそり出回っとるらしかばってん、なんせ政府が西洋暦に強引に切り替えてしもうたけんね」

そこで言葉を切り、「そういえば、あんた、知っとっとか」と、悪戯者めいた目をした。

「西洋の暦ば採り入れると決めたとは、大隈八太郎さんらしかよ。新政府に入ったはよかばってん、なかなか芽が出んごたったが、高官らが西洋に行っとる隙に、ええと、何と言うたか、そうそう岩倉卿の使節団じゃったか、その留守の間の政府ば預かっとる隙にいろいろと己の考えておった改革を断行したらしか」

お慶はクスリと笑った。

「強引と申しましょうか、相手に有無を言わせんところがおありでしたけんねえ」

「あんお人も使節団に加わりたかったろうし、本人もそのつもりでおったろうになあ。

なんせ若い時分から英吉利語ば学んで、こん長崎に佐賀藩校の英学塾のあったろう」

「五島町の、致遠館でしたか。校長が宣教師のフルベッキさんとかいうお方で」

「そう、その致遠館で教頭格として指導しとったし、フルベッキさんから亜米利加の独立宣言ば教えられて、そいで頭が大いに進んだらしか。今も己が信念を曲げぬ勇気が肝心とばかりに、意見の異なる者には徹底的に議論を吹っ掛けるもんで敵もさぞ多かろう。そいでもまさか使節団から外されるとは思いもよらんことで、無念やる方なかったろうて。まあ、その腹いせに改革を断行したとは、わしは言わんが」

最後は可笑しそうに目尻を下げて、煙をくゆらせる。

お慶には大隈という男の得体がどうにも摑みにくく、よくわからぬままだ。

あの当時、大浦屋に出入りする二本差しの侍は一様に外国との交易の実際を知りたがり、大隈もビジネスの実際を教えろとお慶に迫り、ヲルトに引き合わせたこともあった。彼もやはり西洋に渡りたいと念願していたのだろう。しかしその存念を明かしたことはなく、坂本龍馬のように大きな気宇でもって若者らを率いる気配もなかった。むしろお慶には常に冗談めかした物言いで、丸山町に熱心な様子しか記憶に残っていない。

「今は大隈重信と名乗って、参議兼大蔵卿に任ぜられとう」

「大出世にござりますとね」

であればこそ、大隈にとっても郷里佐賀の役は苦渋の仕儀であっただろう。

背後で気配がして、およしが客を案内してきた。茂作は「ああ、来んしゃった」と膝を回す。

「以前から、あんたに引き合わせて欲しかて頼まれてとってな。此度は、そいを果たしに来崎したとですよ」

客は四十前に見える男で、着流しに羽織をつけている。

「杉山徳三郎と申します」

「ようおいでになりました。どうぞ、こちらへ」とお慶は膝で退り、広縁に招いた。茂作を挟んで三人で並ぶと、およしと女中が茶を運んできた。昔のように手の込んだ菓子は用意できないが、草餅を添えてある。茂作は無雑作に手掴みで食べ、「ん、こいは結構」とおよしをねぎらう。

「杉山さんは旧幕時代、海軍の伝習所で学ばれたお人でな。船に詳しかとよ」

顎を動かしながらの紹介だ。

「佐賀のお方で」

「ここ長崎の、代々、地役人を務めておらしたお家の人たい」

よく見れば、目鼻立ちの明瞭な男だ。ふと、どこかで会ったことがあるような気がした。

「なら、乙名しゃんのお家柄ですか」

「いえ、町司です」と、杉山自身が答えた。

旧幕時代、奉行所の管轄下で町政にかかわってきたのが地役人で、町人でありながら幕府から禄を受けるという長崎特有の身分だった。江戸から遠く離れたこの地で異国との交易を円滑に行なうには、地元で長年蓄えてきた経験と知恵が不可欠であったのだ。支配役である乙名や通詞も地役人で、町司は市中の警備、蘭船や唐船入津時の水上警備などを受け持っていた。

「それで海軍伝習所に入られたとですか」

「御役は兄が継ぎますけん、私は一念発起ばして伝習所に入ったとですよ。幼い時分から、海が好きやったとです」

声も物言いも若々しく、どこかしら人懐こさがある。もしやと思い当たった。

「杉山しゃん、亀山社中に入っておられたとですか」

「社中には加わってなかったばってん、親しか者はおりました。坂本しゃんや近藤しゃんらともよう呑んで、いつじゃったか、ここの製茶場の二階に勝手に上がって騒いで、女将しゃんに叱り飛ばされたことがありましたと。いやあ、あん時は怖かった」

さようでしたかと、思わず眉が下がる。

「いや、お前しゃまらの不行儀はほんにひどかった」

笑いながら返した。

横顔を見つつ、そうかと腑に落ちる。どこかで会ったことがあるような気がしたのは、我知らず、あの面影を重ねていたのだ。

宗次郎が生きていたらこんなふうに歳を重ね、目尻に皺を寄せて笑っただろう。

茂作も機嫌よく茶を啜り、「そいでな、お慶さん」と胡坐を回した。

「あんた、横浜でビジネスばやらんね」

面喰らって、「よ」と顎を突き出した。

「横浜ですか」

「そうたい」と、茂作はうなずく。突然で、しかも物見遊山に誘うがごとき気軽な言いようだ。

「出店ば出したかと、念願したことはありましたばってん」

その準備を進めていた最中に友助が客死した。横浜と耳にするだけでさまざまを想い、胸の裡が曇る。

「うんにゃ、茶葉じゃなか。横浜製造所という工廠のあっとさ。この杉山さんと一緒にやらんか」

「やるって、何をです」

「経営たい」

「お戯れがひどかですよ。手前は茶葉商、先祖代々は油商、製造などと堅かもんになど一度たりともかかわったことがなかです」

達者そうに見えとるがひょっとしてと目をすがめると、茂作が察してか、「違う、違う」と顔の前で掌を振る。

「まだ耄碌しとらんばい。正気よ。わしも杉山さんに、今、あんたが言うた通りのことを言うたばい。そいはいくら何でも無茶じゃなかかてな。ばってん、何ば製造しとるかというと、船の汽缶や部品ば作っとるらしか」

「船」と、お慶は膝の上の手を重ね直した。

「船のきかんとは何です」

訊ねれば、杉山が「ボイラアですたい」と半身を乗り出す。

「水を沸騰させて蒸気ば作るとですよ。船にとって、ボイラアは心ノ臓のごたるもんですたい。ゆえに、長年使うたら故障ばするし衰えもする。部品も同じですたい。ばってん、日本人にはその修理や手入れができんかったとです。大金ば積んで軍艦ば購うてもメインテナンスができねば危のうて仕方がなかし、外国の技師に頼りきりというのも危なか話です。海軍ば作っても船がそがんありさまじゃ、いざという時にこん国ば守れん。技師が母国に引き揚げてしもうたら、一巻の終わりですばい。なあ、井手しゃん」

井手は茂作の名字で、井手茂作与志郎という。杉山は茶を威勢よく飲み干し、茂作とお慶を順に見る。

「いったい、何のために幕府ば倒してレヴォリユウションば果たしたとか。そもそもは、日本を欧米の喰い物にされんためじゃったはずですたい。そのために、いかほどの血を流したことか。政府もそれを痛いほどに承知しておるゆえ、製鉄所や造船所の設立を急務としたとです」

杉山は長崎製鉄所をふりだしに大津造船所や兵庫製鉄所でも働いて、造船にかかわる技術を身につけたという。

「部品の製作についても、一通り以上の心得ば持っとるつもりです。で、井手しゃんから政府が横浜製造所を民間に払い下げたがっとると聞いた時に、ぜひとも手前にやらせて欲しかと奮い立ったとです」

茂作が庭を見つめながら話を引き取った。

「さっき話した大隈さんじゃが、あん人とは今もつきあいのあっとよ。通詞の西田圭介ていう男のおったろう。彼は留学ば果たして英語ば会得して、東京に出たったい。その腕ば買われて、今、大隈さんの私邸で用人のごたっ仕事ばしよっと」

ヲルト商会のハント社長との掛け合いで、西田には世話になった。下手な通詞を介したら、事態がもっと悪化した可能性もあった。

「さようですか、西田さんが大隈しゃんの用人に」

「そいでわしも時々、東京に出たら屋敷ば訪ねるとばってん、大隈さんは忙しい身じゃけど、ほんの四半刻でも一緒に茶ば飲んでくんしゃると。で、ある時、横浜製造所ば民間に引き受けさせたかが、よか者はおらんかという話になったったい。そいで、次に上京した際に杉山さんのことば言うたら異存はなか、そいけど、商いに明るか人間もおらんことには経営は無理じゃろうて」

横顔が動いて、お慶に顔を向けた。

「わしじゃなかとよ。大隈さんが、お慶さん、あんたの名ば出したと」

「私がいかほど大きなしくじりを犯したか、大隈しゃんはご存じなかですもんね」

「うんにゃ、承知しとるたい。なにせ、英吉利と外交問題になりかけた一件やっけん」

茂作の、剽軽にキョロリと目玉を動かす癖も変わらない。

「ばってん、しくじらん人間なんてこの世のどこにおっと。皆、失敗ば重ねて、恥や悔いで胸ん中の真っ黒になっても、そいば抱えて生きとっとじゃなかね」

茂作の言葉がしみじみと胸にくる。その黒いものに何度も押し潰されそうになって、それでも毎月、地を這いずり回るように働き抜いてきた。ヲルト商会への弁済は先月、四月末にようやく終わった。

お慶は頭を振った。

「私は、これから出直す身ですばい。他に適任のお方がいくらでんおらすでしょう」

下駄のように四角い顔が泛んで、「そうそう、岩崎しゃん」と小膝を打った。かつてこの地で土佐商会を切り盛りしていた岩崎弥太郎は海運業で財を成し、三菱という会社を立ち上げた。稀代の商才は長崎でも知らぬ者がない。

「岩崎しゃんがよかですよ」

「まさに、その岩崎さんもあんたの名ば出したとよ。大浦屋には厳しい時に世話になった、おかげで腹ば切らんで済んだて言いよんしゃったって。むろん岩崎さんも、事件のことは知っとんしゃっとよ」

もう言葉もなく、お慶は庭へ目を投げた。大楠が五月の光を揺らし、どこかで山鳩が鳴いている。

海風の匂いがする。

「皆、あんたの苦境ば知りつつ、手ぇば差し伸べんかった。大隈さんや岩崎さんには容易かことじゃったろう。ばってん、じっとこらえて見守っとったとよ。あんたが自力で立ち上がって商人としての信用ばどう取り戻すか、固唾を呑んで見守った」

少し考えさせて欲しいと答えを保留し、二人を見送った。

自室に引き取った途端、吹き零れた。辛い時期は耐えおおせたのに、こんな情には抗いようがない。

ただひたすらに泣いた。

お慶は船室から甲板へと出た。

船は亜米利加のパシフィック・メイル社の横浜・上海便で、長崎港を発ったのは七月の二日だ。大波止には弥右衛門とおよし、おみつ、そして亥之二夫婦の五人が揃っていた。

亥之二は一年前、明治七年の秋に女房を娶った。月花楼の女中で、聞けばもう五年ほどの仲だという。お政はそれを知っていたらしいがお慶の苦境にあっては耳打ちを控え、何かと二人の面倒を見てくれていたらしい。

亥之二しゃんはほんに気が小さかけん、おしまを道連れに心中でもされたら事やけんね。

小柄な亭主と共に仲人も引き受けてくれ、こぢんまりと身内だけで祝言を挙げさせた。おしまは伏し目がちのおとなしいおなごで、およしに対しても「よろしゅう願います」と丁重に辞儀をした。

祝言の翌日、奥に弥右衛門とおよしを呼んで横浜の件を相談した。

二人はとまどいを隠さない。

「製造所をお買いになるとは、また途方もなかお話で」

弥右衛門は口ごもりながらも、懸命に頭を働かせているような面持ちだ。

「資金拵えが難しかですなあ。さて、今の大浦屋がどこまで借りられるものやら。それとも、その杉山しゃんが分限者であられるとですか」

お慶は「いいや」と首を振った。

「さほどの資金は持っておられんと。今は勤めんと、唐人町で精米屋を開いとるらしかし」

本人が打ち明けたことには、意外にも喧嘩早い性分で、上役と揉めて勤めを辞したらしい。

「茂作しゃんは別れ際に、皆がよか話じゃと思うとってもビジネスは賭けじゃ、よう考えて、断っても構わんけんねと言うてくれたばってん」

「女将しゃまはどがん思うておられるとです」

およしに訊ねられて、ううんと咽喉の奥を鳴らした。

「この三月もの間、考えに考えた。あんな窮地に陥って皆にさんざ苦労ばかけたとに、横浜で船にかかわる仕事と思えば何かこう、久しぶりにこのへんがざわめいて、波が打って仕方がなかよ」

お慶は荒れきった手を持ち上げ、胸の上で重ねた。

「私でも新しかことを始めてもよかやろうかと思うたら、胸が躍る」

友助は大浦屋の出店を出す準備で横浜に行き、彼の地で客死した。

宗次郎も英吉利への船に乗り込んだというのに、渡海を果たさず自刃した。

横浜で船にかかわることで、私は彼らの志を忘れないでいられる。まだ見ぬ太平洋が広々と目に泛んで、胸が遥かに広がった。けれどまた失敗したらと思えば、途端に海の音が消えるのだ。もう乗り越えたではないかと自身に言い聞かせても、躰が先にすくんで、怖いと知らせてくる。「いや」と息を吐いた。

「やっぱり、船の部品の工廠なんぞ畑違いが過ぎる」

本音を洩らすと、弥右衛門がいきなり肩を揺らして笑い出した。

「何ば、おっしゃっとです。油商のくせに茶葉に手ぇば出したお人が、今さら畑違いとは片腹痛か」

およしも相好を崩し、掌をひらりと動かす。

「横浜にはテキストルしゃんもおらすし、ともかくその製造所とやらを見に行かれたらどがんですか。若旦那のためにもその方がよかですよ。お女房（かみ）しゃんをおもらいになったことですし、これからは女将しゃまが時々家をお空けになられる方が風通しがよかですたい」

結句、二人に横浜行きを勧められる格好になった。

茶葉商いは亥之二と弥右衛門に任せることにした。ヲルト商会への弁償金千二百五十両、この月賦払いを一度も滞らせることなく弁済しおおせたことで、取引を始めてもよいという外商が一軒、二軒と出てきたからだ。大浦屋の構えを見に訪れる者らもあって、その応対をするのも亥之二と弥右衛門だ。

「主(あるじ)をお支え申すのは手前どもの務めにござりますれば。しかも三代にお仕え申すとは冥利(みょうり)に尽き申します」

弥右衛門は張り切って、しかも不思議なことに、イエス、ノウも口にせず日本語一本(いっぽん)鎗(やり)なのだが相手に意が通じる。商談が進む。亥之二は功を焦ってか談合の最中にあれこれと片言の英吉利語を挟み、それで話が中断するものだから相手にされない。

朝夕の膳は亥之二夫婦と三人で摂(と)るのだが、朝から弥右衛門が出過ぎるだの、主を立てぬだのと愚痴の吐き通しで、おしまにも気の毒な気がした。見かねて弥右衛門の袖を引き、それとなく口添えをしてみる。

「あれはすぐに拗(す)ねるけん、もうちょっと花を持たせてやったらどうね」

すると目を三角にして睨み返してくる。

「二十七にもなられて、拗ねたら思い通りになる、ならんかったら誰かのせい、これは心に悪い癖がついとる証ですばい。そういうお人を下手に甘やかしたら毒にしかなりません。精々しくじって恥ばかいて、悔し涙を流させるしか、ああいう癖は抜けんとですよ。そんくらい、女将しゃんもよう料簡しておいでじゃと思いますがな」

口出しは無用とばかりにぴしりとやられて、一言も返せなかった。

それからは横浜行きに専念して、杉山と打ち合わせを重ねた。杉山は横浜の尾上町(おのえちょう)という町で小体な家を借り、お慶はひとまず宿屋に滞在することにしている。

当面の問題は、政府から払い下げを受けるための資金拵えだった。お慶は五百円を用意した。毎月六十二両二分を用意した慣いを続け、五十円ずつを店の銭箱とは別に貯め置いたものだ。「円」が正式に日本の貨幣単位となったのは明治四年に新貨条例が公布されてからで、その翌年には政府が新紙幣を発行したが、未だに旧幕時代の藩札なども目にする。昨今、巡査と呼ばれる邏卒の初任給は四円ほどだそうだ。

製造所を買うのに五百円ではとても足りぬと承知しつつ、これ以上は工面できなかった。家屋敷を抵当に入れれば借金できたかもしれないが、茶葉商いの場をまたも危うくするわけにはいかない。

杉山は知人、縁戚を訪ね歩いて百円を用意した。計六百円でどこまで政府に交渉できるか、場合によっては残金を月賦払いで申し入れようと話し合った。

兵庫港に入ったのは長崎を発った三日後で、太平洋では生まれて初めて富士を見た。この季節にも純白の雪をいただいた山は、空よりも青が深かった。

汽笛が鳴る。いよいよ近づいてきた横浜の景色に、お慶は目を瞠った。

長崎とは異なって山影が低く遠く、土地は海に向かって広く開けている。波止場のすぐ近くに洋館が建ち並び、小さな艀が魚のように行き交っているさまは長崎と同じだ。白い鷗の群れが、夏の海の光を掬うように飛んでいる。

横浜製造所は慶応元年当時、幕府側に肩入れしていた仏蘭西公使ロッシュの進言によって設立されたという。

十年前のことで、「横浜製鉄所」との呼称で操業を開始した。四千坪を超える敷地に鍛冶と旋盤、鋳物の工場棟が建てられ、亜米利加製工作機械や佐賀藩から献納された阿蘭陀製蒸気工作機械を据えていた。だがその後、世の動乱が高まり、ついに御一新が成った。新政府は他の旧幕施設と同様に横浜製鉄所を接収、官有とした。

所轄は工部省、海軍省を経て、明治六年には大蔵省の駅逓寮の支配下に置かれた。駅逓寮は郵便事業にかかわる役所で、慶応四年に設けられた交通通信担当官司を基としている。

お慶と杉山が「横浜製造所払下願」の書類を提出したのは、ひと月前の九月だ。

横浜駅から鉄道に乗って新橋駅で降り、四日市という地に向かった。駅逓寮は辺りでも一際目を惹く洋風二階建ての建物で、屋根は日本式の瓦葺き、壁は白漆喰が照り輝くようだ。正面入口の切妻屋根の上には西洋の時計が掛けられている。

「よろしゅう願います」

書類を渡した役人に深々と頭を下げ、お慶は杉山と共に人力車で江戸橋を引き返した。橋下を流れる川は日本橋川というそうで、俵や木箱を積んだ荷舟が行き交う。橋を渡り切る寸前、風を震わせるような音が辺りに響き渡った。通りを行く者がふと足を止めて、壁の時計を見上げる。お慶も首を回らせ、荘厳なほどの響きに耳を澄ませた。いよいよ、新たな事業に踏み出す。今の我が身が信じられぬような気がして、目頭が熱くなった。

しかし十月に入って秋雲が泳ぐ時分に至っても、役所から何の沙汰もない。何度も手紙で問い合わせるものの梨の礫で、今日も杉山が羽織袴で役所に出向いている。朝一番の鉄道に乗ったはずであるのに、旅館に姿を見せた時には西陽が傾きかかっていた。

顔を見上げるなり、事態の捗々しく進んでいないことがわかった。

「役所の中をたらい回しにされて、さっぱり要領を得んとですよ。仕舞いに大声ば上げて抗議したもんで、腹が減りました」

杉山は羽織を脱ぎ捨て、ばさりと胡坐を組んだ。汽車の吐く煤で顔を黒くしたままで、しかも額には汗粒を並べている。断髪の頭から顔までを手荒く撫でさするものだから、頬や鼻の下に悪戯描きのごとき黒線ができた。

「書類を受け取った役人が異動になったようで、横浜製造所の件と訊ね回っても誰も取り合うてくれんとです。大声を上げてようやっと応対に出た役人が渋々ながらも調べてくれたとですが、妙な具合になっとるとです」

妙なこと、味なことはもう二度とご免だと、女だてらに腕組みをした。

「さて、いかなる具合に」

「どうやら、郵便汽船三菱会社に貸与(たいよ)されることになっとるらしかです」

「三菱て、あの岩崎弥太郎しゃんの会社じゃなかね」

「海軍の船のメインテナンスよりも、郵便事業での役立ちを期待されたとでしょう。郵便も陸送から船を使う時代ですけん」

「何を今さら。そがんことより、製造所を民間に払い下げたかというご意向であったはずが、何で貸与されることになったとです。そもそも、払い下げについては大浦屋慶を一枚加わらせろと大隈しゃんが仰せになった、岩崎しゃんも私の名ば出してくれたとじゃなかったとですか」

「一昨年、大蔵省から内務省が分離して、それに伴(ともの)うて駅逓寮の支配も去年、内務省に移ったそうですばい。役人の口ぶりから察するに、大隈卿(きょう)の意向が引き継ぎされんかったとでしょう。三菱もたちまち大きな会社になりましたけんね、岩崎しゃんご自身がこの件をどこまでご承知か不明です」

「政府の管轄が変わったなんぞという大事なことに気がつかんまま書類ば出して、私らもほんにおめでたかこと」

見据えると、杉山もぐいと肩を怒らせた。

「お慶しゃん、さっきから私を責めておられるとですが、それはちと違うとやなかですか」

「何も違うとらんでしょう」

「あなたと私は共同で製造所を切り回そうという間柄やなかですか。それを、何ね、何もかも私の手落ちみたいに言い立てて」

「駅逓寮の支配も内務省に移ったそうですばいなどと、暢気に他人事みたいに報告するからやなかですか。そがんことはもっと早う摑んでいただきたか」

「この私の、どこを暢気やと言うとですか。去年から何度も上京して役所に挨拶ばして、そいでん、役人はなかなか口をきいてくれんとですよ。所管の変更があったことなど、誰もいちいち教えてくれん。その間、あなたこそ何をしとった。テキストル商会に入りびたって、楽しゅう遊んでおったじゃなかか」

「入りびたってとは、何たる言いよう。テキストルしゃんは横浜に詳しかから、いろいろ教えを請うと言うたでしょう。そもそも、杉山しゃんは役所、私はビジネスの下拵えと、役割を分担しておったとじゃなかか」

思わず、膝前の畳を掌で叩く。

「私だけを責めるとは、お門違いじゃと言うとるとです。何でんかんでん他人のせいにするな」

杉山も負けじと声を張り上げ、畳を叩き返した。亥之二と一緒にされたような気がして、口中に厭な味が湧いた。憤然と立ち上がり、開け放った窓から腕を突き出す。欄干(らんかん)に干してあった浴衣や手拭いを取り入れ、部屋の隅の行李(こうり)の蓋を開いてぶち込む。

「何ばしよっとです」

「長崎に帰るとですよ。初っ端(しょぱな)からこがんつまらん躓(つまず)き方をしとったんでは、どのみち上手(うも)う行くはずがなか。幸い、金子(きんす)はまだ渡しておらんとですから今が退(ひ)き時ばい。杉山しゃんも腕に覚えがあるんなら、郵便汽船三菱に雇うてもらったらよか」

「雇われ者では思うように技術向上に注力できん、ゆえに自身のファクトリイを持ちたかと、何べんも話したじゃなかですか。あんた、ひとの話を聴いとらんとか」

「好きなようにしんしゃい」

風呂敷を出して行李を包む。青二才めがと、どんどん腹が立ってくる。

「お慶しゃん」

大音声(だいおんじょう)でまた呼ばわるので見返れば、杉山は畳を摑まんばかりに腕を広げ、頭を下げている。

「頼む」

「何の真似です」

「大隈公を訪ねて、一緒に頼んでくれんですか」

「何ですと」

「そうでもせんと、このままでは三菱に貸与されてしまう。大隈公と三菱の関係が深かことは、新聞にもいろいろと書かれている通りですばい。大隈公から一言、岩崎しゃんと駅逓寮に言うてもろうて、手前らに払い下げを」

「そがん図々しか真似、私はできん」と、お慶は風呂敷の結び目をぎゅうと締め上げた。

「ビジネスが案配よう運んでから御礼に参上するのならともかく、こがんつまらん仕儀で泣きついたら恥の上塗りたい」

するとと杉山の顔の横縞がぐいと動いた。

「何じゃ、このおばはんは。せからしかことばかり言い散らしおって、偉そうに」

畳を蹴るように立ち上がり、唾を飛ばしているではないか。

「杉山しゃん。あんた、今、何と言うた」

「おばはんにはもう頼まん。去りたきゃ去れ。長崎に逃げ帰って、茶ば挽(ひ)いとれ」

両腕を振り回して、足音も荒く出て行った。

いつか自身で口にした通り、杉山は喧嘩早かった。そして私もだと、襖の向こうの暗がりを見て溜息を吐いた。

稲刈りの済んだ田圃が延々と続く。

遠くには小さな森や林も点在し、畦道の斜面は彼岸花の赤が鮮やかだ。

杉山は呶鳴り合った次の日に詫びに来て、またも大隈公訪問に同道してくれと頭を下げた。お慶は根負けをして、神田錦町にある大隈重信の自邸に手紙を書いた。宛名は用人を務める西田圭介で、するとすぐさま西田の代筆で「早稲田の別邸に来るように」との返事がきたのである。

杉山と共に鉄道に乗って新橋駅で降りると、二頭立ての馬車が出迎えに来ていた。洋館の普請の音がそこかしこで響く市中を抜けると、郊外には昔ながらの田畑が広がっている。やがて田圃を見晴るかすかのような丘に、長屋門と黒塀が見えた。明らかに大名屋敷と思われる構えだが、豪壮というよりも恬淡と時を重ねてきたような佇まいだ。たぶんあれが大隈卿の別邸だろうと見当をつけた。馬車は丘を上り、果たしてその門前で止まった。門の両扉はすでに開け放たれ、門衛に来意を告げるまでもなく、洋装の西田が立っていた。

「ようこそ」

かような所で西田と再会できるとはと、たちまち胸が一杯になる。手を差し出されたので握手をした。互いに言葉もなく、うなずき合うのみだ。

「どうぞ中へ。御前がお待ちかねです」

招じ入れられて門を潜り、石を畳んだ小径を行く。西田の後ろにお慶、そして杉山だ。杉山は馬車の中から神妙な面持ちで、口数も少なかった。頼みの綱である大隈卿に取り合ってもらえなければ、此度の計画は断念せざるを得ないので当然だろう。

お慶はといえば、どうとでもなれと居直っていた。杉山が言う通り、ビジネスを始める当人だという心が足りないのかもしれない。船の技術についても杉山から書物を借りて学んではいるが、蒸気で船が動く仕組みもまだよく解せぬままだ。クランクやシリンダアの説明を読むうち眠くなってくる。

西田は歩きながら時々、振り向く。

「ここは高松藩松平家の下屋敷でしてね。昨年、御前がお買い取りになったんですよ」

訛りはすでになく、小兵ながらも所作に切れがある。用人として大隈に仕える日々が充実しているのだろうと、綺麗に整った丸い後頭を見ながら従いて歩く。西田は母屋の玄関に入らず、茶室の小亭の脇を抜けた。塀際には松や椿、山茶花が混植されて根の隆起も美しく、苔生した土の方々にはごろんと転がって止まったような石が点在している。緑の枝の下を曲がれば、そのつど石燈籠や石仏が現れる。

大樹の幹を見上げ、またも茶室らしき離屋の土壁の横を抜け、すると突然、景色が開けた。

声もなく一歩、二歩と前に出ると、杉山も何やら唸っている。大小の池泉と木々を配した回遊式の広大な庭だ。水面に張り出しているのは老松に楓で、うねるように刈り込まれた躑躅の向こうには深山のごとき築山が広がり、水辺の小径は苔と白砂だ。そして池は秋の風に吹かれて漣を立てている。

小橋で池を渡ると、中島の四阿の前で庭の主が立っていた。羽織袴のいでたちだが、近づけば、襟許に西洋の襟無し襯衣が覗いているのが見えた。

その昔、女衆らが鯰のようだと怖がった唇の両端はさらに傲岸そうに下がっている。頬骨が張り、眼光も以前よりさらに鋭い。歳の頃は三十七、八、まだ四十には届いていないはずだが、さすがにいくつもの修羅場を踏み抜けてきた武家の面構えに見える。

お慶が足を止めて辞儀をすると、西洋人のように大きく腕を開いた。

「ウェルカン、トゥ、マイガアデン」

四阿の前に床几が並べてあり、勧められるままに腰を下ろした。西田は背後に退り、直立している。

「お忙しいところお時間を頂戴いたしまして、恐れ入ります」

と、大隈は種を弾くように破顔した。

「何を他人行儀な挨拶をしとる。おかしな人だなあ」

「他人ですけん」と、笑い返した。杉山が名札を出して名乗り、すると大隈が「いや、此度の件だが」といきなり切り出した。

「大蔵省から内務省に所管が変わった際に、齟齬があったらしい。払い下げの儀も貸与という形になるが、もう一度書類を作成して提出してくれぬか。駅逓寮の長には念を押しておくゆえ」

「それはつまり、手前どもが拝借してもよかということでしょうか」

買い取るより借りる方が、資金はよほど楽だ。

「さよう。ただ」と、大隈は顎に手を置いた。

「二人とも長崎の者とあっては不自然だと言い出す役人もおるやもしれん。横浜にも名うての商人がおるゆえ、名を連ねてもらっておきたまえ。西田、名札を写して杉山君に渡してやってくれ。そうだ、高島屋だ。母屋の手文庫にもあるはずだ」

それにしてもと、大隈の事の処し方の速さに舌を巻いた。頭を下げても懇願しても他人は意のままに動いてくれぬのが尋常だと、身に沁みている。今日はまず挨拶、今後、何度か訪問して陳情するつもりであったのだ。しかし大隈は撞く前に響く鐘のごとくで、会って五分ほどでお慶と杉山の来旨を遂げてしまった。

「高島屋というと、あの鉄道の敷設に尽力されたとかいう高島嘉右衛門しゃんですか」

杉山が訊ねると、「見知りか」と大隈が眉を上げた。「いいえ」と首を振るが、お慶はテキストルから何度かその名を聞いた。横浜の地の豪商だ。

「旧幕時代は肥前屋というて、伊万里焼を移出する商人での。承知の通り、維新前の横浜は漁村であったゆえ、幕閣や外国の高官が滞在できるろくな宿屋がなかった。会食しながら談合する料理屋もない。そこで嘉右衛門が高島屋という旅館を開いて大繁盛させた。わしや長州の伊藤も高島屋をよう使うたもんでの」

在りし日を想い出してか目を細め、また続けた。

「そのうち主の嘉右衛門とも懇意になって、鉄道で横浜と東京を結んで陸路を開くべきだとわしらに熱弁をふるいおった。言われるまでもなく、鉄道敷設は我が国の殖産興業政策の要、急務ばい。敷設に要する海の埋め立て工事を嘉右衛門が自前で引き受けるというので任せて、しかし当時の政府の財源では報酬を払えんでの。線路に用いる以外の土地は私有してもよろしいと許可したわけだ」

長崎の大浦海岸埋め立てにおいても同じ方法で、幕府は小曽根家など地元の大商人に助力させたはずだ。新政府もいざとなれば商人を上手く遣う。むろん商人も御公儀や政府の力を盾にして、商いを意のままに運ぶ。だが自前で海を埋め立てるなどという難事業は、我欲だけでは完遂できぬだろう。そこに信念や利他の心なるものがなければ、運がついてこない。

「横浜に高島町があるだろう、あの辺りも嘉右衛門が造成した土地だ。横浜に瓦斯燈を灯したのも嘉右衛門で、あいにく昨年の火事で焼失してしもうたが、伊勢山下に藍謝堂なる学校も開いておった。志ある者に英語と仏蘭西語、独逸語を学ばせた教育者、なかなかの賢哲だ」

杉山は「私も横浜に来てから幾度となくお名は耳にしましたばってん、いや、大変な方ですなあ」と、感心しきりだ。

「易断に優れておるゆえ、お慶どのも見てもらうといい。非常によく当たるが、占いは売るものではないと言うて金は取らん」

お慶は曖昧に相槌を打った。先祖の菩提を弔い、神仏に祈りもするが、占いのたぐいには気が向かない。因果がどうの、先行きはこうなるなどと予言されたら、つまらぬではないか。

杉山が立ち上がり、西田に件の名札の写しをもらいがてら母屋を拝見するらしい。お慶は大隈と肩を並べて池の景色を眺める。楓の澄んだ紅色が水面に映り、黄色や緑も揺れている。

「よか庭ですね」

ややあって、大隈も「ん」と認める。

「高松藩の下屋敷であった頃に築かれた庭と聞いているが、その前は彦根藩井伊家の持物であったらしい」

「なるほど、それでこがん水の多か庭ですか」

「いかにも。近江八景ばい」

語尾に訛りをまじえたので横顔を見た。大隈も目を合わせて、にかりと笑ってよこす。

「お慶どの、再会できてよかった。よう生き延びられた」

「何の、これからまた、生きるか死ぬかのビジネスば始めます」

「さような豪儀を申すから、あらぬ噂を立てられる」

「噂とは、私のですか」

「そうだ。幕末に茶葉交易で莫大に稼いで、その金子を長崎に集まった志士らに注ぎ込んだ、倒幕にも一役買った女志士らしいぞ」

「そんな噂、とんでもなか」と、噴き出した。

「私には政についての志なんぞ、なかったですばい」

彼らの熱が眩しくて、傍にいるだけで面白かった。それだけだ。

「まだあるぞ。大浦屋の座敷に志士らを匿うはいいが、毎夜、亀山社中の若者に湯殿で背中を流させたそうな」

「己の背中は己で洗います」

「わしは一度くらい、流させてもらいたかったがのう。しかし言下に振られ申した」

また笑わせにかかる。

考えれば、惚れた腫れたに縁がない。たぶん、おなごとしてはお粗末な人生なのだろう。けれどこうして人に恵まれてきた。これ以上何を望もう、上々たいと、お慶は空を見上げた。

どこからともなく稲藁の匂いが漂ってきて、秋鳥が鳴く。

杉山とお慶はその後、「拝借願」へと書面を整え直し、横浜の豪商、高島嘉右衛門らにも名を連ねてもらって駅逓寮に提出した。

十二月、正式に「横浜製造所を五カ年の間、貸し渡す」との認可が下りた。


大きな声が響いて、お慶は目を上げた。

「この釘を何に使用するかですと。エンジンのストロオクを修理する、そのための部品の注文をいただいとるとですよ。いや、じゃから、部品を製作するには金型が要るでしょうが。その金型を作るための装置を。ああ、この図面ばしかと見てください。ここに用いる釘ですたい」

杉山がまた、官員とやり合っている。

「なら、この砂鉄は何じゃ」と問いを変えられ、洋机を激しく叩いた。

「いい加減にしてもらいたか。あんたらに一々糾問されとったら、仕事にならん」

官員らも狭量なのだ。工業品製作の何も知らぬのに、検査の名を借りて重箱の隅を突き回す。

「よそ見をするでない。この支出は何じゃ」

お慶の前にも別の官員が坐しており、会計簿の上を指で示している。料理屋への払いだ。

「お得意様の接遇費ですたい」

「造船所の者か。名を記せ」

「いえ、これは造船所ではのうて、向後、取引してくださる見込みの商人ですたい」

すると、鬼の首でも獲ったかのように胸を反らせる。

「取引しておらぬ相手と呑み食いしたのであれば、私費であろう。かような費えは経費とは認められん。それから、この東京への鉄道運賃は何じゃ」

「ですから、注文を下さりそうな会社を訪問したとですよ。これも自前でやれとおっしゃるとですか」

「当たり前ぞ。まだ商いになっておらんのだろう。おい、何じゃ、その目は。造船所からの注文を粛とこなしていくのが、その方らの業務ではないか。図に乗るでない」

「そのご注文だけでは成り立たんけん、新規開拓に励んどるとじゃなかですか」

お慶も掌で机を叩く。

口を開けば意地の悪い詮索をして偉ぶりたがる、こんな官員らに自分たちは月給を払っているのだと思えば、なお腸が煮えてくる。

機械の前の杉山もまだやり合っていて、「仕事の邪魔をするなあッ」と叫んだ。

「得意先は横須賀造船所だけですか」

テキストルが葡萄酒の入ったデカンタを持ち上げたので、お慶は洋杯を斜めにして酌を受ける。

日曜日は工場が休みなので、夫妻はこうして時々、居留地の家に招いてくれる。杉山は尾上町の借家からの通いだが、お慶は敷地内の役宅で暮らしている。

「そう。下請けたい。最初は心強かことやった。注文品の見積額の三分の一は前金ばいただきたか、原料、材料も支給して欲しかと申し入れたら、条件を呑んでくれたけんね。ばってん、所員の給料の払いが半端じゃなかよ」

「あれほどのファクトリイなら、百人は雇うておられるでしょう」

「仏蘭西人の職工に、駅逓寮から出張してきとる官員も含めたら百人は超えとるけんね。真(まこと)にてこずる」

「仏蘭西人はあまり働かんでしょう」

「そうよ。休憩が長かし、終業の鐘が鳴ったら道具も何もうっちゃって帰ってしまう。呆れるのを通り越して、感心するばい」

にもかかわらず途方もない高給で、経営者たる拝借人はその条件に口を出すことを許されていない。

「ばってん、忌々しきは官員ども。杉山しゃんも私も、喧嘩のし通したい」

何の役にも立たぬどころか事業の障りですらあるのに、彼らも大変な俸給だ。毎月、その袋を用意するだけで胸が痞える。

「拝借料はいかほどですか。たしか、利益の何分の一かを払う約定になったとおっしゃっていましたが」

「三分の一たい。まあ、今のところ赤字続きで、上納しとらんけどね」

破れかぶれで笑いのめすと、テキストルはやれやれとばかりに肩をすくめた。四十近くになって肥ったようで、腹も出ている。

威を張ることのない、こぢんまりとした洋館は夫妻らしく慎ましく、そしてヴェランダには草花が溢れている。去年の夏には山百合や鹿子百合の鉢が所狭しと並び、通りを渡る風まで甘い香りに染まっていた。テキストル商会がこの地に移った当初は生糸や羽二重を移出していたらしいが、英吉利や仏蘭西、阿蘭陀では日本の百合の花が人気で、近頃は百合根の移出も手掛けているらしい。

「阿蘭陀では昔、そう、かれこれ二百年ほど前にチュウリップの大流行が起きて、球根が金と同じ値打ちで取り引きされた頃があったそうですよ。そのうち値上げを見込んで一球に全財産を注ぎ込むような、狂気じみた投機熱が国中に広がったようでね。百合根にあまり高値がつかぬように、うちは数を多めに移出してるんですが、船から陸揚げしてもしばらく港に置いたままにされることも多いですから、いざ買主が木箱を開けたら腐っていることもあります。難しいものです」

「植物の根といえども生きとりますもんねえ、移出はご苦労が多かとでしょう。茶葉はいったん乾燥させて荷詰めしますばってん、友助はそれでも木箱を工夫しとりましたよ。船中の湿気や臭いが移ったものを外国の人らに飲んでもらうのはいかんと言うて」

テキストルが榛(はしばみ)色の目をしばたたかせ、お慶もしんみりと口をつぐんだ。こうして時折、テキストルと酌(く)み交わしながら友助を偲(しの)べるのも、有難いような気がしている。

女房のおゆうが「お待たせしました」と皿を運んできた。鶏肉と筍(たけのこ)、里芋の炊き合わせだ。

「手料理ばかりでお恥ずかしゅうございます」

「いいえ、ほんに美味しかですよ」と頭を下げた。平素は町の蕎麦屋(そばや)で一杯呑みながら、適当に済ませている身の上だ。

娘や息子らも台所から出てきて、ゆで卵に西洋の葉物をあしらった皿を置いた。長崎を発った際にはまだ幼かった長女は、数え十六になっている。「サラドは娘が拵えたんですよ」とおゆうが口を添えれば娘はふと俯(うつむ)き、弟と妹を連れてそそくさとヴェランダへと出ていく。

「内弁慶で困ります」

「何の。大人が煙たい歳頃があるもんたい。それにしても、会うたびに綺麗になりなさるねえ」

窓越しに見える横顔につくづくと見入ってしまう。テキストルも目を細め、洋杯を手にしたままヴェランダに出て末子を抱き上げた。子供らは父親に盛んに話しかけ、テキストルが何か口にするたび、げらげらと笑う。

おゆうが席に腰を下ろし、紅茶を喫し始めた。亭主と気を揃えたかのように躰が丸くなっており、声も寛やかだ。

「よか子らたい。慣れぬ地で、ようお育てになった」

ねぎらうと、おゆうは微笑しながらサラドのゆで卵をひょいと摘まみ上げて口に入れた。

いつだったか、この家を訪ねた際にテキストルが留守で、それでもおゆうが「お茶でも」と招じ入れてくれた日がある。最初は世間話であったがいつしか長崎の話になって、月花楼のお政が亡くなったことを告げた。お慶が横浜に出てきてまもなくの頃だ。

「さようですか。あの女将つぁまにはほんにお世話になって」と、おゆうは目を伏せた。

長崎には女将と呼ばれるおなごが多いが、気性が優れて経営の腕に富み、なおかつ俠気のある者をのみ、周囲は「女将つぁま」と呼ぶ。敬慕の念を籠めて。

「面倒見のよか人やったからねえ。いつまでも若々しゅうて、うちの女中頭からの手紙に享年八十六じゃったと書いてあったゆえ、うったまげたとよ。いつのまにか、またご亭主ば取り替えて、最後は七人目だったらしか」

その亭主が見守る中、眠るように息を引き取ったらしい。お政らしい大往生であるので賑やかに伝えたつもりだが、おゆうは胸の前で手を合わせ、面持ちを変えている。

「私は、月花楼の女将つぁまに命を拾うてもろうたも同然でした」

「命って、何かあったと」

おゆうは何度か唇を開いては閉じ、一息に「阿片です」と吐き出した。言葉もなく、ただおゆうを見つめ返す。

「すんでのところで、阿片の中毒になるところだったんです。異人が閨に持ち込んでです。私が奉公していた妓楼の主は見て見ぬふりをしていましたが、月花楼はご近所でしたし、女将つぁまは丸山町を統べておいでのような方でしたから、うちの内所にもようお越しになっていて、それで気がつかれたようでした。あれをすると何も食べとうなくなりますし、躰が厭な臭いを発するようで。女将つぁまはたいそうお怒りになって、馴染みの異人は誰かと遣手婆を問い詰めたそうです。そしたら」

そこでおゆうは息を継ぎ、目をしばたたかせた。

「馴染みはテキストルしゃんだと答えたそうで、それであの人を呼んで叱りつけたらしいんです。ですが私に煙草と同じだと言って阿片を教えたのは別のお客でした。英吉利人です。なのにあの人は私の身請けをすると言い出して、しかもお腹の中にはその英吉利人の子かも知れぬ子供がおりましたのに落籍してくれました。私は何が何だかわからぬままで、後で聞けば、女将つぁまが随分と後押ししてくださったそうです。遊女皆を救い出すことはできんばってん、たとえ一人でも何とかしてやれるもんならと」

お慶は粛然として、耳を傾ける。

「その後、こちらへ来てから何年も経って、慶応の四年頃でしたか、丸山町の遊女が阿片中毒で何人も亡くなったと風の便りで知りました。私はそのうちの一人であってもおかしくはなかった。女将つぁまとうちの人に救うてもらいました」

「もしかしたら、それもあってテキストルしゃんは横浜に移りなすったとですか」

おゆうは首を縦に振った。

「私には、こう申しました。この国が好きで、長崎の美しか景色をもういっぺん見たかと念願して働いて、やっと辿り着いた。なればこそ、この国の役に立つ商いば興(おこ)したかと。けれど長崎にいたら、私がいつまた阿片に手を出してしまうか、それを恐れたんだと思います。私自身も怖かった。うちの人の助けでようやっと阿片を断って、その間、よくは憶えていないほど苦しんで、でもうちの人にとってこそ、まさに地獄であったと思います。私は子供を産みたい一心で、この世に踏みとどまったようなものでした」

いつか、ガラバア邸の帰りに、テキストルが口にした言葉を思い出していた。

私もここで身を立てようと願うて長崎に来ました。銀子をたんと儲けて、一廉の商人になりたか。ばってん、そのためにこの国を貶めたり乱したりするのは違うと思うとっとですよ。

友助は亡くなる前、そんなテキストルとおゆう夫婦に世話になったのだ。そこに思いが至ると、人の生の数奇を感じる。

波が逆巻くかと思えば凪ぎ、満ちては引き、引いては満ちる。

テキストルがヴェランダから戻ってきたので、おゆうは食卓の上を整え、台所へと引き取った。

互いに葡萄酒を味わいながら、また製造所の話になった。

「それにしても、赤字続きのわりには楽しそうに見えますよ」

「何をおっしゃる。難渋を極めとるとに。私は相も変わらず、見通しの甘か人間たい。商人として、下の下」

初期投資を回収するどころか、杉山とお慶は未だに報酬が取れず、自身の懐から諸費を出す一方だ。弥右衛門は毎月、長崎から仕送りをしてくれており、今はその金子まで投じている。

サラドの青い葉っぱを摘まみ、「ばってん」と言葉を継いだ。

「杉山しゃんは、触れ込み通りの優秀な技師やった。何でも、蒸気の理論と運用技術に秀でとるらしか。職工らも最初は木で鼻を括ったごたる態度やったばってん、近頃は素直に指図に従うとると」

今も口喧嘩をするとひどい呶鳴り合いになるが、杉山のことは信頼できる。それがたぶん、私は嬉しいのだろう。

夕暮れになって、「送る」と言うのを断って居留地を出た。

堀川に架かる橋を渡り、左手の橋をもう一度渡れば製造所だが、帰りを待つ者のない身だ。

考えれば五十を前にして初めて、独りで暮らしている。存外と淋しくないし、気軽だ。この頃は蕎麦屋の親爺に教えられて寄席で過ごす夜が増えた。酒と弁当を持って桟敷に坐り、可笑しければ笑うし、拙ければ他の客と一緒に「引っ込めえ」と叫んでやる。

皆、話し好きで、「今日は花冷えだね」から始まり、外国の婦人が公園で庭球をするのを「あんな小さな球を追っかけて」と真顔で気の毒がる。先月、「廃刀令が発せられた」と新聞に出た際には、「腰の物がなけりゃ、ただの人」と皮肉ってのけた。

市中に入れば瓦斯燈が煌々と灯り、馬車道を人力車が盛んに行き交う。賑やかだが、肩や腕の辺りが何となくすうすうする。道幅が広く平坦なのだ。山影も遠い。

そして海にも違いがあるのか、風が違う。長崎の湿気た海風を思い出し、ふと故郷の景色が過る。すぐさま頭を振り、思いを押しのける。

こうして始めてしもうた限りは、まだ帰れん。目論見通りに進めぬ道行には慣れているはずだと背筋を立て、踵を返した。

明治十年の一月になって、杉山が音を上げた。

「もう無理ばい。新聞広告ば打っても新規の注文が取れん、他の拝借人は抜けてしまう、官員の糾問は相変わらずしつこか」

「せっかく仏蘭西人らを辞めさせて、よか英吉利人の技師ば雇い入れたとじゃなかか。な、官員の口出しについても役所に交渉ば続けよう。もうひと踏ん張りして、あんたの技術ば活かせるファクトリイにしよう」

引き留めたものの、やはり退却すべきかと覚悟を決めた二月、突如として工場が忙しくなった。毎日、船具の注文と修理の依頼が殺到する。

契機は、鹿児島で勃発した士族の反乱だった。その鎮圧のために政府が大艦隊を組んだのである。海軍のみならず陸軍の征討兵が続々と横浜に入り、軍艦に乗り込む。ゆえに宿屋や料理屋、遊廓も大変な繁盛だ。三月、桜の頃になるとさらに兵が増えて前月の倍の数と噂され、市中は祭のように沸き返る。

軍輪を政府から請け負っている岩崎の三菱会社も大好況のようで、製造所にも兵器生産に砲弾増産と、尋常でない量の注文が続いている。

洋装の襯衣を腕まくりした杉山が事務所に入ってきて、低い洋椅子にドカリと腰を下ろした。昨晩も家に帰れなかったのだろう、頬と顎が髭で薄黒く、自慢のジャンギリ頭も伸びて山猿のようだ。

お慶は用務の爺さんに茶を命じ、小机を挟んで杉山と対座した。

「この戦、いつまで続くとやろうか」

薄い安茶を啜り、誰にともなく呟いた。

もはやこれまでと観念しかかった経営が持ち直したどころか、目を疑うほどの売り上げだ。桁が違う。それは有難いけれども、はるか九州の地の戦火を思わずにはいられない。

旧幕時代、西洋の列強に開国を迫られ、不利な通商条約を結ばざるを得なかった屈辱を日本人は片時も忘れることはなかった。ことに幕府は国運を懸け、悲壮なる決意をもって海軍を増強したのだ。だがそれは、内戦の備えにもなった。幕府と薩摩、長州が戦い、今は新政府と旧藩士族が砲弾を浴びせ合う。とくに昨年、「廃刀令」と「秩禄処分」が行なわれたことで、熊本に福岡、山口の不平士族が相次いで蜂起した。それらは鎮圧されたものの、今度は鹿児島だ。

「政府としては、国力のあらん限りを注ぎ込んででも勝たねばならん戦でしょう。いや、昔から薩摩は格別の地でしたけん。思想と軍備の近代化に抽んでて、独立した一国のごとく諸方を睥睨しとりました」

杉山も思うところがあるのか、シガレットの煙と大息を同時に吐く。

「我々は粉骨砕身、官命に従うのみです。ばってん、我が国の艦船の旧式なことには絶望しますたい。船体も主機も中古の鉄船で、こがん時代遅れの物ば欧米に勧められるまま高値で購うてきたとは、今も昔も日本はさぞよか客でしょう」

そういえばガラバアも、亜米利加の内戦で用済みになった大砲や銃器を屋敷の庭に並べていた。

「日本人が技術を持たぬことには、自国ば守れません」

今は内戦であるというのにいつもの口癖を出し、煙草を揉み消す。忙しげに事務所を出て行く背中を見送りながら、用務の爺さんが茶碗を片づける。

「頭に煙突を生やしておいでみてえな馬力ですなあ」

お慶も「そうね」と苦笑しながら机の前に戻った。

これほどの繁忙にあっても杉山の探究心はやむことがなく、別の機械試作も同時に手掛けているのだ。八月半ばから内国勧業博覧会なるものが東京で開かれるらしく、その審査官長が駅逓局長の前島密公だ。直々に出品の勧めがあったようで、杉山は英吉利人の若い技師と共に展示品製作に挑んでいる。

西南の役の収束も近いとの見込みが伝わってきた秋、横浜はコレラの流行に襲われた。

安政五年に江戸で十万人の死者を出したこの病は米の研ぎ汁のような便と嘔吐で苦しみ、一日から三日で命を失うことからコロリと恐れられた。もとは日本になかった疫病で、黒船の来航によってもたらされたと推する蘭方医も少なくないらしい。

十月に入って勝利した政府軍が上陸すると、まだコレラ騒動の最中にもかかわらず町は再び賑わいを取り戻した。港には客引きの男や女が狂ったように兵らを歓迎して袖を引く。三味線の音や嬌声を市中で耳にするたび、これは生き残った者の宴なのだと思った。

翌月、お慶は杉山に申し出た。

「拝借人の立場から退かせていただこうと思いますたい」

コレラは長崎でも流行したようで、およしから文が届くまでは気が気でなかったのだ。己でもたじろぐほど故郷を案じた。そして内戦の特需とはいえ莫大な利を得て、経営もようやく見通しがついた。

ここが潮時だ。

「私の役割は終わったでしょう」

杉山はしばらく黙し、深々と頭を下げた。

「苦労ばかりおかけしました」

「何ば言いよっとね。怒ったり励まし合ったりしながら共に走って、エキサイティングなことでした」

杉山は蒸気機関や揚水機(ポンプ)など四品を博覧会に出品しおおせ、機械の部で鳳紋(ほうもん)という二等賞を得た。

「今は猿真似であろうと必ず自前の技術を高め、我が国の殖産興業に尽くしますたい」

「その意気ばい。いずれ欧米が買いにくるような船や機械を造ってください」

その後、杉山はまた官員とやり合った。

お慶への金子払いを認めさせるためで、幾度となく行なった設備投資や運転資金のための投資、未払いの報酬とその利息、そこに利潤の割前も加えるべきだと杉山は主張した。

そして政府参議の要職にある伊藤博文公の名を出して、官員らを黙らせたのである。何でも、安政の頃に長州藩士が海軍伝習所で洋式兵術を学んだ際、教練したのが杉山だったという。

「伊藤公はわしの教え子ぞ。疑うなら、本人に問い合わせてみろ」

それまでお慶にも口にしたことのない切札だった。

「伊藤公とそがん縁を持っとるなら、何で最初に躓(つまず)いた時、陳情に行かんかったの」

「大隈公があなたを加わらせろとおっしゃって、あなたもたぶん意気に感じて私と組んでくれたでしょう。そこに別の筋を持ち出したら、道理に外れます」

交渉の末にお慶は七千円近い手形を受け取って、横浜から船に乗った。

三

初摘みの製茶が一段落して次の荷を待ち受ける頃、お慶は大波止に向かった。

亜米利加の有名な重鎮が世界旅行に出ており、西欧からシャム、清国を訪問、東京に向かう途中で長崎に寄港するという。その入津を見物しようと、およしと連れ立った。

一昨冬、お慶が長崎に戻ってまもなく、およしは女中頭を退き、今は太平次を看取った離屋に住んでいる。弥右衛門も大番頭の座は退いたが毎日のように大浦屋に通ってきて、主と奉公人らに睨みを利かせている。おみつは今が盛りの剛腕ぶりで、女衆らを率いて製茶場を差配し、かつて友助がジョンと共に工夫した移出用の茶箱にも工夫を加えた。東京の浮世絵師に注文して茶葉の絵を描かせ、箱の表に貼ったのだ。これが外国人の人気を集めているらしい。

そもそもはテキストルがお慶に送ってきた百合根の詰まった箱に美しい百合の花の絵が描いてあり、それを見ておみつは絵師を紹介してほしいとテキストルに手紙を書いた。その追而書(おってがき)に、百合根は木箱の中で揺れると互いにぶつかり合い、そこが傷むゆえ、木箱に大鋸屑を詰めてはどうですかと思案を出したらしい。

テキストルはさっそく地元の棟梁に掛け合って、大鋸屑を安く分けてもらったようだ。傷みを防ぐばかりでなく、大鋸屑は湿気を吸って腐りも減ったとそれは歓んで、阿蘭陀産のヒアシンスという草花の球根を送ってきた。冬に咲くその花はお慶やおよしの自室だけでなく、女衆らの部屋の窓辺をも飾っている。

亥之二とおしま夫婦は今年の春に男の子を儲け、それを機に亥之二は重治と名を改めた。子の名は太郎吉である。

太郎吉のお食い初めの祝いを行なった数日後、お慶の姉、お多恵が身罷った。還暦まであと二年だと楽しみにしていたというのに、倅夫婦が言うには長年、胃ノ腑を患っていたらしかった。お慶には息災な顔しか見せなかったので、病のことは初耳だった。姉に死化粧をほどこして手を合わせた。

お世話になりました。有難う。

幼い頃からお慶に優しく、しかしいざとなれば気丈な、頼り甲斐のある姉だった。

大波止は歓迎の群れがすでに大挙して押し寄せ、お慶とおよしは揉みくちゃにされる。それでも負けじと前に出るものの、難なく押し返されてよろける。

「ああ、悔しか。昔はこのくらいの人波になんぞ負けんかったとに」

「私なんぞ、若い者に年寄りの冷や水と悪口を浴びせられましたたい」

およしは息も切れ切れだ。

「無礼な。どいつね」

息巻いて辺りを見回したが、近頃の若者は背が高く、背中と首筋しか見えない。およしはお慶の腕に摑まって、「女将しゃま」と眉を下げた。

「どいつか、あいつか、憶えとりませんばい」

互いにうんざりと口を尖らせた。

やがて港じゅうの船が祝砲を鳴らす中、将軍の乗った軍艦リッチモンド号が姿を現した。木造船で排水量は二千六百屯強、進水は一八六〇年と聞いているから日本では安政七年だ。桜田門外の変が起き、万延に改元され、攘夷運動が激しくなった頃だ。お慶は齢三十三で、膨大な量の茶葉を移出し続けていた。

無我夢中だった。

人々の肩越しに見上げたリッチモンド号は横浜で目にしていた外国船とは異なって、いかにも旧式だ。けれど老将のごとく、雄々しく見える。

次の日、奥で弥右衛門と囲碁を打っていると、重治が駈け込んできた。

「姉しゃん、大変ばい」

お慶も弥右衛門も微動だにせず、「どのくらい大変ね」とだけ返す。

「県庁の役人が三人も打ち揃って訪ねてきたと」

見上げれば、蒼褪めている。そのうち廊下で足音がして、重治の女房、おしまと女中頭が現れて膝を畳んだ。

「女将つぁま」

いつしかお慶もそう呼ばれる身になって、しかし慣れぬままで面映ゆい。

「至急の御用と仰せです。客間にお通ししましたけん、すぐさまお召し替えを」

己の着物に目を落とした。長年着古した深青の単衣で、灰色の縦縞が雨のように走っているのが気に入っている。

「これでよか」と手首を掻きながら立ち上がり、重治に「なら、行こうか」と顎をしゃくった。

「そんなら、弥右衛門も」

しかし弥右衛門は碁盤に目を落としたまま、動こうとしない。

「わしは勝負どころですけん」

弥右衛門は切羽詰まっており、つまりお慶が優勢だ。重治は不安げに眉間をしわめたが、お慶が横浜で過ごした二年半ほどの間によほど仕込まれてか、昔のように雲隠れはしなくなった。一緒に客間に入り、順に名乗って辞儀はする。とはいえ、商家の主には向かぬ生まれつきもあるもので、いくつになってもどこか軽々しく貫禄がつかない。

床の間を背にした役人のうち、中央の男が懐から奉書紙を出して開いた。咳払いを落とした後、「長崎県令からのお達しである」と声を張る。

「大浦慶。その方、グラント将軍の思し召しにより夕食会に招待を受けた。よって明日の夕刻四時、大波止に参るよう命ずる」

「畏れながらお訊ね申します」と、お慶は顔を上げた。

「将軍とは、昨日、長崎にお越しになったお方でござりましょうか」

「いかにも。亜米利加の前の大統領だ。日本国の賓客ぞ」

「私をお招きくださるとですか」

「茶葉交易の功績が認められてのことだ。おなごで招待の光栄に浴するは、その方だけぞ」

重治は呆気に取られてか、また「大変ばい」と洩らした。

翌日、およしの世話で紋付きの黒小袖(くろこそで)に袖を通し、銀糸を織り込んだ帯を締め、髷にも珍しく簪(かんざし)を挿した。

仏間に入って線香を上げると、弥右衛門とおよしが神妙な面持ちで平伏した。

「どうかご無事で」

「討ち入りみたか言い方をしなさんな。夕食をよばれに行くだけよ」

「いいえ、どうか粗相のなかように願うとりますばい」

二人は心配顔でお慶を見上げた。

暖簾前では大浦屋のみならず町内じゅうに見送られ、迎えの人力車に乗り込んだ。艀で海に出て、艦上へ上がる。通された広間には正装の男らが居並び、外国人の姿も多い。周囲の小声から判ずるに、日本人では帝の名代として旧宇和島藩主である伊達宗城公に亜米利加駐在公使、むろん長崎県令も乗船しているようだ。歓迎の意を示す乾杯の音頭が取られ、お慶も下座の円卓で洋杯を掲げた。

続いて将軍が前に出た。陽に灼けた顔色で瞳は青く、胸には幾つもの勲章を着けている。齢六十にはまだ至っていなそうだ。ゆるりと広間を見渡し、おもむろに口を開く。亜米利加語であるのでところどころの単語しか解せず、同じ卓を囲む紋付き袴の連中も地蔵のごとく目を閉じて拝聴している。拍手によって演説が終わったとわかり、その後、通弁によって内容を披露されたものの、大仰に持って回った節回しと敬語が多過ぎてよくわからぬ代物になった。

食事が始まった。上座ではなごやかに会話が弾んでいるが、お慶の円卓では皆、しゃっちょこばって銀食器の音だけが響く。気づまりなまま食後の水菓子になった。ショコラの菓子も平らげて珈琲を飲んでいると、外国人らが葡萄酒の洋杯を手に談笑を始めている。

懐かしい景色だ。お慶はぼんやりと、彼らのさまを見つめた。

と、誰かが肩を叩く。振り仰いで息を呑み、膝上の白布を卓上に置いて立ち上がった。

「ここでお目にかかれるとは嬉しかあ。何年ぶりになるとでしょう」

「かれこれ、十年ばい」

ガラバアはそう答えながら昨日も会っていたかのように笑み、「風にあたろう」と誘う。

上甲板に出るとすでに大勢が行き交い、ガラバアは挨拶やねぎらいらしき声を陽気にかけ合いながら進む。ようやく歩を緩めて、「ゼネラル」と呼びかけた。人の輪がほどけた刹那、轟音が響いて四方の山から花火が上がった。

輪の中心にいるのはグラント将軍だ。精悍な面貌でがっしりと肩幅が広く、背丈は六尺ほどはあろうか。外国人を前にすると、お慶はいつも胸を反らせて相手を見上げる格好になる。

ガラバアが寄り添うようにして紹介する。「ティー」「オーヴァシーズ、トレイド」などの言葉は耳に留まるものの、他はやはりわからない。「オウラ、オケイ」とガラバアが再び名を告げ、将軍は従僕に洋杯を渡して対面した。昔、居留地の洋館で慣い覚えた礼儀に従い、「ナイッツー、ミーチュウ」とお慶から手を差し出した。

「今宵は艦上接待に与り、栄誉に存じます」

「ウェルカン」

大きな掌で包み込んだ将軍が、何やら喋りかけてきた。ガラバアが通弁してくれる。

「日本人で初めて茶葉交易に乗り出したあなたの勇気に、敬意ば表するって」

勇気。あれは勇気と呼べるものだったのだろうか。

「若かったですけん、ただ無謀なだけやったとですよ」と、お慶は思うままを口にする。

「それよりも、貴国の人々に御礼ば申します。日本の茶葉を、それは仰山購うてくださりました」

将軍は姿勢を崩さぬまま通弁に耳を傾け、そして口を開く。

「日本と同じく、かつて我が国も南北に分かれての内乱ば経験したことがある。ようやく武器を置いて味わった茶の旨さは、今も忘れんたい」

その戦の頃であれば間違いなく、大浦屋が移出した茶葉だろう。今は外商との取引は復活しているものの、横浜から移出される静岡茶にはもはや太刀打ちできぬほどの開きがある。交易港としての長崎自体にも寂れが見えつつあり、横浜の繁華を知る身であればこそ現実が胸に迫る。

将軍の肩章越しに、長崎の夜景が広がっている。一行への歓迎は花火のみならず、港を囲む風頭山や稲佐山で篝火を焚き、町の家々は提燈を掲げている。外国人居留地などは、ＵＳＡの文字を燈火で大きく描くというもてなしぶりだ。

「日本は」と、お慶は片言の英語で語りかけた。

「海の外の人々に、好かれとっとでしょうか」

口にしてから己を奇妙に思う。日本の茶葉について訊ねるつもりであったのに、言い換えてしまっていた。将軍はしばし黙し、ガラバアや周囲の者も将軍を見つめている。将軍は静かな口調で、お慶から目を逸らさぬまま語った。周囲の外国人は感服したようにうなずき、ガラバアが頃合いを見計らったかのように通弁を始めた。

「此度の旅で思い知ったとは、欧羅巴（ヨーロッパ）がいかほど日本や清国を従属させたがっとるかということたい。どう言い繕おうと、彼らが自国の利益追求しか考えとらんことは明らかたい。ばってん、我が合衆国は相手が新興国であろうと公正かつ公平、偏見なく交誼し、相手にもそれを要求する。それにしても、日本の近年の発展は素晴らしか。友好の間柄の永続を、私は願（ねご）うておるたい」

お慶は英吉利語で有難うございますと返し、船室に戻る将軍を見送った。皆もその後ろに従い、甲板に残ったのはお慶とガラバアだ。

手摺（てすり）に向かって二人で肩を並べ、また夜景を眺める。

「ほんの十数年前まで攘夷の嵐が吹き荒れて、外国人と見れば刀ば振り回す国やったとは思えん景色ですばい」

「まことに」

ガラバアも苦笑めいた声音だ。内乱や暗殺、自刃によっても、いかほどの者が死んだことだろう。昨年、西南の役の後にも、大久保利通内務卿が東京紀尾井町（きおいちょう）で暗殺された。

「日本は旧き世におさらばして、どこに向かうとやろうか。一途で頑固なくせに、移ろいやすかけんね」

我が身の来し方を思い合わせれば、なお自嘲めく。

「あれは、よかさよならをしたと言えるとやろうか。グッドバイやった、と」

ガラバアは長崎の町を眺めたまま、手摺に両の腕を置いた。

「私はさっき、将軍に反論しかけたとよ」

「反論」

「将軍に、そがん欧羅巴人ばかりじゃなかと言いかけた。ばってん、考えたら私はもう日本人に近か身たい。妻も日本人じゃし、ビジネスが破綻してもこん国を去ろうと思うたことはなか。もはや居留地の顔役ではなかし、借金も多かばってん、日本人と共に働くことが甲斐になっとる」

ガラバアは商会の倒産後も日本の殖産興業に尽力し、大阪の造幣局や高島炭鉱にもかかわり続けているようだ。

「有難かことですたい」

「いや、維新回天を遂げた東洋の小国がいかなる近代化を遂げるか、私は見届けたかとよ。正義だけでも力だけでもなか、日本ならではの信義でもって世界と渡り合う。そがん奇跡ば見たか」

腕を伸ばして背筋を立て、お慶に眼差しを戻した。

「こん国ば好いとる友人として」

夜の海に降る光が風に揺れては瞬く。

彼岸を迎え、弥右衛門とおよしと共に墓参りをした。

およしは弥右衛門の家に寄って繕い物をしてやると言うので、一人で大浦屋に帰ると女中頭が来客を告げた。

「どなたね」

六月にグラント将軍の招きを受けてからというもの、また訪問客が増えたのだ。ビジネスの仲介や共同経営をもちかけてくる者、政府への働きかけを頼んでくる者もある。皆、お慶に面会を申し込んでくるのだが、まずは重治に応対させることにしている。

「旦那は」

「居留地にお出かけです。女将しゃんと坊もご一緒に」

そういえば今朝、得意先の外商に茶会に招かれていると言っていた。外国人は家族も共に交誼をするのが尋常で、おしまはこの頃、亜米利加人教師について言葉を習練している。

女中頭が差し出した名札を見れば、「佐野商会　佐野弥平」とある。住所は福岡県だ。

福岡の佐野といえば筑前でも有名な豪商があるが、果たしてその御仁なのかはわからない。

「客間にお通ししたとか」

「はい。かれこれ二時間ほどお待ちにござりますたい」

「それを早う言わぬか」

取るものも取りあえず客間に向かって襖を引けば、奥の半洋間に羽織袴の男と洋装の男が二人坐していた。

この頃は重治夫婦が外国人を招いてもてなすことも多いので、二間続きの客間のうち一間に絨毯を敷き、洋椅子と洋卓を置いてある。庭に面した障子は開け放たれ、秋風が入ってくる。長崎に戻ってからお慶は自ら庭に手を入れ、草花や灌木を植えた。夏にはテキストルが送ってくれた百合と紫陽花が色とりどりに咲き、今は萩の紅白が大きく枝を張っている。茶ノ木の花も白い蕾を開きかけたところだ。

「お待たせして申し訳ありません。大浦慶にござります」

襖の前でまず挨拶をして、二人に対面した。

「いいえ、突然のお訪ねでこちらこそ申し訳なかです。お墓参りにおいでになったと伺いましたけん、なら、庭を拝見がてら待たせていただこうかと思いましたとよ」

羽織の男はお慶とおっつかっつの歳頃で痩せぎす、頭は断髪だ。

「手前、佐野商会の佐野弥平にござります」

額が広く鼻が大きく、しかし口許は品よく締まっている。佐野は頭を上げると、洋装の男につと目をやった。男は意を汲んだように膝上から風呂敷包みを出し、卓上に置く。水引をかけた桐箱だ。

「主からのご挨拶にございます」と言う。洋装の男は手代であるらしい。

「佐野商会は代々、木蠟問屋を営んでおりましてな。お近づきのしるしに蠟燭をお持ちしました」と、佐野が言う。

「拝見してもよろしかですか」

「どうぞ」

水引を解いて蓋を開けると芳香が立ち、透き通るような白蠟が詰まっている。

「これは見事な」と、頰が緩んだ。そこに女中らが紅茶と西洋菓子を運んできた。お慶は佐野に訊く。

「珈琲の方がよかですか」

「この紅茶ばいただきます。紅茶も大浦屋さんが扱うておられるとですか」

「いいえ。日本の気候では栽培がなかなか難しかですよ。英吉利人からの到来物ですたい」

話をするうち、佐野商会は福岡随一の豪商、佐野屋が前身であり、先代から福岡藩とのかかわりも深く、御一新後は大阪中之島(なかのしま)にある藩の蔵屋敷を拠点にして商会の大阪支店を出したらしい。蠟問屋だけでなく質屋や米穀商も営み、この当代は明治十年に設立された第十七国立銀行の初代頭取も務めたという。国立とは亜米利加語の直訳で、国法によって設立された民営の銀行という意味だ。

　となればお慶よりも遥かに顔が広いであろうから、政府高官や長崎県庁への口利きが用件ではなさそうだ。内心、少しばかりほっとした。人の仲介は厄介なもので、すげなく断れば冷たいと恨まれ、自身で大した努力もせずすぐに尻を持ち込んでくる輩(やから)も多い。

　紅茶を飲み、互いに煙草を喫しながらまた話をする。佐野商会は船を持って貨物輸送も行なっていることが知れた。海運業を独占しているに等しい三菱会社に対抗心を持っている様子も言葉の端々から窺(うかが)えて、お慶はもしやと煙を吐く。

　佐野が口を開いた。

「大浦屋さん、一緒に船を買いませんか」

「今日のご来意は、その件ですか」

「さようです」と、佐野は首肯する。

　やはりそうかと、煙管を置いた。

　洋装の手代が椅子の脇から洋鞄(かばん)を持ち上げ、中から紙束を取り出して主に渡す。佐野はその向きを変え、洋卓に置いてお慶に差し出した。さっそく目を通せば、「高雄丸(たかおまる)」

と書いてある。

さらに読み進めば、高雄丸は英吉利から購入された鉄製蒸気船で、竣工は明治二年、海軍省の軍艦のようだ。排水量は千二百屯を切っているので大型とはいえないが、明治十年には聖上陛下が海路で京都に行幸される際に乗御されたという由緒を持つ。西南の役にも出動し、その後、軍艦としての使命は終えて輸送船や測量船として使われてきた。横浜製造所でこの船の部品も作って納めたかもしれないと思いを巡らせつつ、佐野を見返した。

「佐野商会しゃんは、海運業も行なっておられるとでしたね」

「さようです。払い下げを受けましたら、やはり輸送に用います」

「値は」

「海軍省との交渉次第ですが、四万七千三百円辺りがよかろうと考えております。むろん一度に払うことはせず、数度の分割で申し入れるが妥当でしょう」

海軍省とはすでに談合ができているようだ。

「私は海運業の経営なんぞ、わかりませんばい」

いつぞやも、杉山徳三郎に同じようなことを言った。

「承知しております。経営は手前どもで行ないます。大浦屋さん、これは共同出資のお誘いです」

気乗りがしているわけではないのに、頭の中は算段を始める。横浜製造所で得た七千円弱のうち仕送りを受けた分は利息をつけて店に返し、残りは手をつけずに置いてある。その金子を担保にして借り入れを申し込めば、出資金の工面はつく。

いや、もうビジネスはよか。庭いじりばして、ゆっくり過ごそう。

「佐野商会しゃんであれば、私でなく、どなたとでもお組みになれるでしょう」

「はい。おっしゃる通りです。声をかければ、まず断る者はおりますまい。ばってん、福岡県令から海軍省が高雄丸をお払い下げになりたいそうだと耳にした時、長崎に足ば運んでみようと思うたとです」

「何ゆえですか」

「先代である父は私が幼い時分から、勘を磨けと言い暮らしておりました。あなたと組んでみたら、験(げん)がよかような気がしましたばい」

「この私が、験がよかですか」

「はい。むろん、例の事件のこともよう存じておりますたい。ばってん、あなたと組んだら、船が沈まんような気がするとですよ」

「まさか」

勘だとか、そんな気がするとか、そんな危(あや)うい不確かな理由でと笑いのめし、顔の前で手を振る。けれど、この世に確かなものなどありはしないのだということも、身をもって知っている。

勘を磨け。

「私も祖父に同じことを言われて育ちましたばい。勘を養うどころか頭を打っては転び、また頭を打つの繰り返しですばってん」

いつしか居ずまいを正し、佐野に目を合わせていた。佐野もゆるりと羽織の裾を払い、頭を下げる。

「ぜひ、高雄丸の船主に」

佐野を送り出した後も、椅子に坐し続けた。

才覚さえあれば。

祖父の声を久しぶりに思い出している。それはおそらく、賢く立ち回って利を得ることではないのだろう。では何だと己に問うてみても、わからない。この歳になっても、わからぬことが増える一方だ。

太郎吉の泣く声がして、どうやら重治一家が戻ってきたようだ。

私は明治生まれの子供らに、「よか時代」を残してやれるとやろうか。

ふとそんなことを思い、再び書類を手にした。

明治十三年三月、お慶は弥右衛門とおよしを伴って東京へ出た。

二人は銀座の煉瓦街で洋装の日本人が多いことに恐れをなし、浅草の寄席で笑い転げて気を取り直し、人の出入りの多い洋館を窓外から覗き込む。

「女将しゃま、ここは妙ですばい。髭の男らが、自由、自由と叫んどりますよ」

およしが首を傾げる。

「そこは寄席じゃなか、自由民権運動の集会たい」

「道理で、芸がなさそうな」

弥右衛門は杖代わりの傘を突きながら、とっとと前を行く。

夜は宿屋にテキストル一家が訪ねてきて、皆で牛鍋屋に繰り出した。長女は横浜の植木商の後継ぎに嫁いだらしく、近々、夫婦で仏蘭西に留学するらしい。テキストルの故郷、阿蘭陀も訪ねるようだと、おゆうは嬉しそうに話していた。

そして二十五日、お慶は汽車で品川に向かい、波止場から小船に乗り込んだ。弥右衛門とおよしも一緒で、沖には高雄丸が待っている。幾本もの帆柱で白い帆が大きく膨らみ、煙突からは細い煙を吐いている。鉄製であるので、船体は黒だ。

「とうとう、黒船ば持たれたとですなあ」

弥右衛門は白帆を見上げながら呆れ半分に唸り、およしは洟を啜る。

福岡県令宛てに「海軍省蒸気運送船高雄号御払下願」を提出したのは今年の一月半ばで、さほど日数をおかずに許可が下りた。三月二十五日には品川沖で引き渡しを受けると決まり、お慶はその時、この二人を乗せようと心組んだのだ。

弥右衛門とおよしは目を瞠り続けている。長崎で船は見慣れているはずであるのに、初めて目にした童のごとき顔つきだ。

「何で煙ば吐いとるとです」

「火を燃やしたら煙が出るとやろう。船の中で火夫らがボイラアに石炭ばくべて、その蒸気の熱で外輪を動かすとよ。海の中で水鳥が足ば動かすように船も外輪ば動かして、航海する」

「船は、帆で風を受けて進むとじゃなかですか」

「そうたい。長い間、そうやった。今は蒸気の力で進んどるばってん、帆柱も備えとるとよ。ばってん私もこの姿が好きたい。風で白帆が光るさまが」

帆柱には日本の日の丸旗を天辺に、山形にサを記した佐野商会の旗、その下には花菱紋を白く染め抜いた真朱の旗が翻っている。

艦上は佐野商会の面々や英吉利人の船長、そして招待客で賑わっているが、まもなく神事の準備が整って場が鎮まった。榊と紙垂によって設えられた小さな祭壇の前で神官が祝詞を上げ、御神酒が供えられる。佐野弥平とお慶は船主として祓いを受け、自身でも榊を供える。

樽酒が割られ、船長や上級船員らが歓声を上げた。この後、大阪の港に向けて航行し、船室の広間では食事会を開くが、まずは上甲板で日本の酒や葡萄酒を振る舞う。

「大浦屋さん、無理をお聞き届けくださり、ありがとう存じました」

佐野は今日は洋装で、蝶形の襟締めだ。お慶は紋付きの黒留袖で、その上に大浦屋の海松色の法被をつけている。弥右衛門とおよしも同様で、ただし弥右衛門は東京で買ってやった洋帽をかぶって得意げだ。

「こちらこそ、高雄丸が海運でよか働きをするようお祈り申します」

互いに握手をすると、ぼうと汽笛が鳴った。

頭上では帆が風を鳴らして、大きく膨らむ。三味線や鼓の音が聞こえて、見れば芸妓や幇間らだ。食事会でのもてなしに呼んであると聞いていたが甲板でも始めてか、人垣ができている。およしが爪先立ちになって覗き、弥右衛門に何か言っては笑う。その人垣の外れに大太鼓が置いてあり、太鼓打ちの若者らしい男の傍らには佐野商会の手代が立っている。何やら下打ち合わせをしているようで、お慶はつかつかとその二人に近づいた。

「ちょっと、よかですか」

舳先に向けて大太鼓を据えさせ、お慶も両の足を開いた。腰を落とし、撥を持つ右手を大きく振り上げる。

トンと、軽い音しか鳴らない。口を尖らせて背後を見れば、若者は「もっと肩の力を抜いて、振り下ろす」と教えてくれる。「はあッ」と今度は大音声を発し、腕を振り下ろした。ドンと、腹に響く。左手で太鼓の横腹をトンックと叩き、また右手で鳴らす。

ドンドンッ。トンックトンック、ドン。

いつしか幇間が佐野屋と弥右衛門を引き連れて周囲を踊っていて、およしも芸妓や船長らと両の手を動かしながら練り歩く。皆、めいめいの踊り方で、英吉利語と日本語が入り混じって笑う。

そうれそれそれ、ヘイヘイ、ドンドン。トンックトンック、ドンッ。

撥を揮いながら、私はどうしても船に辿り着きたかったのだろうと思った。

空も海もつながっとるけんね。いつか私も船を持って、世界を巡りたか。

そんなら、わしが操船して進ぜます。

ああ、よかね。皆を乗せて、大海原に漕ぎ出そう。

宗次郎しゃん、友助。

空も海も、どこまでも青かね。ほら、波濤(はとう)が白く輝いとるよ。

あんたがたにこの景色を捧げて、私はようやく心から告げよう。

グッドバイ。

広縁の陽溜まりに坐ってお茶を飲みながら、お慶はくすりと笑った。

弥右衛門もおよしも、怖か顔で睨んどるなあ。

東京の写真館で撮った一葉だ。嫌がる二人を無理やり説きつけて中に入り、洋椅子に坐らせた。写真師がもったいぶって注文が多かと、二人とも憤慨しきりだった。

四

高雄丸に二人を乗せた翌年、弥右衛門とおよしを順に見送った。佐賀の茂作も逝き、今や、西の彼方(かなた)の方が賑やかだ。

その年の七月には、高雄丸とも別れることになった。横浜の英吉利汽船会社から佐野商会に打診があり、佐野の意向もあって七万ドルで転売したのである。お慶は出資者であるので否やはなく、一年半に満たぬ船主だった。転売によって出資以上の利を得て重治は歓んだが、経費を差し引けば収支は五分五分といったところだろう。ましてお慶は手柄顔をする気にはなれない。己の躰(つこ)を使うて得た金子でなければ霞(かすみ)のごときもの、信じられない。

ただ、あの日、海の上で見た景色は今も澄んでいる。

太鼓の音と波の音が、胸の中で響き渡る。

ゆえに佐野の話に乗ったことは微塵も悔いていないし、人生なるもの、人との縁こそが風であり、帆であると思ったりする。

また咳が出て、懐紙で口許を押さえた。年が明けてまもなく、松ノ内の頃に珍しく風邪をひき、それが長引いている。しばらく寝ついたので重治がおしまを呼びつけては「医者を呼べ」「寝汗をかいとるじゃなかか、着替えをさせよ」「粥は冷まして持ってこんか」と、小うるさい。

お前が自分でやったらどうね。お父しゃんの世話や洗濯は私より上手かったやなかか。そう言いたいが、瞼がやたらと重く、目を開くのも大儀だった。

「大変ばい」

いつものごとく、店から奥へと駈け込んできた。

二年前の明治十五年であったか、重治は長崎海軍出張所の御用達商人となった。高丸で海軍省とできた縁を契機に使ったようで、丸山町の料亭での接遇も派手にやっているようだ。お慶も岩崎弥太郎とはよく月花楼で遊んだ。ただし金を融通するこちらが花代も持つのだから、やはり昔の二本差しは威張っていた。今は役人や軍人がもっと威張っていて、重治はそのうち尻の毛まで抜かれそうだ。

しかしもう知ったことじゃなかと、意見しないでいる。

「姉しゃん、大変ばい」

大変屋がやってきた。荒い足音が近づいてきて、「こがんとこにおったのか。寝とらんでよかか」と口早だ。

「もう四月やけん、暖かかよ。それに、寝床におるのも飽いてしもうた。それより何ね、また何事が出来(しゅったい)したと」

重治は己の手の中を思い出したかのように、慌ただしく腰を下ろす。

「えらか電報が届いたばい」

「ああ、そう」

「婦女の身を以(もっ)て率先、製茶の外輸(がいゆ)を図る、その功労特に著しい、依(よ)ってこれを褒賞す、じゃと」

「さっぱりわからんばい」

「政府から功労賞を賜ったとよ。政府たい。政府が姉しゃんの交易をようやったと、認めてくれたとよ」

ふうんと、鼻が鳴る。

「そいがどうした」

「また、そがん臍曲(へそま)がりなことを」

「最初は抜荷(ぬけに)やったとに」

「そういうことを口にしたら身も蓋もなか。まったく、素直に有難がれんとか」

「私は新政府に尽くしたわけやなか。だいいち、私なんぞを表彰しとる場合じゃなかやろう。鹿鳴館とかいう外交場で踊っとるらしかばってん、不平等な条約はそのままやなかか」

太郎吉の手を引いたおしまや番頭、手代、製茶場のおみつまで広縁に現れて、口々に「おめでとうござりますたい」と頭を下げる。茶葉の匂いがする。

「いいや。褒められるべきは、あんたたちばい」

私はつかのまの夢を見た。それだけだ。

「ああ、もう、ほんに手を焼く」と重治は己の額を叩き、おしまに愚痴を零し始めた。

重治、お前はやっぱり小心で細かか男やけん、無理ばしなさんな。本当はこんな商家の主やのうて、職人の方が向いておったろうに、もはや詮無いこと。野心や見栄や恨みつらみ、悔いも山と抱えて、今、何をし遂げたかと己に問えば、まだ途半ばだとしか言えぬだろう。いつも、誰でも。なれど、生きている間は精一杯を尽くすとよ。

ただ、精一杯を尽くせ。

顔を上げて辺りを見回せば皆はもう店や製茶場に引き上げてか、広縁に独りだ。静かになって助かった。木々と草花は匂い立ち、陽射しもそよぐ。これからの季節は風も青むばかりだ。茶畑は今、新芽の緑で照り輝いていることだろう。

庭で何かが動いて、おやと小首を傾げた。珍しか客だ。尾曲がりの猫が庭を横切っている。白地に黄土色と黒の模様で、年老いてか、面構えもふてぶてしい。

「あんた、いくつね」

問うてみても、知らん顔をして行き過ぎる。愛想がなかねと写真を膝脇に置いて、目を閉じる。石楠花（しゃくなげ）の匂いがする。やがてうつらうつらと一睡、二睡し、ふと気配がして片目を開いた。

膝に猫が前肢（あし）をかけている。手出しをしないでいると、膝の上に乗って丸まってしまった。おや、断りもなくと笑いながら、お慶は中庭の彼方の空を見上げる。

遠くで海の音が鳴る。

今日もまた、誰かが漕ぎ出すのだろう。遥けき世界へと。

解説

斎藤　美奈子

図ったわけではないと思いますが、二〇一〇年代ころから、歴史に埋もれた有名無名の女性たちの業績を発掘し、再評価する動きが世界中で起きています。

日本でも翻訳書が出ているレイチェル・イグノトフスキー『世界を変えた50人の女性科学者たち』（野中モモ訳）ほか「50人の女性」シリーズ（創元社）や、ケイト・バンクハースト『すてきで偉大な女性たちが世界を変えた』（田元明日菜訳）ほか「すてきで偉大な女性」シリーズ（化学同人）は、その一例といえるでしょう。

いずれもイラストを多用した子ども向けのシリーズですが、ページを開くたびに「こんな女の人がいたのか！」という驚きを私たちは味わいます。ヒストリー（History）ならぬハストリー（Herstory）の発見といえましょう。

日本でもやはり同じころから、実力派の女性作家による歴史上の女性の評伝小説が続々と出版され、注目を集めるようになりました。

朝井まかてはその中でも突出した作家といえます。二〇〇八年のデビュー以来、歴史小説家として男女を問わず多様な人物を主役にした作品を彼女は発表してきました。

ほんの一例をあげれば、直木賞受賞作『恋歌』（二〇一三年）は樋口一葉の師だった歌人の中島歌子を、『眩』（二〇一六年）は葛飾北斎の娘で「江戸のレンブラント」の異名をとる葛飾応為ことお栄を、『輪舞曲』（二〇二〇年）は松井須磨子に憧れて舞台を目指した大正の名女優・伊澤蘭奢を、それぞれ描いた作品でした。

歴史のド真ん中から少し脇にそれたところにいる人物に光を当てる。それが朝井まかて流評伝小説の共通点かもしれません。

さて、本書『グッドバイ』は、そんな数々の朝井流評伝小説の中でも、とりわけ「こんな女の人がいたのか！」と思わせる、胸のすくような一冊です。

主人公は日本ではじめて茶の貿易を手がけた女貿易商・大浦慶（希以。一八二八〜一八八四）。女性ビジネスパーソンの草分け中の草分け的な存在です。

物語は嘉永六（一八五三）年六月、浦賀沖にペリー提督率いるアメリカの黒船が現れたのと同じ年の同じ月からスタートします。もっとも希以がそのとき立っていたのは長崎の波止場。待っていたのは、オランダの商船でした。菜種油を商う大浦屋の跡目を継いで七年。二六歳にして、すでに堂々たる女主人ぶりです。

本書の魅力には、大きく三つの側面があるように思います。以下、物語に沿って、この小説の底に流れる思想をざっと振り返っておきましょう。

本書の魅力のひとつめは、やはり主人公の卓越した人物像です。

その傑物ぶりは序盤で早くも明らかになります。大浦希以は文政一一（一八二八）年、長崎の生まれ。四歳で母を亡くし、店を支えてきた祖父も彼女が一二歳のときに没し、四年後、婿養子だった父は火事で焼け落ちた店を捨てて出奔してしまった。一七歳で迎えた婿も〈こげん性根のぐずついた男は、お父（と）しゃま一人で充分ばい。養いきれん〉とばかり、離縁してしまいます。商人としての薫陶を祖父から受けて育った希以が老舗・大浦屋の跡目を継いだのは一九歳のときでした。

家格がすべての武家とちがい、当主の才覚が商売を左右する商家では、誰が跡目を継ぐかは大問題です。娘が家督を継ぐのはレアなケースではありますが、徳川期の家督相続は意外と融通が利いた。幼い頃から「惣領娘」として育てられた希以は、図抜けた才覚を持ち、次期当主の自覚も持っていたのだと思われます。

とはいえ当主となった希以の周囲は石頭の男ばかり。希以が最初に思いついたのはオランダからの油の輸入でしたが、店の実権を握る番頭の弥右衛門には〈お控えくださりませ〉と釘を刺され、油商仲間には〈おなごの分際で一人前の主面（しゅうずら）しおって。生意気な〉〈おなごの浅知恵は聴くに堪えん〉とあしらわれる。

初手からつまずいた彼女の脳裡（のうり）に浮かんだのは、生前の祖父の言葉でした。

〈昔は自在に交易できたばい。才覚さえあれば、異人とでも好いたように渡り合えた〉。

そして彼女の夢は固まります。〈私も交易に乗り出したか。ご先祖のように、海の外の物を扱う商いがしてみたか〉。ここからすべてははじまった。そして彼女の志は一点の曇りもなく、晩年まで維持されることになります。

本書の二番目の魅力は、世界を股にかけた外国人貿易商らとの交友です。ヨーロッパとの交易に際し、希以は三人の外国人と出会います。茶の貿易に乗り出すキッカケをつくったオランダ人のテキストル、最初の商談相手となったイギリス人のヲルト（ウィリアム・オルト）、そして成功した後の希以と交友を結ぶ、イギリス人貿易商のガラバア（トーマス・グラバー）です。

余談ながら、幕末を彩った人物の来歴を見て感じるのは、彼らの驚くべき若さです。ヨーロッパから遠路はるばる来た貿易商も例外ではありません。古写真などを見ると、彼らは髭などを生やし、スーツ姿ですましこんでおりますが、それは後々の姿であって、もともとは冒険心と野心に満ちた若者ないしは小僧だった。

野心と冒険心なら、しかし希以も負けません。ひょんなことからイギリスには茶を飲む習慣があること、また茶葉が不足していることを知った希以は、裏ルートをたどってオランダ船に近づき、たまたま出会ったテキストルに嬉野茶のサンプルを託します。〈これを、茶葉が欲しかと言う人に売り込んでもらえませんか〉。

このとき、テキストルはまだ一五歳。中学生くらいの少年水夫にすぎません。が、彼は希以の望みを聞き入れ、知り合いの商人に渡してみるといってくれた。

希以の無鉄砲な頼みごとは、三年後に実を結びます。その日、希以を訪ねてきたのはテキストルではなく、イギリス人貿易商のヲルトでした。希以は念願の茶の受注に漕ぎ着けますが、ヲルトが出した条件は千斤の茶を七日で集めろという無理難題だった（一斤は六〇〇グラム。千斤は六〇〇キロに相当します）。

ヲルトすなわちウィリアム・オルト（一八四〇～一九〇八）の邸宅は現在、長崎きっての観光名所・グラバー園の中に、「旧オルト住宅」として残されています。オルトはのちに希以と組んだ製茶貿易で巨万の富を築き、若くして外国人居留地を仕切るまでになりますが、希以と出会った時点では一六歳。高校生くらいの少年です、希以との最初の取り引きに際しては内心ビビったにちがいありません。

三人目のキーパーソンとして登場するガラバアは、もちろんあのグラバー邸のグラバー（一八三八～一九一一）です。茶や絹の買い取りもさることながら、この人はむしろ薩摩藩や長州藩などの雄藩に西洋式の武器や弾薬、軍艦などを売って富を得た武器商人として有名です。生麦事件（一八六二年）に端を発する薩英戦争の際には五代友厚（ごだいともあつ）とともに和平調停に努め、犬猿の仲だった薩摩藩と長州藩が手を結ぶ薩長同盟にも関与したといいますから、むしろ政商と呼ぶのが妥当でしょう。

　ですが、そうした正史は後背に退けて、本書はあくまで希以の視点から、彼ら外国人貿易商との友好的な関係を描きだします。希以から見ると彼らは一〇歳ほど歳下です。物語の後半に入るとヲルトやガラバアの別の面も知るとはいえ、彼女にとっては外国人商人も同志に近い存在に思えたのかもしれない。とりわけ特別な恩義のあるテキストルへの眼差しは「お姉さん」に近いものがあり、微笑まずにはいられません。

　本書の三番目の魅力は、幕末の志士たちとの出会いと別れです。

　幕末の長崎は西洋近代技術の窓口であり、海軍伝習所、長崎溶鉄所、医学伝習所、英語伝習所、活版印刷所ほか、最先端の技術を学ぶ施設が揃っていました。そこを目指して集まってきたのも、冒険心と野心にあふれた若者たちです。

　佐賀藩士・大隈八太郎（大隈重信。一八三八～一九二二）と知り合った希以は、土佐藩を出奔してきた上杉宗次郎（近藤長次郎。一八三八～一八六六）や、才谷梅太郎（坂本龍馬。一八三五～一八六七）らとも懇意になり、やがて亀山社中（龍馬らが起こした日本初の商社）に集う若者たちの面倒を何かと見るようになります。茶葉を加工する大浦屋のファクトリ（製茶場）の二階は社中のたまり場。彼らもまた一〇歳ほど下の若者たちですから、希以には弟みたいな存在だったかもしれません。

　したがって、彼らの姿も、維新の志士というより、かつての希以と同様、海外への進出を夢見る若者として描かれています。

とりわけ饅頭屋の倅から士族となり、土佐を脱藩してきた上杉宗次郎への思いは格別だったように見えます。〈「空も海もつながっとるけんね。いつか私も船を持って、世界を巡りたか」／「そんなら、わしが操船して進ぜます」〉／「ああ、よかね。皆を乗せて、大海原に漕ぎ出そう」〉。そんな会話を交わした宗次郎。

それゆえにこそ、同じ夢を語り合った宗次郎の死が彼女には納得できなかった。なぜ前途のある若者が切腹しなければならないのか。〈逃げたらよかったとよ。逃げて生き延びて、海を渡ったらよかった。／一緒に大海原に漕ぎ出そうと、約束したとに〉。この一文に、希以（慶）の思想は凝縮されています。

ですが、やがて彼女は気づきます。〈戦をしたくて堪らぬ者がいるのだ。武家はそれが家業であり、ガラバアやヲルトは軍艦や武器を手配りするのが生業だ。茶葉や生糸とは比べものにならぬ、莫大なビジネスが動いている〉。〈戦は儲かる〉のだと

こうしてみると、『グッドバイ』は大浦慶（希以）の一代記であると同時に、江戸ではなく長崎、士族ではなく商人の目から見た「もうひとつの幕末史」であることに気がつきます。黒船来航後の幕府にせよ、勤王の志士にせよ、あるいは明治政府にしろ、正史はおおむね政治史で、切った張ったの争いの歴史です。

しかし、大浦慶はそのようには見ていない。江戸や京都の政情不安、尊王攘夷派の台頭、薩英戦争などの騒乱も彼女の耳には届いていますが、それはどこか遠い話で、大浦屋の手代から番頭になった友助のほうが政治には通じているほどです。

長崎三女傑（あとの二人はシーボルトの娘で日本初の産科医になった楠本イネ、ホテル業などでロシア海軍兵に慕われた道永栄）のひとりに数えられる大浦慶には、さまざまな伝説が残っています。テキストルが乗ってきたオランダ船で茶箱に隠れて上海に密航したとか、勤王の志士を資金面から裏で支えて倒幕に一役買った女志士だとか、です。しかし『グッドバイ』は、この種の武勇伝を退けています。

宗次郎に〈誰の手引きで密航したが〉と問われた際には〈ご冗談を〉と一蹴していますし、後年「女志士」の噂について尋ねられた際にも〈私には政についての志なんぞ、なかったですばい〉と一笑に付しています。

希以の頭に浮かぶのは、もっとざっくりした思いだった。〈御公儀（おかみ）が国を開きなさったというとに、今さら異人を追い払えとはどがん料簡ばしとると。頭が遅れてるとしか思えん〉とか。〈戦を経ずして新しか世にならんものか〉とか。

ここには武士中心の歴史観を相対化する視点があります。

明治に入ってからの慶の人生は順風満帆とはいえず、煙草葉の商談をめぐる詐欺事件に巻きこまれて多額の借金を背負うなど、幾多の苦難に見舞われます。長崎港が優位を誇っていた茶の貿易も、静岡茶を商う横浜港に奪われて衰退していきます。

しかしながら大浦慶が蒔いた種は、近代日本の礎となりました。

静岡に主座を明け渡したとはいえ、茶葉は生糸と並ぶ日本の主要な輸出産業に成長しました。また、嬉野茶（佐賀県）、八女茶（福岡県）、知覧茶（鹿児島県）など、九州はいまでも日本有数の茶の産地です。もしあの日、ヲルトの求めに応じて希以が千斤の茶を集めるために奔走しなかったら、いやその三年前、若きテキストルに彼女が茶のサンプルを託さなかったら、こうはならなかったでしょう。

『グッドバイ』はしかし、日本の茶史に残るそんな大浦慶を「男まさりの女傑」ではなく、どこまでも夢をまっすぐに追いかける等身大の人物として描いています。「こんな女の人がいたのか！」という驚きが、読み終わるころには「よく知る友だちの物語」みたいに思えてくる。小説の力というべきでしょう。

（さいとう　みなこ／文芸評論家）

参考文献

『大浦慶女伝ノート』本馬恭子／私家版／一九九〇年
『大隈重信（上）「巨人」が夢見たもの』伊藤之雄／中公新書／二〇一九年
『慶應元年明細分限帳』越中哲也編／長崎歴史文化協会／一九八五年
『女丈夫　大浦慶伝　慶と横浜、慶と軍艦高雄丸』田川永吉／文芸社／二〇一〇年
『図説　横浜外国人居留地』横浜開港資料館・（財）横浜開港資料普及協会編／有隣堂／一九九八年
『新長崎年表（上）』嘉村國男編集／満井録郎・土井進一郎著／長崎文献社／一九七四年
『茶の世界史　改版　緑茶の文化と紅茶の社会』角山栄／中公新書／二〇一七年
『長崎居留地貿易時代の研究』重藤威夫／酒井書店／一九六一年
『長崎縣史　史料編　第四』長崎縣史編纂委員會編／吉川弘文館／一九六五年
『長崎市史年表』長崎市史年表編さん委員会編／長崎市役所／一九八一年
『長崎商人伝　大浦お慶の生涯』小川内清孝／商業界／二〇〇二年
『長崎町人誌　第二巻　さまざまのくらし編　装いの章』嘉村國男編／城島卓・中西啓・森瀬貞・高田康雄・本馬恭子・嘉村國男・室塚久江著／長崎文献社／一九九四年
『長崎の女たち　第1集』長崎女性史研究会編／長崎文献社／二〇一四年
『長崎游学マップ3　長崎丸山に花街風流うたかたの夢を追う』山口広助構成・文／長崎文献社／二〇〇七年
『長崎游学マップ6　「もってこーい」長崎くんち入門百科』長崎くんち塾編著／長崎文献社／二〇一一年
『これを知りたいながさき出島』ながさき浪漫会編／長崎文献社／二〇〇〇年

『日本茶の自然誌　ヤマチャのルーツを探る』松下智／愛知大学綜合郷土研究所編集／あるむ／二〇〇五年
『値段史年表　明治・大正・昭和』週刊朝日編／朝日新聞社／一九八八年
『幕末の蒸汽船物語』元綱数道／成山堂書店／二〇〇四年
『蠻語箋』熊秀英／蘭香室蔵版／一七九八年
『秘蔵！　長崎くんち絵巻　崎陽諏訪明神祭祀図　大阪府立中之島図書館所蔵絵巻』久留島浩・原田博二・河野謙解説／長崎文献社／二〇〇六年
『船の科学館　資料ガイド4　黒船来航』（財）日本海事科学振興財団編／船の科学館／二〇〇三年
特別展覧会『没後150年　坂本龍馬』図録／京都国立博物館・長崎歴史文化博物館・東京都江戸東京博物館・静岡市美術館／二〇一六年
『ボードインアルバム　外国人が見た幕末長崎』姫野順一・中島恭子・下田健一解説／長崎大学附属図書館企画・編集／長崎文献社／二〇一一年
「明治初年長崎の居留地外国商人と邦商との取引關係（三）」重藤威夫／『経営と経済』36巻2号／長崎大学経済学会／一九五六年
『明治を築いた企業家　杉山徳三郎　日本近代産業に蒸気機関を導入した男』杉山謙二郎／碧天舎／二〇〇五年
『龍馬が惚れた女たち　加尾、佐那、お龍、そして第四の女お慶とは？』原口泉／幻冬舎／二〇一〇年
『龍馬の影を生きた男　近藤長次郎』吉村淑甫／宮帯出版社／二〇一〇年
『レンズが撮らえた幕末維新の志士たち』小沢健志監修／三井圭司・塚越俊志著／山川出版社／二〇一二年

初出　「朝日新聞」二〇一八年四月六日から二〇一九年三月二十九日に連載、
単行本化、文庫化に際しそれぞれ加筆修正しました。

グッドバイ　朝日文庫

2022年10月30日　第1刷発行

著　者　朝井（あさい）まかて

発行者　三宮博信
発行所　朝日新聞出版
〒104-8011　東京都中央区築地5-3-2
電話　03-5541-8832（編集）
03-5540-7793（販売）

印刷製本　大日本印刷株式会社

ISBN978-4-02-265064-1

浅田　次郎
椿山課長の七日間
突然死した椿山和昭は家族に別れを告げるため、美女の肉体を借りて七日間だけ〝現世〟に舞い戻った！　涙と笑いの感動巨編。《解説・北上次郎》

伊坂　幸太郎
ガソリン生活
望月兄弟の前に現れた女優と強面の芸能記者⁉ 次々に謎が降りかかる、仲良し一家の冒険譚！愛すべき長編ミステリー。《解説・津村記久子》

伊東　潤
江戸を造った男
海運航路整備、治水、灌漑、鉱山採掘……江戸の都市計画・日本大改造の総指揮者、河村瑞賢の波瀾万丈の生涯を描く長編時代小説。《解説・飯田泰之》

今村　夏子
星の子
《野間文芸新人賞受賞作》
病弱だったちひろを救いたい一心で、両親は「あやしい宗教」にのめり込み、少しずつ家族のかたちを歪めていく……。《巻末対談・小川洋子》

宇江佐　真理
うめ婆(ばあ)行状記
北町奉行同心の夫を亡くしたうめ。念願の独り暮らしを始めるが、隠し子騒動に巻き込まれてひと肌脱ぐことにするが。《解説・諸田玲子、末國善己》

江國　香織
いつか記憶からこぼれおちるとしても
私たちは、いつまでも「あのころ」のままだ――。少女と大人のあわいで揺れる一七歳の孤独と幸福を鮮やかに描く。《解説・石井睦美》

中山　七里
闘う君の唄を

新任幼稚園教諭の喜多嶋凜は自らの理想を貫き、周囲から認められていくのだが……。どんでん返しの帝王が贈る驚愕のミステリ。《解説・大矢博子》

葉室　麟
柚子(ゆず)の花咲く

少年時代の恩師が殺された事実を知った筒井恭平は、真相を突き止めるため命懸けで敵藩に潜入する——。感動の長編時代小説。《解説・江上　剛》

畠中　恵
明治・妖(あやかし)モダン

巡査の滝と原田は一瞬で成長する少女や妖出現の噂など不思議な事件に奔走する。ドキドキ時々ヒヤリの痛快妖怪ファンタジー。《解説・杉江松恋》

細谷正充・編／宇江佐真理／北原亞以子／杉本苑子／半村良／平岩弓枝／山本一力／山本周五郎・著
情に泣く
朝日文庫時代小説アンソロジー　人情・市井編

失踪した若君を探すため物乞いに堕ちた老藩士、家族に虐げられ娼家で金を毟られる旗本の四男坊など、名手による珠玉の物語。《解説・細谷正充》

村田　沙耶香
しろいろの街の、その骨の体温の
《三島由紀夫賞受賞作》

クラスでは目立たない存在の、小学四年と中学二年の結佳を通して、女の子が少女へと変化する時間を丹念に描く、静かな衝撃作。《解説・西加奈子》

湊　かなえ
物語のおわり

悩みを抱えた者たちが北海道へひとり旅をする。道中に手渡されたのは結末の書かれていない小説だった。本当の結末とは——。《解説・藤村忠寿》